TROOST

RONALD GIPHART

Troost

Uitgeverij Podium
Amsterdam

Eerste druk (Ruud de Wild-editie) april 2005
Tweede druk (paperback) april 2005
Derde druk (paperback) mei 2005
Vierde druk (paperback) mei 2005
Vijfde druk (paperback) juni 2005
Zesde druk (paperback) augustus 2005

Omslagontwerp Studio Ron van Roon
Typografie Sander Pinkse Boekproductie
Foto omslag & auteur Eric van den Elsen

Verspreiding voor België: Van Halewyck, Leuven

ISBN 90 5759 005 0 (paperback)

www.giphart.nl
www.uitgeverijpodium.nl

Voor Co Mol en Pierre Wind

BITTER

Eten, terwijl ik krampachtig niet aan eten wil denken. Wat kan ik verkeerd hebben gegeten? Wat heeft die matennaaier van een LaRue me voorgeschoteld? Heb ik een verkeerd stuk fugu verorberd? Heeft zich een luguber fermentatieproces in mijn darmen afgespeeld? Het moet iets verschrikkelijk rottends zijn geweest wat ik heb binnengekregen, want in de vijfentwintig jaar dat ik me kok noem heb ik een maag ontwikkeld als een septische tank. Een venijnig gif heeft mijn peristaltiek kunnen ontregelen. Ik beschrijf het misschien wat middelpuntvliedend, maar ik voel me ook middelpuntvliedend.

Ik zit naakt, in eenzaamheid, op de pot in de badkamer van het hotel waar we 's zomers ons tv-programma *Sterallure* opnemen. Hoewel ik voortdurend kokhals, besluit ik me schrap te zetten en niet toe te geven aan die drang. Het bitterzure vocht spat mijn mond uit. Mijn hersens draaien, mijn hoofd staat stil. Het lijkt of mijn buik zich opmaakt om een tweefrontenoorlog met me te voeren. Mijn geest verzet zich en minutenlang hoop ik dat het gevoel voorbij zal gaan. 'Met de wetenschap van nu' zoals politici zeggen als ze een blunder hebben begaan, weet ik dat dit vrij stompzinnig is. Ik zit op de toiletbril, epileptisch te schokken met mijn hele lichaam. De weeën rond mijn sluitspier worden steeds heftiger en de druk op mijn borst neemt toe. Ik neem grote happen zuurstof. Ik wil liever dood dan capituleren voor mijn maag. Mijn hoofd begint te tollen, mijn hersenstam vibreert.

Ik zit tegen mijn godgallische kookpunt aan, eindelijk mijn kookpunt. Heel Frankrijk wacht tot mijn innerlijk aan twee kanten naar buiten zal spatten. Maar ik houd stand.

Het kookpunt, de titel van mijn eerste boek. Het verscheen vijftien jaar geleden en sindsdien heb ik nog een stuk of zeven kookboeken geschreven. Het grote publiek zal me kennen van mijn tv-programma's en die boeken, waarschijnlijk niet van mijn restaurants, want je kunt avond aan avond twee sterren van de hemel koken, als je één keer op televisie met een koksmuts op een komkommer vasthoudt, levert dat oneindig veel meer culinaire roem op. Mijn eigen vader vindt mijn kookboeken op sommige punten zelfs beter en interessanter dan mijn kookkunst, heeft hij zeer recent gezegd. Hij sprak vroeger met vaderlijke trots herhaaldelijk de hoop uit dat ik dichter of in een minder geval schrijver zou worden, omdat ik vanaf het moment dat ik letters leerde, bezig ben geweest boekjes en verhaaltjes te schrijven. Die verhaaltjes gingen altijd over eten.

Schrijven over eten, is voor mij ook eten. Aanvankelijk wilde ik hier in de rustige uren op het Château in het plaatsje Sassetot le Mauconduit inspiratie opdoen voor een nieuw receptenboek, maar ik heb er bij nader inzien geen fut meer voor. Ik vind dat ik zo langzamerhand genoeg gerechten heb prijsgegeven aan het publiek, ik voel veel sterker de behoefte een 'kokboek' te schrijven, rekenschap te geven van mijn vak, te vertellen over het spierverzurende leven in een topkeuken. Tevreden gasten, aanzien bij een deskundig publiek en boeken vol glossy foto's van geraffineerde voedselkunst vormen de zonnige kant van de gastronomie; angst, depressie, hoge bloeddruk, droge huid, duizeligheid, gewichtstoename en een verstoord zelfbeeld zijn de keerzijde.

Omdat een hond een miljoen keer beter ruikt dan een mens, neemt hij de wereld niet alleen waar met zijn ogen maar vooral met zijn neus. Een vleermuis kijkt met z'n oren. Een sidderaal met een ingebouwde ampèremeter (altijd handig). Sommige schilders kunnen kleuren en vormen waarnemen die voor de meeste mensen niet zichtbaar zijn. Sommige componisten horen altijd muziek en voor hen is het leven één grote symfonie. Sommige koks associëren alles met voedsel en kijken met hun mond.

Net als voor mijn vader, is de wereld voor mij een groothandel vol ingrediënten, een onuitputtelijk receptenboek. Het is simpel: als ik opsta heb ik honger en als ik ga slapen bedenk ik wat ik de volgende dag zal bereiden en in mijn mond zal stoppen. Ik denk altijd aan eten. Ik breng alles met eten in verband. Er schieten mij overal spontaan gerechten te binnen. Lopen er drie vrouwen op straat, dan zie ik bij de eerste meteen een frêle wildschotel, bij de middelste een gemarineerde spiering en bij de derde een geraffineerde soep van raapjes, thee en zwemkrab. Dat klinkt als een zwakzinnige combinatie, voor een soep, maar ik heb er furore mee gemaakt. Hoor ik het woord 'angst', dan doemen als vanzelf de ingewanden van de Japanse kogelvis fugu op. In een schoenwinkel denk ik aan hamelkaas. Als een vrouw me wil zoenen, ben ik een in marinade zwemmende oester die een keelgat voelt naderen. 'De dood' is een drieëntwintig dagen bestorven hertenbout aan een haak. Bij de naam 'Andrea' voel ik de trilling van een kreeft vijf seconden nadat ze in kokend water is gelegd (verder niet aan Andrea denken ik wil verder niet aan Andrea denken ik wil verder niet aan Andrea denken ik wil verder).

Langzaam.

Kom ik erachter dat ik ben flauwgevallen. Daarvoor, in mijn allerhevigste misselijkheid, was de wereld warm en vloeibaar en werd mijn kop van binnenuit beschoten door een spervuur van vragen, lichtjes en kleuren. Ik bedoel: zoveel weet ik nog.

Daarna – ik weet niet hoeveel later, maar nu dus – is de

wereld koud en kleurloos. Het duurt enige tijd voor ik me herinner wie ik waar wat ben en waarom. Ik lig met mijn gezicht op de minitegels van de badkamervloer. Aan de pijn te merken ben ik met mijn voorhoofd tegen de badkuip geknald. Ik voel me nog steeds erg beroerd, maar de twee plakkaten halfverteerd bruingroenig voedsel die naast me op de vloer liggen, verklaren waarom mijn misselijkheid iets is weggeëbd. Wel bibber ik nog mateloos. Wel zie ik bloed op de tegels. Wel zie ik een stuk afgebroken tand. Vaststelling: ik lig bloedend op de tegelvloer van het Normandische Château van mijn innemende collega LaRue, waar ik in de zomermaanden Nederlandse gasten ontvang met wie ik al kokend de toestand in de wereld bespreek. Ik heb een kloppende plek op mijn voorhoofd en voel automatisch met mijn tong langs mijn gebit.

Dan wordt vanuit mijn kamer mijn naam geroepen. Iemand klopt op de deur van de badkamer.

'Bruna,' roep ik terug. 'Ik ben hie*hier*. Niet binnenkomen, ik heb de vloer ondergesche...'

...ten. Geschrokken komt Bruna in haar speciale *Steral-lure*-buis de ruimte binnengestormd en gaapt me aan. Bruna is wat we in het programma mijn side-kok noemen. In mijn restaurant in Overdam aan de Schoo is ze souschef. Als we tijdens de rustige zomermaanden de zaak een paar weken sluiten, mag ze mee naar Sassetot om mij in beeld te assisteren en mooi te zijn. Buiten beeld maakt ze mise-en-place en kookt ze alles voor wat wij onze speciale gasten serveren.

Ze slaakt een gil.

'Tering, Art, wat is er godsamme gebeurd? *Testicolo!*'

Als een volwaardig lid van de witte brigade vloekt ook Bruna als een bootwerker, en is ze echt geschrokken of boos, dan doet ze dat in haar moedertaal, het Italiaans. Een socioloog zou kunnen promoveren op de vraag waarom er in de voor het publiek ontoegankelijke ruimten van de horeca zoveel wordt gescholden en getierd. Ik zie Bruna verbijsterd kijken naar het bruingroenbonte kleurenpalet op de vloer en de muur.

Er schiet me ongewild een gerecht te binnen, voorzover je van een gerecht kunt spreken: de poedererwtensoep van Cup-a-soup, Opkikker, Knorr of Unox of hoe al die suikermengende gaarkeukens ook mogen heten. Dat is niet aardig, ik geef het toe. Bij een eettest van *Proef!* heb ik samen met een paar collega's en culinaire journalisten eens diverse zakjes en blikjes van deze persiflage mogen beoordelen, en ik ben nog niet van mijn afkeer bekomen. Dat 'het gewone volk' zichzelf wil kwellen met ranzige groene kledder als 'tussendoortje', is waarschijnlijk omdat het onwetend, lui, dom en gemakzuchtig is, maar dat er gedegenereerde koks zijn te vinden die hun vak verloochenen door hun korte leven te besteden aan het verpoederen van iets wat per definitie niet te verpoederen valt, vind ik van een moedeloos makende treurigheid die me bijna doet glimlachen van beroepswalging. Auguste Escoffier, een van de *grands pères* van het echte koken, vond dat bij de samenstelling van een menu de soep de grootste aandacht en verfijning verdiende, en dat ben ik roerend met hem eens. Bij het bereiden van een beetje voorgerecht valt door mindere goden nog wel wat te sjoemelen, en een stukje vlees kunnen we bij wijze van spreken allemaal wel bakken, maar pas aan de soep herkent men de meester. Het woord 'soep' komt rechtstreeks uit het Indo-Germaans, en wellicht uit een nog veel oudere taal. Soep is hét oergerecht van onze menselijke soort: de eerste op vuur bereide maaltijd bestond naar alle waarschijnlijkheid uit een proteïnerijk nat papje. De kok van deze soep leefde ongeveer driehonderdvijftigduizend jaar geleden, en je maakt mij niet wijs dat een bereidingswijze die zich zo lang heeft ontwikkeld nu moet eindigen met een gevriesdroogd poedertje uit een zakje.

Goed, niet echt een gedachte om met Bruna te delen, ik bedoel gelegen tussen de stinkende bruine brokken in een troebelgroene saus.

'Tering!... Testicolo!... U ziet er niet uit, chef. Moet ik een dokter laten halen?' vraagt Bruna in paniek, en ze wil al wegrennen om de receptie van het hotel te bellen.

'Het gaat alweer prima, prima,' zeg ik moeizaam, maar ik voel de misselijkheid tussen mijn ogen tollen. 'Die rotzak van een LaRue heeft me denk ik iets rottends te eten gegeven.'

'Ik ga toch even Just bellen,' zegt Bruna, en ze verdwijnt uit mijn kamer voordat ik haar kan tegenhouden. Ik kijk naar mijn afgebroken tand.

Gebitstechnisch ben ik veertien jaar oud. Ik was een vrij schonkige puber – mijn vader noemde me een asperge – toen onze tandarts merkte dat er iets vreemds was aan de ontwikkeling van mijn gebit. Ik mag wel zeggen dat ik inmiddels de meest gefotografeerde mond van Nederland heb. Geen parodontoloog, tandheelkundige, orthodontist of kaakchirurg van naam die niet bij mij heeft aangeklopt voor een nauwkeurig röntgenonderzoek. Nog steeds komen ze langs, buitenlandse toptandwetenschappers die in Nederland seminars en workshops bezoeken. Ze arriveren met groepen bij mijn restaurant, en tussen twee gangen door mogen ze als amuse-gueule mijn kiezen inspecteren.

Voor een kok is het natuurlijk vreemd, zo'n onvoldragen kauwvlak als dat van mij. Ik lijd niet aan microdontie, een afwijking die zorgt voor te kleine tanden, want ik heb geen kleine tanden. Ik heb zelfs vrij grote tanden. Het lijkt er meer op dat mijn gebit zich in een permanente staat van jeugdigheid bevindt. Zoals een Japanse specialist vaststelde: '*You have young mouth.*'

Ooit heb ik de fout gemaakt aan een interviewer te vertellen van mijn gebit, en sindsdien word ik er voortdurend naar gevraagd. Mijn tanden schijnen, volgens de culinaire kritiek, een metafoor te zijn voor de manier waarop ik kook. Sommigen omschrijven mijn bereidingsstijl als 'begerig!', 'onbevangen!', 'onverzadigbaar!' en weer anderen als 'onvolwassen...', 'puberaal...', 'kinderachtig...'. Niet alleen journalisten willen over mijn gebit praten, er zijn ook gasten die onbeschaamd vragen of het waar is van mijn tandpuberteit, en of ze even in mijn mond mogen kijken. Ik heb er wel eens aan gedacht om mijn gebit op de menukaart te zetten.

Positieven, waar zijn mijn positieven? Ik lig tussen bloed, poep en kots met een tand erin, na te denken over wat er in de afgelopen maanden in mijn leven is gebeurd. En tijdens dit gesprek met mijn toiletpot, lijkt mijn hersenpan een ijlend interviewcircus. Van allerlei kanten en uit meerdere parallelle universa worden er vragen op me afgevuurd.

Waar is het misgegaan? Waarom veranderen we? Waarom doe ik wat ik doe? Hoe doe ik wat ik doe? Leer ik nog? Ben ik ooit gelukkig geweest? Ben ik tevreden? Ben ik eerlijk? Waarom voer ik strijd? Waar ligt mijn grens? Waarom denk ik zo vaak aan mijn vader? Welke keuze heb ik? Waarom laat ik mij raken? Hoe ga ik om met tegenslag en verraad? Wat houdt mijn gas brandend? Wat heb ik nodig? Wat wil ik? Wie troost mij? Waarom heb ik geen honger? Waarom heb ik niet ontbeten? WAAROM HEB IK NIET ONTBETEN?

Het ontbijt is de meest onderschatte en inspiratieloze maaltijd van de dag. Het is al jaren een voornemen om in mijn restaurant niet alleen diner en lunch aan te bieden, maar ook een speciaal ontbijt, met wisselende gerechten en dranken. Een week geleden zat ik hier in het hotel van LaRue, in het culinaire heiligdom Frankrijk, achter een zweterig *English breakfast* met laffe worstjes, oude bacon, gebakken eieren, kapotgekookte Franse koffie en een glaasje zure instantsinaasappelsap. Just kwam bellend met zijn mobiel de ontbijtzaal binnen, en zijn bezorgdheid dat onze gasten nog niet aan de ontbijttafel zaten, stroomde bijna langs zijn benen.

'I'll call you back later,' zei hij tegen zijn telefoon, en tegen mij zijn vaste begroeting: 'Hé kokkie!'

Hij schoof bij me aan en schonk voor zichzelf een kop oude koffie uit mijn karige kannetje. Hij vroeg of ik iets had gehoord van het nachtelijke gerucht. Tot een uur of twaalf had hij op onze gasten gewacht, maar toen was hij gaan slapen. De komst van die gasten was onzeker, omdat Franse boeren op de snelwegen weer eens wat blokkades hadden opgeworpen en niemand doorlieten. Eigenlijk was ik er van uitgegaan dat de delegatie ons Château niet had weten te bereiken en dat we zouden moeten overschakelen op een noodscenario.

Tijdens mijn slaap bleek er veel te zijn gebeurd: de gasten hadden de files weten te omzeilen en waren toch gearriveerd, de gasten hadden van de nachtreceptionist nog wat te drinken gekregen, en nog wat, en nog veel meer, de gasten hadden onverhoeds ruzie gekregen en halverwege de nacht hadden de gasten dronken tegen elkaar aan staan schreeuwen.

Omdat Ton Geluid, Ton Camera en Ton Assistent – de registratiejongens, die tot hilariteit van het hele team alle drie dezelfde voornaam hebben – vanwege bezuinigingen niet in het Château verblijven maar op een nabijgelegen camping slapen, was er geen camera bij de hand om deze ruzie vast te leggen, vertelde Just. Hij zei dit met oprechte spijt, want niets is zo goed voor een programma als een clash tussen de hoofdgasten.

'Ze hebben het voor het slapen gaan gelukkig wel weer helemaal afgezoend en ze verheugen zich er zeer op om je te ontmoeten,' zei Just, die op tafel het aangepaste draaiboek neerlegde. Ik vroeg waarover hun ruzie was gegaan.

'We hebben deze week te maken met twee ego's,' zei Just droog, die er verder niet op doorging en een sms begon te typen. Ik bekeek de mapjes die Justs assistente Irma over onze bezoekers had gemaakt (Irma schrijft uitgebreide dossiers over alles). De eerste gast was Hansen Fennema Klein, de vrolijksombere hardlopende filosoof, die beroemd werd met het boek annex tv-serie *Zeven preken van een ongelovige*, waarin hij aantoont hoe verrot en slecht de wereld is 'voor slechts zeventien euro vijftig'. Zijn tegengast was de mooie, wulpse actrice Helmke Draaibaar, die haar belevenissen in de Nederlandse toneelwereld heeft opgetekend in de roman *De coulisse*, waarvan inmiddels een kwart miljoen exemplaren zijn verkocht. De literaire kritiek reageerde extreem antiperistaltisch op haar gehypete vrolijkseksuele escapades, maar het grote publiek smult ervan.

'Ik denk dat er deze week iets moois of iets verschrikkelijks gaat opbloeien,' zei Just, die wilde uitleggen waarom, maar werd gebeld door een Engelse *broadcast executive*.

'Chef.'

Bruna schoof aan en schonk het laatste restje bejaarde koffie uit mijn kan. Ze zag er verfomfaaid uit, haar korte zwarte haren stonden stekelig op haar hoofd, ze leek zich niet te hebben gewassen.

'Waar kom jij vandaan?' vroeg ik. Een goede chef heeft een geheime dienst in zijn hoofd om alle gedragingen van zijn brigade in de peiling te kunnen houden, niet voor zichzelf, maar om ervoor te zorgen dat de keuken zo perfect mogelijk functioneert, ondanks geroddel, achterklap, gekonkelfoes en ruzie. Bruna zuchtte en schudde zacht Italiaans vloekend haar hoofd.

'Van de camping,' zei ze.

Ik keek haar niet-begrijpend aan.

'Ik heb vannacht bij Ton geslapen,' verduidelijkte ze bozig. Ton, dat bracht de keuze bij wie ze had geslapen terug tot drie.

Bruna gebaarde naar een serveerster dat ze meer koffie wilde.

'Bij Ton?' vroeg ik met een mélange van geamuseerde interesse en vaderlijke bezorgdheid. Ze kon geen antwoord geven, want op dat moment kwamen de drie Tonnen gezamenlijk het restaurant binnen.

'Goedemorgen, chef.'

'Goedemorgen, chef.'

'Goedemorgen, chef.'

Dit is een vaste grap van het cocktailtrio, zo begroeten ze iedereen. De Tonnen vormen een onafscheidelijk driemanschap, en de echte grap is dat ze vóór *Sterallure* nog nooit met elkaar hadden gewerkt. Er is een sociaal vermogen dat ik *fast friendship* noem, vooral in de tv-wereld een onmisbaar mechanisme. Tv-mensen zijn nogal apart gehoefd uit de smidse gekomen, en worden vaak laat ingehuurd om in korte tijd ondenkbaar hard te werken met onbekende mensen aan een hun onbekend product. Het zijn huurlingen, al die cameramannen, kabelsjouwers en geluidsjongens. Omdat er zo extreem hard en flexibel moet worden gezweet, is er geen tijd om elkaar op een normale wijze te leren kennen, en daarom zijn tv-makers binnen tien minuten elkaars beste buddy, delen ze liefjes en leedjes, tot de volgende productie zich aandient en ze elkaar stante pede uit het oog verliezen.

Hoe anders de sfeer in een topkeuken. Daar geldt het mechanisme van de *very slow friendship*. In principe is iedereen in de keuken elkaars geniepigste vijand, iedereen doet het in de ogen van de ander altijd verkeerd, iedereen gaat ervan uit dat een ander zijn werk probeert te vernachelen, en pas als koks jaren en jaren met elkaar hebben gewerkt ontstaat er een omgangsvorm genaamd 'gedogen', die na weer enkele jaren verandert in een rudimentaire vorm van collegiale vriendschap. Dit mechanisme is overigens van buitenaf niet zichtbaar, want als omstanders zich ermee bemoeien, inspecteurs van de keuringsdienst van waren, vervelende gasten of onwetende culinaire journalisten, dan vormt de keukenbrigade prompt een gesloten front en is de keuken het allerbelangrijkste. Een tegen allen, allen voor de keuken.

De Tonnen kwamen niet bij mij en Bruna zitten, maar

bezetten een tafel dicht bij het buffet, voor hun imitatie van Ontbijttafel D-day.

'Hoe zou jij een nagerecht van ganzenlever maken?' vroeg ik Bruna, om haar af te leiden van haar kater.

'Chef, ik heb hier echt even geen fut voor,' zuchtte ze, waarna ze zich verontschuldigde en in onbedoeld te plechtig Nederlands zei dat ze haar toilet ging maken. Toen ze weg was, kwam de serveerster met een verse pot oude koffie.

Ik denk dat veel van mijn collega's me hier graag zouden zien liggen, bloedend, mezelf ondergescheten, met een beschadigd gebit.

Ik geef toe dat ik niet aardig ben over collega's en zeker niet aardig voor mijn personeel. Geen enkele kok hoort aardig te zijn. Een kok die aardig wil worden gevonden verstaat zijn vak niet. Net als voetbaltrainers, filmregisseurs, schrijvers, hoofdredacteuren, dirigenten, noem maar op, zijn topkoks zonder uitzondering onuitstaanbare egomegalomane lieden die de wijsheid pachten van God, over alles en vooral iedereen een vernietigende mening hebben, elkaar het licht in de ogen niet gunnen en bereid zijn te allen tijde een harde concurrentiestrijd te voeren. Ik heb geen al te hoge pet op van vrijwel al mijn vakgenoten, en dat gevoel is geloof ik redelijk wederzijds. 'Het beste is je helemaal nooit iets van iemand aan te trekken,' zei ooit een Engelsc driesterrenkok die erom bekendstond dat hij, in zijn drang naar perfectie, soms zijn personeel sloeg – wat ik probeer te vermijden.

'Echt goed koken' is een verfijnde, doordachte kunst die met vakmanschap, creativiteit, concentratie en toewijding gepaard gaat. Goed koken kost veel tijd en liefde, en dus veel geld. 'Echt goed eten' wordt hoofdzakelijk in 'echt dure restaurants' klaargemaakt door 'echt ervaren koks'. Natuurlijk fabriceert iedereen in de keuken wel eens iets behapbaars, maar om avond aan avond, maand na maand een uitgebalanceerd menu te serveren, moet je als chef het doorzettingsvermogen hebben van een dreumes die leert lopen, de passie van Paris die Helena wil bezitten, en het enthousiasme van de gehele slagwerksectie van de Jostiband. En je moet een rotzak durven zijn.

Just, de producent van *Sterallure,* heeft mij eens gevraagd of ik in gesprekken met de pers wat aardiger over de guitige Engelse tv-schoonheden Lawina Nigel of Oliver James kan zijn, want het zou niet sympathiek overkomen als ik bij voortduring een collega afbrand. Ik antwoordde: 'Ik vind het niet erg dat een kok zich gedraagt als een kakelende popster, dat hij alleen maar gedachteloos modevoedsel bereidt voor zijn al even gedachteloze vriendenkring, dat hij tussen het koken door even op het pleintje voor zijn huis een balletje in een basket gooit of op zijn brommer naar zijn oma scheurt om haar kat te eten te geven, maar de basis van iedere topkok is kennis, ervaring en scholing. Lawina Nigel en Oliver James zijn geen collega's, zij zijn tv-makers die een paar kookcursusjes hebben gevolgd en voor een camera geil van blijheid lukraak hippe etenswaar onderkwijlen. *Yeah, old mate! Fantastic, old mate!* Zij halen ons vak naar beneden.'

Die onzinnige gewoonte om kookkunst in te delen onder lifestyle, tussen mode en swingerclubs. Een journaliste van een lifestyle-bijlage vroeg me eens: 'Waarom heeft Oliver het zo verbruid bij jou? Hij kookt toch, net als jij, heel wild.' Wild. Dat is de irritantste misvatting over mijn werk. Ik kook niet wild, want ik zou niet weten hoe ik dat zou moeten doen. Oliver James kookt wild, althans hij smijt als een hyperactieve Parkinsonpatiënt ingrediënten op borden.

Er zijn in de hogere kookwereld twee grote scholen die elkaar te vuur en te zwaard lijken te bestrijden: de klassieke en de experimentele. Koks van de klassieke stempel werken jarenlang achter elkaar aan de verfijning van een paar bepaalde gerechten, op zoek naar de ultieme ervaring van smaak. Zij zullen een schotel pas na een jaar of drie op hun menukaart zetten en dan hebben ze nog zeker tien jaar nodig om alle finesses van de ingrediënten te leren kennen en de receptuur tot in de volmaaktheid te leren beheersen. Vaak zijn klassieke koks wat ouder. LaRue, de sterkok van het Château, is duidelijk een klassieke chef. Tegenover deze conservatieve chefs staan de jongere creatievelingen, en voor de duidelijkheid: dan heb ik het dus niet over Oliver James. Experimentele chefs zijn ook klassiek geschoold en kennen de wetten van de verfijning, maar ze zijn flexibeler en zoeken de ultieme smaak niet in het langzame proces van ervaring, maar in een ontdekkingstocht en botsingen van uitersten. Hun menukaarten wisselen aanmerkelijk sneller. Er zijn thans veel experimentele koks die de hoogste sporten van de culinaire ladder hebben bereikt.

Ik hoor tot het experimentele kamp. *Proef!* noemde mij enkele jaren geleden een van de meest proefondervindelijke koks van West-Europa. Ik ben de uitvinder van de kroket met lachgas. Ik was een van de eersten in ons gebied die koken met hennep, sierbloemen en tabak. Mijn in tabaksbladeren gestoomde ossenhaas wordt overal gekopieerd. Prinses Máxima noemde in een Argentijnse krant mijn paling in absint haar lievelingsschotel. Er zijn veel restaurants die inmiddels een variant van mijn schimmelkaasijs op de kaart hebben staan, en een louche fabrikant heeft zelfs zijn eigen laffe versie van mijn karamelsoep op de markt gebracht. Ik heb er een dagtaak van gemaakt om nieuwe combinaties te zoeken en nieuwe smaken en aroma's te ontdekken. Dat is volgens mij de essentie van wat een kok zou moeten doen. De biochemicus Albert Szent-Györgyi, ontdekker van vitamine C, zei ooit over wetenschap: 'Zien wat iedereen kan zien en denken wat niemand heeft gedacht.' Voor mij betekent die uitspraak: 'Kopen wat iedereen kan kopen, en koken wat niemand eerder heeft gekookt.'

De Tonnen waren klaar met hun ontbijt, de camera's stonden filmklaar, de accu's waren opgeladen en schone tapes lagen gereed, maar onze gasten lieten op zich wachten. Just was verdwenen naar een onverwachte vergadering met de leiding van het Château, en regisseur Louis zat naast me aan tafel het draaiboek bij te werken. Als er nieuwe gasten in het hotel arriveren stelt Louis zichzelf altijd – maar dan ook altijd – voor als 'een tv-maker van de oude stempel en van de oude jenever'. Hij mag van de Tonnen niet aan het eind van de avond en ook niet meer 's middags bij de lunch en zeker niet bij het avondeten en al helemaal niet bij het ontbijt, om maar te zwijgen van ertussendoor, verhalen ophalen over de goede verloren jaren met Koos Postema, Aad van den Heuvel, Mies Bouwman, Willem Ruis, Mart Smeets en wat er met stagiaires werd gedaan waar Amerikaanse presidenten nog niet van zouden durven dromen.

Sterallure is een programma dat grotendeels draait om gourmandologische uitspattingen, waarbij 'bekende handen' helpen met het bereiden van de gerechten. Twee sterren mogen een krappe week in ons Château verblijven, en al kokend praat ik met hen over hun fascinerende levens. De gasten hebben hun culinaire voorkeuren mogen opgeven, en ik probeer mijn beeld van hen te visualiseren in speciale schotels (deze onzin heb ik niet zelf bedacht, dit komt allemaal uit de koker van Just). De camera registreert alles, van de gesprekken bij het ontbijt en de gang naar de markt via de lunch en het koken en het diner tot de zangerige vrolijkheid bij het souper voor het slapengaan. Justs term voor dit tv-genre: *human-interestainment*.

In het eerste seizoen van *Sterallure* – toen ik nog de illusie had iets over mijn eigen programma te zeggen te hebben – stonden Louis en ik enkele malen hard tegenover elkaar. Louis' motto is: de presentator en de regisseur zijn twee mannen die vechten om dezelfde mooie dame. Waarmee hij geloof ik bedoelt, dat wij allebei een zo goed mogelijk programma voorstaan en dat ik me er dus niet mee moet bemoeien. Louis vindt dat ik tijdens het koken meer op de amusementswaarde van mijn gesprekken met de gasten moet letten, ik vind dat Louis tijdens mijn gesprekken met de gasten meer op de culinaire waarde van mijn gerechten zou moeten letten. We hebben discussies gevoerd als: 'Ik beschouw mijn gerechten en mijn kookkunst als de basis van ons programma.' En hij: 'Ja natuurlijk, en dat vind ik ten principale ook, en daarom houd ik ook van je, en van je kokelarij, maar het programma moet méér zijn, omdat jouw gastronomie kijkers verdient.' Nou goed, om een lang gevecht kort te maken: uiteindelijk is de regisseur er met de mooie dame vandoor gegaan.

'Kijk eens aan! De prinses! Daar komt ze!'

Louis veerde op uit zijn stoel en begroette een jonge vrouw, een meisje nog, duidelijk te jong voor Louis. Dit was zeker niet Helmke Draaibaar. Waar had Louis dit meisje opgeduikeld en hoe had ze in godsnaam kunnen vallen voor de veel te doorzichtige charmes van deze bijna gepensioneerde lodderige walrus? Ze was zeventien, hooguit. Ik keek naar het meisje, dat bevallig glimlachend in de deuropening van de eetzaal stond. *Saffraansoufflé. Choux au safran. Saffraanmirepoix. Saffraanijs met rozensabayon.* Saffraan was het ingrediënt dat het best bij deze jonge vrouw paste. Er zijn vierhonderdduizend handgeplukte stempeltjes van de bloem van een bepaalde krokussoort nodig om een luttele kilo saffraan te verkrijgen, maar dan heb je ook wat. Mindere koks denken dat saffraan bedoeld is om een beetje kleur te geven aan rijst, curry of bouillabaisse, maar in werkelijkheid stond saffraan in Perzië al voor Christus bekend als hét middel tegen melancholie en spleen. De oude Perzen wisten ook dat je op moet passen met saffraan, want een overdosis kan leiden tot een euforie die de dood tot gevolg heeft.

'Pappa!' zei het meisje met een bestraffende glimlach. 'Je moet me geen prinsesje noemen.'

Trots richtte Louis zich tot mij en zoals een lakei op een koninklijk banket de hooggeplaatste gasten aankondigt, riep hij: 'Art, mag ik je voorstellen? Mijn dochter Sanne! Ze komt tijdens haar vakantie eens kijken hoe het er hier op het Château aan toe gaat.'

Het meisje liep op me af en maakte met haar rechterhand en -arm een gracieuze balletachtige beweging.

'En Sanne,' ging Louis verder, 'dit nu is de Michelin-ster van ons programma, de beste en bekendste kok van Nederland: Art Troost. Al is het overigens niet zo heel moeilijk om de beste kok van Nederland te worden, want dat is het meest armzalige kookland ter wereld.'

Ik pakte Sannes uitgestoken hand.

'Ze is een grote fan van je,' zei Louis, zogenaamd alleen tegen mij.

'Pappa!' riep Sanne. 'Dat soort dingen moet je niet zeggen.'

'Ben je geen fan dan?' vroeg Louis.

Sanne zuchtte half geamuseerd half geïrriteerd.

'Het is toch gênant om dat te vertellen?' En tegen mij: 'Ik heb wel al uw kookboeken en maak voor vrienden vaak uw gerechten klaar. Vorig jaar heb ik met mijn ex-vriend een keer bij u gegeten in Overdam aan de Schoo. Het was geweldig, al maakten we het die avond wel uit.'

Het duurde misschien een seconde te lang voordat ik reageerde.

'Nou, ik hoop niet dat mijn gerechten daar iets mee te maken hadden. In ieder geval zou ik het wel heel prettig vinden als je "je" zou zeggen, en geen "u",' zei ik, waarna ik me tot Louis wendde: 'Allemachtig, hoe komt een prolurk als jij aan zo'n prachtige dochter?'

'Ze heeft een mooie moeder,' antwoordde hij lachend. 'En wat Sanne je overigens ook niet durft te vragen is of ze volgend jaar naast haar studie in jouw restaurant mag werken.'

'Pappa!'

Louis bevindt zich met zijn kritiek op de Nederlandse keuken in een hooggewaardeerd gezelschap. Er zijn weinig culinaire kenners die zich de afgelopen eeuwen niet vrolijk hebben gemaakt over onze armzalige kookkunst. Paul Bocuse, die in het megalomane Frankrijk is uitgeroepen tot ''s werelds beste chef van de twintigste eeuw', vindt Nederland 'een culinaire woestijn, waar alleen de maatjesharing valt te prijzen'. Iedereen zal het hiermee eens zijn: de emotionele waarde die de meeste Nederlanders hechten aan het begrip 'smaak', is dezelfde emotionele waarde die ze voelen bij het begrip 'vuilniszakken buitenzetten'. Toch vind ik het vermakelijk als buitenlanders zich denigrerend over onze keuken uitlaten – alsof zij zo'n lekker mondje koken – en helemaal als Nederlanders dat zelf doen. Het zijn namelijk vooral de vaderlandse journalisten, koks en schrijvers die onze slechte reputatie voeden en instandhouden. Je kunt je bij ons erg populair maken met de bewering dat wij meespelen in het gastronomische knuppelklasje van Europa. 'Nederlands bijdrage aan het culinaire werelderfgoed is de oliebol,' schreef een kookkenner lollig, en een schrijver vond dat de Hollandse keuken 'een vrijwel totale veronachtzaming van de vreugden van het verhemelte weerspiegelt' (wat is er gebeurd dat schrijvers overal verstand van hebben?). Toegegeven, er wordt in Nederland afgrijselijk slecht gekookt, om precies te zijn in: eenenveertighonderd van de eenenveertighonderdzestig restaurants. De waarheid is dat er in álle ons omringende landen voornamelijk belabberde bagger op de borden terechtkomt. Ga in Frankrijk voor de aardigheid eens naar een gemiddeld restaurant, en je verlangt nog voor het hoofdgerecht een grand dessert van een balk, een keukentrap en een stuk touw.

Dat het juist de Nederlanders zijn die door de rest van Europa eeuwenlang met dédain zijn bekeken, komt omdat wij met onze criminele commerciële praktijken anderhalve eeuw vrijwel het alleenrecht hadden op de doorvoer van tientallen producten en de handel in specerijen, wat aan de bleke Hollandse gerechten overigens nauwelijks was te merken. Uiteraard heeft ons succes kwaad bloed gezet bij armoedzaaiers als Engeland en Frankrijk. Engelse culinaire geschiedschrijvers behandelen de Nederlandse kookkunst tot op de dag van vandaag met een niet te onderdrukken walging, en de Fransen hebben simpelweg nog nooit van Nederland gehoord.

Een mooi voorbeeld van het dédain is koffie. In Engelse naslagwerken staat geen woord over de rol van de Nederlanders bij de spectaculaire verovering van de wereld door de koffieboon. Toch waren het Nederlandse zeerovers die eind zeventiende eeuw in Mokka – het Mekka van de koffie en tot dan toe de enige leverancier voor Europa – een koffieplant wisten te stelen, waarvan het zaad vervolgens wereldwijd werd geplant in onze koloniën (altijd handig). Geen woord hierover bij de Engelsen, terwijl ze zelf toch ook niet vies waren van het betere jatwerk. De Fransen verzwijgen eveneens stelselmatig de rol van de Hollanders. 'Met de wetenschap van nu' was het in 1714 niet handig van de toenmalige burgemeester van Amsterdam dat hij Lodewijk de Veertiende een gezonde koffieboom van anderhalve meter groot cadeau gaf. De Franse koning liet meteen een speciale kas bouwen, benoemde een Koninklijke Botanist en zorgde ervoor dat de plant werd vertroeteld. Een goede economische beslissing, want deze Amsterdamse boom werd de stammoeder van de meeste koffiebomen die heden ten dage in Midden- en Zuid-Amerika groeien.

De kans is groot dat de koffie waarmee ik onze gasten Helmke Draaibaar en Hansen Fennema Klein ging wekken, was gezet met bonen die rechtstreeks afstamden van het Nederlandse presentje aan de Zonnekoning. Niet dat mijn bezoekers dat wisten, natuurlijk. Niemand weet ooit wat als het om gastronomie gaat.

Tegen tienen waren de gasten nog steeds niet op komen draven in de ontbijtzaal. De Tonnen zaten te kaarten, Louis en Justs assistente Irma begonnen zich zorgen te maken over het opnameschema. Het 'gesprek bij het ontbijt' was bedoeld om de gasten aan het publiek voor te stellen en ze beter te leren kennen. In de beste NED 3-traditie zouden we anderhalf uur praten over beweegredenen, levenskunst en zingeving, wat Louis in de montage vervolgens terug zou brengen tot anderhalve minuut, met drie mooie quotes, een paar lachende gezichten en een totaaloverzicht. Louis en ik overlegden wat ons te doen stond, of we ons bezoek zelf moesten wekken. Er bestonden zogenaamd geen regels of verplichtingen voor wie ons Château bezocht, als ze zich maar aan ons strakke draaiboek hielden.

We besloten nog even te wachten met het wakker bellen van onze gasten, toen Just uit een vergadering met madame Groseillier van het hotelmanagement kwam. Vroeger had je een reclame van een schoonmaakmiddel waarin een degelijke CDA-mevrouw somber keek naar een erg vuile keuken, totdat zij een fles van het wonderspul openschroefde, en een wervelende bries de keuken in één keer schoonblies. Die bries heet tegenwoordig Just.

'Die klere-Fransen!' riep hij ons toe. 'Het is vukking niet te geloven. Wat een land! Wat een vukking chef is LaRue!'

Nu was het afgelopen weken volgens Just wel vaker 'vukking niet te geloven' geweest. Het Château de Sassetot wordt buiten het vakantieseizoen goed bezocht door zakenlieden, maar tijdens de zomermaanden droogt de clientèle op, omdat geen van de toeristische *Trouw*-lezers die in Noord-Normandië hun tent opzetten erover denkt om in het restaurant van LaRue bespottelijk veel geld uit te geven aan een maaltijd, als er ook op een gasbrandertje een blik ravioli kan worden opgewarmd.

Toen *Sterallure* zich vijf jaar geleden aandiende om hier in het slappe seizoen voor containers met geld een deel van de keuken, de eetzaal en zeven kamers te huren, was dat de redding van het hotel. Niet dat de Fransen dit ook zo ervaren. Madame Groseillier vindt dat wij vereerd mogen zijn dat zij hun prestigieuze vergane-glorierestaurant aan ons afstaan, en dat zijn we natuurlijk ook, maar er zit een grens aan dankbaarheid. Madame's mentaliteit vind je vaak in restaurants, en niet alleen in Frankrijk, want ze geldt evenzo voor die hippe restaurants in de Randstad, waar kelners je soms meewarig, hoofdschuddend aanstaren met een blik die uitstraalt 'jij mag wel heel, heel erg blij zijn dat het jou wordt toegestaan hier je portemonnee te legen, mannetje'.

Bijna dagelijks moet Just met de voltallige directie onder leiding van madame onderhandelen over nieuwe voorwaarden, afspraken die niet worden nagekomen, voedselleveringen die niet arriveren en andere treiterijen van mijn collega LaRue.

'Als ze zich niet redelijker opstellen, gaan we volgende week naar een ander hotel, desnoods nemen we de laatste aflevering op in de studio in Hilversum,' zei Just, rood van opwinding, en hij gooide een map op onze tafel, schreeuwend: 'Waar zijn die vukking gasten?'

Louis vertelde dat ze nog steeds niet in de ontbijtzaal waren verschenen, waarop Just van woede een acuut carcinoom kreeg. Niemand die zoveel telefoons per maand sloopt als hij. Ik heb het meegemaakt: Just, die 'schoft' roept in de hoorn, woest tien keer achter elkaar diezelfde hoorn op het toestel slaat en vervolgens degene die hij uitschold niet terug kan bellen, omdat zijn telefoon niet meer werkt.

'We gaan ze nu wekken!' riep hij. 'Camera's mee, Art voorop met een dienblad koffie, en filmen hoe ze nog in hun bed liggen te rotten!' – om even aan te geven hoe er over gasten wordt gepraat als ze er niet bij zijn. De medewerkster van de ontbijtkeuken dacht er aanvankelijk niet aan om twee simpele dienbladen met koffie en broodjes voor op de hotelkamers klaar te maken, maar toen de uitdrukking op Justs gezicht verergerde, besloot ze dat het toch beter was aan zijn verzoek te voldoen (ze was natuurlijk voornamelijk onthutst dat we geen Engelse worstjes bestelden).

En zo liepen we de trap op. Nu is een trap op lopen in televisieland nooit zomaar een trap op lopen. Eerst moest ik de trap op, gadegeslagen door de Tonnen onder aan de treden. Vervolgens moest ik nog eens de trap op, door de Tonnen letterlijk op de voet gevolgd. En een derde keer moest ik de trap op, terwijl de Tonnen me bovenaan stonden op te wachten. Net zoals in de keuken veel te maken heeft met snijden en snijtechnieken, draait de montage van een tv-programma om het snijden van de shots, en daarom zijn er vele tegenshots, beautyshots en snijshots nodig; opnames die op een seconde na allemaal worden weggegooid, maar wel godgallisch belangrijk zijn – ik probeer de ironie uit mijn stem te wringen. De koffie werd kouder.

Louis bedacht dat ik eerst de vrolijke filosoof/marathonloper Hansen Fennema Klein moest wekken, van wie het ons eigenlijk tegenviel dat hij zo laat nog in zijn bed lag. Ik wachtte tot Ton zijn camera op me had gericht, en schopte met mijn voet tegen Hansens deur. In mijn handen hield ik een van de bladen met koffie, broodjes, instantsinaasappelsap en het onvermijdelijke vaasje met één bloem. Hansen deed niet open. Ik keek afwachtend in de lens (leuk shot), terwijl ik nogmaals tegen de deur schopte. Hansen deed nog steeds niet open.

'Misschien is hij aan het trainen voor een marathon...' zei ik tegen de camera, waarna ik met het blad in mijn handen doorliep naar de kamer van Helmke Draaibaar. De Tonnen volgden mij en Louis en Irma moesten moeite doen om buiten beeld te blijven.

'Helmke...' zei ik, met mijn rechtervoet zachtjes tegen de deur tikkend. Er gebeurde niets. Na een halve minuut zei Louis dat ik harder tegen de deur moest trappen.

'Helmke!' riep ik.

We hoorden gestommel in de kamer.
Ik keek opgewekt in de lens.
Hansen Fennema Klein deed in onderbroek de deur open. Het was duidelijk nog donker in de kamer. De filosoof zag er ouder uit dan op foto's en televisie, al was zijn lichaam afgetraind en tanig. *Een brokkige pecorino. Een schorseneer die te lang op het land is gebleven.*
Hersenactiviteit is met een MRI-scan meetbaar tot op anderhalve meter buiten het lichaam. Het besef dat Hansen Fennema Klein in de deuropening stond, en de stroom van gedachten die dat bij ons team teweegbracht, moet meetbaar zijn geweest tot aan het eind van de gang.
'Ja?' vroeg Hansen met een schorre ochtendstem.
Ik stotterde wat en hield mijn eenpersoonsontbijtblad een beetje onbenullig voor me, als Lul met de korte voornaam.
'Kopje koffie?'
'Laat ze niet binnenkomen,' hoorden we Helmke Draaibaar roepen vanuit de kamer. 'Ik ben niet decent.'
Hansen zuchtte.
'Kan die camera niet uit?'

Een halfuur later. Ik stond in de keuken van LaRue, een deel van zijn brigade maakte mise-en-place, en zelf stond de oude meester eenzaam achter zijn kachel voor een ouderwetsche creatie, maar dat wist ik toen nog niet. Bruna deed in ons deel van de keuken de voorbereiding voor *Sterallure*, Louis monteerde op zijn hotelkamer de aflevering van de week daarvoor en Just zat bij madame Groseillier.
Ik had een aantal eenvoudige ingrediënten voor me uitgestald. Even een moment voor voedselkundige bezinning, voor smaakpapilcontemplatie, voor ontspanning van de slikspier. Kijk, voor een deel heeft mijn vak met eenvoudige regels te maken. Het is geen wiskunde, maar er bestaan in de smaakleer enkele wetten waarmee je voorspellingen kunt doen over nog niet bestaande smaakcombinaties. Zoals de schei-

kunde een Periodiek Systeem der Elementen heeft, zo kent de kookkunst een Periodiek Systeem van Ingrediënten. Een maaltijd begint in de regel niet met een overdaad aan zoetigheid, omdat een zoete sensatie de speekselvloed doet afnemen. Speekselvloed is wat de wereld gaande houdt. Zonder speeksel geen smaak, zonder smaak geen trek, zonder trek geen bedrijvigheid, creativiteit, ondernemingszin. Begin een maaltijd met een reep chocola, en je haalt het hoofdgerecht niet. Waarom hebben de zoetige hamburgers bij McDonald's sesamzaadjes op het brood? Niet voor de smaak, want de sesamzaadjes van McDonald's zijn laf en karakterloos. Het zaad zit er om het gehemelte te schuren en de productie van speeksel te stimuleren, en om dezelfde reden zijn de plakjes komkommer en zelfs de tomaat op fastfoodburgers zuurder dan gewoonlijk. McDonald's zou het verschrikkelijk vinden wanneer door het eten van een hamburger de trek en de honger verdwijnen; er moet namelijk nog zo'n abject schijfje gesuikerd vrijbankvlees worden gegeten, en het liefst nog een paar.

De hoofdwet van de smaakleer zegt: balans. Sommige eetculturen schrijven voor dat in ieder gerecht iedere basissmaak (zout, zuur, zoet, bitter, soms aangevuld met zeep en bloed) moet zijn vertegenwoordigd, maar andere keukens hebben die voorwaarde niet. In de Franse kookkunst zijn bijvoorbeeld veel voorgerechten een combinatie van bitter en zuur, omdat al eeuwenlang bekend is dat juist deze smaken de spijsvertering op gang brengen. Een goede kok leert bij zijn opleiding dat alle smaak is aangeleerd, en alle smaakcombinaties zijn dat ook (alleen de voorkeur voor zoet zou aangeboren kunnen zijn, wat te maken kan hebben met de smaak van moedermelk). Vorige week las ik in een historisch kookboek een anekdote over Frederik de Grote van Pruisen, die volgens de overlevering 's ochtends zeven à acht koppen koffie dronk en 's middags nog een hele pot, en daarna pünktlich doorwerkte aan de vermilitarisering van zijn land.

'De koffie werd gemaakt met champagne en soms op smaak gebracht met een lepel mosterd,' stond er, een bewering die mijn culinaire hart deed defibrilleren, en dat van veel van mijn collega's waarschijnlijk ook. Op zich zei de combinatie koffie, champagne en mosterd mij niets, maar smaak is aangeleerd en wie weet leverde dit mengsel een geweldige sensatie op. Ik legde de passage voor aan Bruna, die spontaan begon te kokhalzen. Onterecht, want in sommige Afrikaanse landen wordt koffie met zout gedronken, vrijwel overal in Europa komen mengsels met alcoholische dranken voor, en wij zuinige Nederlanders hebben ooit bedacht om als ware drugsdealers zuivere koffie te versnijden met de geroosterde en gemalen wortel van de cichoreiplant.

Omdat er door het verslapen van de gasten die morgen een gat viel in ons draaiboek, besloot ik te onderzoeken of we de bevrediging die Frederik de Grote blijkbaar peurde uit zijn koffie, konden achterhalen. Mijn enige gegevens waren:

– koffie, al dan niet heet
– 'gemaakt met' champagne
– een lepel mosterd

We experimenteerden eerst wat met koffie-champagnemengsels en vervingen toen het water waarmee de koffie werd gezet door Moët & Chandon. Er zijn acht miljard verschillende mosterdfamilies; we kozen een milde, fijne variant. Het uitproberen duurde een klein halfuur en ik ga niet toelichten hoe het me is gelukt want ik beroep me op het koksgeheim, maar na een toevallige dosering en bereiding schonk ik Bruna een koffiemengsel in waarop ze in poëtisch Italiaans uiting gaf aan haar verrukking. Ze vond het, net als ik, een magnifieke drank, de trouvaille van de week.

'Dit is koffie voor het brede publiek, hiermee kunt u wereldroem halen!' riep ze – Bruna zegt bij zo'n beetje ieder nieuw bedacht gerecht dat het ons beroemd zal maken.

Eerlijk gezegd is faam niet mijn ambitie, maar het herontdekken van een smaakervaring die daarvóór alleen bij een vereenzaamde Pruisische koning bekend was, wel.

Terwijl ik een aantekening maakte over de receptuur, verschenen de Tonnen met een draaiende camera in de deuropening van de keuken, gevolgd door Helmke Draaibaar. Dat was vreemd, want iedere aflevering van *Sterallure* was tot nog toe begonnen met een ontmoeting met de gasten gezamenlijk, maar dat zat er deze keer klaarblijkelijk niet in.

'Goedemorgen!' riep Helmke schor, van een wilde marathonnacht natuurlijk. 'Art Troost in eigen persoon.'

'Helmkééé Draaibáár,' riep ik terug met een intonatie die ik mezelf alleen op televisie hoor gebruiken, en ik deed een stap naar haar toe. 'Welkom op ons Château.'

Ze kwam met haar mooie bruine handen in de predikerstand op me af en omhelsde me alsof we elkaar uit het oog waren verloren, volgens de ongeschreven code dat onbekende bekenden op televisie met elkaar omgaan alsof het een toevallige logistieke misrekening is geweest dat zij elkaar niet eerder tegen het lijf zijn gelopen.

'Wat een eer u te mogen ontmoeten,' zei Helmke. De camera van Ton was ons inmiddels tot op een halve meter genaderd, om dit historische rendez-vous vast te leggen.

'Die eer is geheel mijn genoegen,' zei ik, 'maar voor we verder gaan en jij ons vertelt wat je van het Château vindt en welke verwachtingen je hebt van de komende dagen, wil ik dat je het volgende proeft. Ik heb namelijk met mijn souschef Bruna een nieuwe drank ontwikkeld, waarvoor we nog een naam zoeken. En omdat jij hier nu bent, dacht ik, noemen we het... Koffie Draaibaar.'

Inmiddels had Bruna een glas gepakt en het champagne-koffie-mosterdmengsel ingeschonken. Ze overhandigde het aan Helmke.

'Wauw,' zei deze (of eigenlijk zei ze: oewawoe), waarna ze het glas aan haar mond zette en een slok nam. Haar tweede 'wauw' klonk een stuk minder overtuigend (iets als: wawoe), en hierna gebruikte ze het b-woord, het antwoord dat gasten geven als ze niet eerlijk durven te zijn op de vraag hoe iets heeft gesmaakt.

'Bijzonder,' zei Helmke. 'Ja, lekker, wel. Wat zit er allemaal in?'

'Het is iets wat de koning van Pruisen altijd dronk,' zei ik. 'Koffie met champagne en mosterd.'

'O.'

'Bandwissel!' riep de camera-Ton, voor tv-mensen het signaal om te stoppen met alles waarmee ze bezig zijn. Stop de gesprekken, houd op met koken: er moet een band worden gewisseld en laten we vooral niets buiten de camera om doen. Een vervelende televisiewet wil dat de beste momenten zich altijd lijken af te spelen tijdens een geluidsprobleem of de wisseling van een batterij of een band, vandaar dat alle handelingen in dergelijke situaties worden stilgezet. Helmke was deze wet blijkbaar even vergeten en proefde nog een keer van de naar haar vernoemde koffie.

'Het smaakt een beetje naar...' begon ze, maar Louis onderbrak haar met een handgebaar.

'Helmke, sst, wacht even,' zei hij, waarna hij lachte zoals ik alleen regisseurs van televisieprogramma's tijdens opnames naar mensen zie lachen. Geen lach omdat iets grappig is, zelfs geen lach als ontwapenend gebaar, maar een lach als bevel. Helmke is mediageniek, ze zweeg meteen en wachtte geduldig tot de band was verwisseld.

Ik keek naar haar, en zonder dat ik me er bewust van was, verplaatsten mijn gedachten zich naar elders, naar een vroeger Nederland. *Verse amandel-kokosmelk met rum. Een salade van batjauw en cassave met komro komro tapoe asing, cassavechips, gefrituurd brood en een dressing van tomaten met bosui. Redie ajoeng nanga birambie tapoe asing.* Het uitspreken van dit gerechtje duurt langer dan het happen en doorslikken, birambie is een vruchtje waarover Surinaamse vrouwen met dezelfde gratie praten als Europese koks over truffels.

Toen de band verwisseld was, bromde Ton licht sacherijnig, want cameramannen lijken tijdens het draaien altijd licht sacherijnig: 'Band loopt.'

'Geluid loopt,' zei een andere Ton.

'Oké, aandacht weer. En actie!' riep Louis op zijn beurt. 'Helmke, jij ging vertellen waar die koffiemeuk naar smaakt. Wees vooral kritisch, daar houdt Art erg van.'

Hij lachte zijn regisseurslach.

Helmke wendde zich tot mij.

'Nou, ik vind het dus een beetje bitter,' zei ze, 'aan de kleur te zien dacht ik dat het eigenlijk een soort chocolademelk zou zijn, maar het is een heel aromatische koffie.'

'Grappig dat je dat zegt,' zei ik, me op Helmke maar ook op de camera richtend, 'want jij bedoelt chocolademelk zoals wij dat kennen en ik wil je niet verbluffen met mijn culinaire kennis...'

'Nou, dat doe je wel, hoor,' onderbrak ze me lachend, 'volgens mij is dat de essentie van jouw programma: dat jij je gasten en de kijkers verbluft met weetjes.'

Op de achtergrond hoorde ik Bruna pesterig grinniken, terwijl ik zogenaamd onverstoorbaar verder ging: 'Maar onze chocolademelk is een heel ver achterneefje van een chocoladedrank die de Azteken in Zuid-Amerika dronken en die door de Spanjaarden naar Europa is geïmporteerd. Dat goedje heette *xocolalt*, en betekent letterlijk...'

'Chocolademelk.'

'Nee, bitter water. Chocolade betekent "bitter water". Je moet voor de grap eens een kern van een cacaoboon proeven, daar is niets chocoladerigs aan.'

'Oké, dat snap ik,' zei Helmke, en ze hield glimlachend haar glas met de zo langzamerhand afgekoelde Koffie Draaibaar omhoog, 'maar dít is toch koffie? Waarom begin je dan over chocolademelk bij de Azteken? Wilde je gewoon even over chocolademelk praten? Vind ik ook goed, hoor, mij kun je alles wijsmaken. We kunnen ook over suiker praten. Of koekjes...'

Ze zweeg en keek guitig in de camera. Ik keek ook guitig in de camera.

'Volgens mij gaat dit een heel vermoeiende week worden,' zei ik tegen de toekomstige kijkers thuis.

'En cut!' riep Louis. 'Heel goed, jongens, heel leuke spanning tussen jullie. Goed gedaan, laten we op zoek gaan naar Hansen Fennema Klein.'

Het ging inderdaad een vermoeiende week worden, want terwijl Helmke en ik ons gesprekje over koffie en chocola opnamen, voerde Just op de kamer van Hansen Fennema Klein een zwaar gesprek over voortzetting van het programma. Naar ik later begreep was Hansen ontdaan omdat we hem hadden gefilmd in Helmkes kamer. Hij had met zijn echtgenote een duidelijke verstandhouding: hij kon zijn gang gaan met andere vrouwen, als zij of haar omgeving er maar niet mee werd geconfronteerd. 's Ochtends voor het oog van televisiekijkend Nederland afgepeigerd uit de hotelkamer van Helmke Draaibaar stappen, hoorde daar niet bij, had hij tegen Just gezegd.

'Ik weet het,' riep hij, hoewel Just er niet tegenin was gegaan, 'volgens Nietzsche is liefde de ideale toestand van het kuddedier dat geen vijand meer wil hebben, maar dat is filosofie. In het echte leven wil ik geen aanvaring met mijn vrouw over een stom tv-programma.'

Fennema Klein wilde stante pede terug naar Nederland, want hij had een slecht gevoel over onze uitzending. Just gaf hem de verzekering dat wij niets zouden uitzenden waarmee Fennema Klein het niet eens was, en dat het laatste wat wij wilden was dat zijn huwelijk zou worden *gejeopardized* (term van Just). Na telefonisch overleg met zijn uitgever en zijn advocaat besloot Hansen te blijven, met de nadrukkelijke afspraak dat we zouden suggereren dat hij en Helmke volstrekt evangelisch met elkaar omgingen.

Louis was verbolgen over deze toezegging: 'Godsamme, die twee gaan natuurlijk overspannen aan mekaar zitten plakken, en dan moet ik dat krampachtig buiten beeld proberen te houden.'

Bruna is nog niet terug. Ik ben nog steeds misselijk als een kat, daar heeft mijn dubbelbuikige ontlading niets aan veranderd. Ik voel me als in een enge kermisattractie die tegelijk omhoog, omlaag en opzij gaat. Er dreigt een nieuw kookpunt in mijn lichaam, want ik bibber, ik damp, ik walm, ik tril; mijn mond zit vol bitter vocht. Ik beveel mezelf op te staan en op z'n minst boven de pot te gaan hangen, maar ik heb geen fut om naar mezelf te luisteren. Ik geloof niet dat ik ooit zo'n stank heb geproduceerd, zo leer je iedere dag iets nieuws. Nog steeds wordt de binnenkant van mijn hoofd bestookt met lichtflitsen en afatische vragen. Waarom lig? Waar is mis? Waarom draait de wereld om? Wat zei Niets over lief? Hij zei: 'Liefde is de ideale toestand van het kuddedier dat geen vijand meer wil hebben.'

Andrea!

In momenten van ultieme lichaamszwakte heb ik mijn geest duidelijk niet onder controle. Ik denk aan Andrea, terwijl ik krampachtig niet aan haar wil denken ik wil niet aan haar denken. In betrekkelijk korte tijd heeft het leven *quite a mess* van mij weten te maken, en dat kwam ook door haar en ook door een heleboel anderen maar ook door haar door Andrea want we hebben ons Andrea en ik we hebben ons beiden niet als kuddedieren gedragen maar daar wil ik nu niet aan denken we hebben scènes meegemaakt waar zij Andrea zoveel van weet van scènes beklagenswaardige scènes lachwekkende memorabele maar daar wil ik niet aan denken.

Ik kruip naar de muur van de badkamer en weet me met een enorme krachtsinspanning op te richten. Ik leun tegen de tegels en kijk verdoofd naar de televisie in mijn hotelkamer, die blijkbaar aanstaat. Dat heb ik al die tijd niet gemerkt, dat de televisie vrolijkheid naar mijn kamer heeft gezonden. Het toestel staat afgestemd op een Frans spelletjeskanaal. Mijn hoofd tolt nog steeds, maar het lijkt of mijn ogen luisteren en mijn oren de beelden registreren, alsof de Fransen het programma rechtstreeks naar mijn hersens sturen.

Wenteldampend tegen de muur doe ik niet eens meer moeite om het voorvocht van de naderende antiperistaltische uitbarsting in mijn mond te houden. Er lachen mensen. Iemand geeft het antwoord A, op een multiple-choicevraag. Het is goed geantwoord! A staat voor Andrea, de vrouw aan wie ik niet wil denken, aan wie ik niet wil denken. Denk aan haar, aan Andrea, als aan een porseleinen schaal met glanzende meikersen.

Plotseling knipper ik goed met mijn ogen, omdat ik Andrea in het televisiepanel zie zitten. Ze spreekt vloeiend Frans en weet antwoord op de vraag over het vermeende fascistoïde gedachtegoed van Brigitte Bardot. Er gaat hier iets vreselijk mis, Andrea spreekt geen Frans!

'Hé meikers,' roep ik naar het scherm. Bittervocht spat uit mijn mond. Andrea draait zich naar me om, glimlacht glimlachlijk, waarna ze het presteert om uit het televisietoestel te komen, naar me toe te lopen en op de rand van mijn bad te gaan zitten. Zeker een scène die ik me zal herinneren.

'Een meikers is een zeer oude kruising tussen een zoete en een zure kers,' leg ik haar uit. 'Veel mensen denken dat mei in meikers met de maand mei te maken heeft, of met het voorjaar, omdat *meye* een oud woord is voor lente, en dat zou zeker kunnen, hoewel er ook koks zijn die vermoeden dat mei slaat op "maai" en dat een meikers dus een vrucht is die rijpt in de maaitijd.'

'O ja?' zegt ze, mijn koortsige voorhoofd deppend met een nat washandje.

Ik knik.

'En evenveeltjes heten evenveeltjes omdat van elk van de ingrediënten meel, melk, suiker en eieren evenveel wordt gebruikt. De gebakjes werden al in de achttiende eeuw gemaakt.'

Liefdevol spoelt ze de washand in een kom water en zegt: 'Rustig maar. Ga maar achterover liggen.'

'Ik ben blij dat je er bent. Ik wilde je iets zeggen dat ik bij mijn afscheid naar Frankrijk ben vergeten, en dat nu ook weinig zin meer heeft, maar toch wil ik het kwijt. Los van alle rottigheid en alle dingen die zijn gebeurd, neem ik je echt niets kwalijk zoals ik hoop dat je mij ook niets verwijt. Ik hoop waarachtig dat je uiteindelijk en het liefst zo snel mogelijk heel heel heel erg gelukkig wordt met hoe je je leven wilt leven, dat je altijd eerlijk tegenover jezelf zult kunnen zijn, maar ook aan anderen denkt, dat je de wereld ontdekt en dan toch de volle liefde vindt die je ten volste kunt beantwoorden zonder geremd te zijn of je te veel te geven. Weet je, ik au van jou.'

ZOUT

De lome rust in het Château wordt verstoord, want de hele ploeg staat in mijn badkamer naar mijn maaginhoud te kijken. Aanvankelijk loopt en roept iedereen door elkaar heen, tot Just de leiding neemt. Ik stamel dat ik pertinent niet wil dat er een dokter wordt gebeld. Ondertussen heeft Bruna met een handdoek de ergste blubber van mijn lichaam geveegd, terwijl regieassistente Irma met een natte washand mijn billen afveegt. Als ik schoon genoeg ben tillen de Tonnen mij van de vloer en brengen me naar mijn bed. Irma heeft de lakens opzijgeschoven en Louis komt als een echte verpleegster met een glaasje water aan, maar hij zegt erbij dat hij mij nog steeds een enorme hufter vindt. Een enorme hufter... Misselijk probeer ik me te herinneren waarom ik dat ook alweer was.

'Maak je over de troep geen zorgen,' zegt Just, 'we hebben de huishoudelijke dienst al gebeld.'

'Mooi, nog meer mensen in mijn kamer,' zeg ik.

Want het heeft inderdaad iets van een rafaëlitisch groepsportret: zo'n nog betrekkelijk jonge stervende pater familias op zijn ziekbed, omringd door diepbedroefde verwanten.

Just is degene die me een jaar of zes geleden vroeg of hij een tv-programma rond mij mocht maken. De kookshows waren enorm in opkomst, de BBC zond dagelijks zelfs meerdere programma's uit met beroemde chefs in de hoofdrol, en er was vraag naar een Nederlandse gelijke. Toen ik na een lunch bij Just en partner aanschoof, legde hij uit dat drie commerciële omroepen elk al met een eigen kok in zee zouden gaan – een voormalige housedeejay, een moordenaar en een transseksuele winterschilder –, de TROS had een al overleden gaarkok uit rusthuis Het Laatste Pitje gereanimeerd, en nu schreeuwde ook het progressieve NED3 om een eigen kookgezicht. Just zei, met de woorden van een tv-producent, dat er op zaterdagavond een heel interessant *timeslot* vrijkwam voor een 'vermakelijk en informatief, de humor niet schuwend kookprogramma met *content* en diepgang, rondom gasten uit de wereld van kunst, cultuur, lifestyle en media'. Oftewel: ik zou moeten koken met bekende culturele Nederlanders.

Nu heb ik er ooit voor gekozen mijn leven zo in te richten, dat ik iedere dag uren achtereen verkeer in de eenzaamheid van een keuken, een paar assistenten en wat apparaten, om ingrediënten te bedenken, te bereiden en te rangschikken en daarmee te zoeken naar wat ik uiteindelijk noem mezelf: gekookte troost in eerste instantie voor mijn eigen mond en pas later voor de monden van mijn al dan niet verloren geliefden, vrienden en dierbaren en nog veel later voor andere gasten die in mijn gerechten wellicht ook vertroosting vinden, troost voor dingen die ik niet begrijp, of juist wel begrijp, liefdevolle troost, troost voor haat, voor de meedogenloze mensheid, geile troost, troost voor verdriet en verlies, voor macht die je niet hebt en dingen die je niet kunt of niet kunt veranderen, troost voor overleden moeders en de illusie van vriendschap, voor vragen waarop je nooit antwoord zult krijgen, troost die tegelijk opbeurt en ontregelt.

Inmiddels weet ik hoe deze keuze van mijn leven een zoektocht naar smaak, stijl en troost te maken, tot de verbeelding spreekt van 'het publiek' en 'de media'. Net als alle koks die Michelin-sterren hebben en meer dan veertig exemplaren van hun kookboeken verkopen, wordt mij regelmatig gevraagd tekst en uitleg te geven over mijn kookkunst en kookboeken, en in het verlengde daarvan over mijn leven, mijn liefde, mijn familie, mijn *Weltanschauung*, mijn gebit. Ik heb er destijds voor gekozen om de meeste van die vragen te beantwoorden, want een van mijn leermeesters – een voormalige tweesterrenkok die Nederland een paar jaar geleden teleurgesteld de rug toekeerde en naar Duitsland vertrok – doceerde aan een klein klasje aanstormende chefs: onbekend maakt onbemind. Het kan geen kwaad om zo nu en dan de pers te woord te staan en je te laten fotograferen met zangers, politici en schrijvers, als je daarmee je kookkunst kunt verbreiden. Alles voor je kunst, leerde hij ons. Het idee van een eigen tv-programma was dan ook niet geheel absurd.

'Oké,' zei ik, 'het klinkt aantrekkelijk, maar ik wil in geen geval worden gebracht als "de Nederlandse Oliver James", want die schuimende stuiterbal lijkt me erg enthousiasmerend voor het vak, maar als kok vind ik hem eerlijk gezegd van het niveau zeevaartschool-kombuisklas.'

Just gaf me groot gelijk, en doet er sindsdien alles aan om me te verkopen als de Nederlandse Oliver James.

Mijn vader noemt ons koks het zout der aarde. Hij zegt: 'We zijn het zout en we koken het zoet.' De schaarse keren dat mijn vader en ik tegenwoordig nog over ons vak praten, zegt hij: 'Wij koks zijn gebenedijden.'

Het is ondankbaar om je als kok niet gebenedijd te voelen, wij zijn de hogepriesters van de maag. En toch. Ik heb de smaak van mijn vader. Mijn eerste culinaire ervaring, de eerste keer dat ik me herinner onder de indruk te zijn geweest van een smaak, en vooral van de bereiding van die smaak, en voor al vooral van de bereider van die smaak, was toen mijn vader – wie anders? – in de keuken van zijn restaurant een traditionele ragout voor me klaarmaakte.

Thuis kookte mijn vader bijna nooit, behalve bij grote familiefeesten als hij lacherig leiding gaf aan een opgeschoten leger gillende tantes. Ik wist dat mijn vader *patron de cuisine* was, maar ik had geen idee wat dit werkelijk inhield. Op een middag nam hij me, noodgedwongen, mee naar zijn kachel. Dat is het eerste wat ik me feitelijk van die middag herinner, dat hij zijn gasfornuis een 'kachel' noemde. Mijn ogen puilden in stupefactie. In ons gezin was mijn vader een vrolijke, toegankelijke, beetje burgerlijke kerel, maar in zijn keuken werd hij door zijn brigade met een kruiperige nederigheid bejegend. Mijn vader bleek een erg belangrijke meneer en hij boezemde iedereen angst in.

Mensen die nooit in een toprestaurant hebben gewerkt, weten niet wat het is en kunnen zich geen voorstelling maken van de status en heerschappij van een chef de cuisine. Als God de schepping over mocht doen, zou hij zichzelf geen God noemen maar Chef. Een topkok is over het algemeen een statige, introverte man wiens onkreukbare ego iedere middag en iedere avond op porseleinen borden via een doorgeefluik naar een drom volgelingen en bewonderaars wordt gebracht.

Een kleine kijk in de keuken: de meeste chefs zijn geen chef geworden omdat ze in hun jonge jaren overliepen van liefde voor ingrediënten, etenswaar en gerechten, integendeel. De meeste chefs zijn ooit onderaan in de keuken begonnen, niet omdat het vak van kok hen aantrok, maar omdat ze een baantje zochten. En terwijl ze zwaar onderbetaald en afgemat voortploeterden, keken ze op naar die man, die meedogenloze etter, die kampbeul die boven aan de ladder stond. De man tegen wie ze u moesten zeggen, die twee keer per dag applaus ging halen bij het snobistische rotvolk in de eetzaal, en die alles had wat de koks niet hadden: een grote auto, een eigen kantoor, een mooie jonge vrouw, een paar mooie jonge minnaressen, aandacht, aanzien, roem, beroemde vrienden.

En dan vindt er een waterscheiding plaats, want alleen de echte doorzetters zijn bereid om, staande op die onderste trede, een meedogenloze loopgravenoorlog aan te gaan met souschefs, *chefs de parties, commis de cuisines, chefs de rangs*, et cetera. Voordat een chef chef de cuisine wordt, moet hij zich transformeren tot een fanatieke voedselautist, en bereid zijn z'n leven volledig in het teken van koken te stellen. Een echte kok is niet toerekeningsvatbaar. Hij moet jarenlang de beste in de keuken willen zijn, hij moet van alles het meest weten, hij moet het fortuinlijkst inkopen, het hardst werken, het best tegen stress en pesterijen van medekoks kunnen, hij moet zich in Frankrijk jarenlang laten vernederen door lokale keukenzetbazen, hij moet de creatiefste gerechten bedenken, de gemeenste trucs uithalen en hij moet kunnen trappen naar beneden en likken naar boven, en vooral het lef hebben dit ook omgekeerd te doen, hij moet enorm veel geluk hebben, een inspirerende leermeester vinden en een schare mensen om zich heen verzamelen die in hem geloven. Zo is mijn vader chef de cuisine geworden.

Mijn vader kreeg op zijn vijfendertigste zijn eerste Michelin-ster, ongeveer in de tijd dat hij voor mij in zijn keuken een ragout klaarmaakte. Ik was een jaar of zeven en keek gefascineerd toe hoe hij van bloem en boter een blanke pap maakte en daar heel voorzichtig bouillon doorheen roerde. De ingespannen toewijding waarmee hij dit deed, kan ik nog frame voor frame oproepen. Het is de ingespannen toewijding waarmee ik achter mijn eigen kachel hoop te staan.

Pas veel later kwam ik erachter dat mijn vader ook een rotzak kon zijn. Hij ontsloeg personeel rücksichtslos als ze vingerafdrukken op de borden hadden achtergelaten, ook wanneer zo'n kok thuis monden moest voeden. Hij stuurde gerechten die klaarstonden om naar tafels te worden gebracht zonder enige uitleg terug naar de argeloze commis die het bord had bereid, en jatte schaamteloos ideeën die zijn souschef had ingebracht.

De voertaal in mijn vaders keuken was Frans, zoals het hoort in een keuken van niveau, en terwijl mijn vader met bloem en boter een roux maakte, snauwde hij in die mij onbekende taal bevelen naar zijn personeel. Een kok moest een bouché van bladerdeeg uit de oven halen, terwijl mijn vader zijn ragout omtoverde tot een vol-au-vent met kalfszwezerik, kipquenelles, champignons, hanennieren, gepelde rivierkreeftjes en een lepel dikke crème fraîche. Met deze rijke ambachtelijke salpicon vulde hij mijn pasteibakje dat zijn kok voor hem had klaargezet. Hij gebaarde me aan de keukentafel te gaan zitten, waarna hij mijn bord sober opmaakte. Vervolgens zette hij mijn dampende mini-vol-au-vent voor me neer en draaide zich om naar zijn personeel dat hij in het Frans instructies gaf voor de mise-en-place van de lunch, maar niet nadat hij me even had aangekeken met een blik die ik toen niet hadden kunnen benoemen: die van almacht.

Ik had eerder ragout gegeten, uit een blikje van de supermarkt, door mijn moeder opgewarmd in een steelpannetje. Zonder al te veel verwachtingen nam ik een hap van mijn vaders pastei. Dit is een detail dat ik er later misschien bij heb verzonnen, ik weet niet hoe hoog mijn verwachtingen waren, ik weet alleen nog hoe ik onder de indruk was van die man. De sensatie die ik voelde bij die eerste lepel vol-au-vent bepaalde... nou ja, de loop van mijn leven.

'Lekker' is het woord niet. Lekker mag wat mij betreft zo snel mogelijk worden geschrapt uit de voedselencyclopedie. Lekker is een gemaksziekte. Vroeger betekende lekker 'kieskeurig' of 'op goed eten gesteld', en dat is een betekenis waarmee ik zou kunnen leven. Maar net als het woord 'leuk' is het hedendaagse 'lekker' afgekalfd en van zijn betekenis ontdaan, en wordt het voornamelijk misbruikt door fabrikanten van laffe inspiratieloze massabagger, en obers van zoveelderangs smaakpapilverkrachters. 'Was het lekker?'

Lekker? LEKKER? Wat ik mijn lippen laat passeren moet zonder terughoudendheid subliem zijn, puur en hoogstaand. Ik wil een dubbele regenboog achter mijn tanden, mijn gehemelte bombarderen met een perfect afgestemd smaaktapijt, mijn slokdarm overrompelen en mijn maag in een opperste staat van bevrediging brengen, voor minder doe ik het niet. Ik geloof niet in een Schepper of een hogere macht, maar ik wil mij bij alles wat ik eet dankbaar voelen voor het bestaan van het leven zelf. Dit klinkt ronkerig, en zo is het ook bedoeld. Ik wil ronkerig klinken als ik het over mijn vak heb. Als koks niet over het koken mogen ronken, wie dan wel?

Na die hap vol-au-vent van mijn vader was ik voor het eerst van mijn leven dankbaar voor mijn kinderbestaan en wist ik dat ik nog maar één ding wilde: koken in een keuken als die van mijn vader, om mezelf en de mensen die bij me willen eten kortstondig gelukkiger te maken.

Maar, want er is altijd een maar, toch ben ik geen zondagskok die een loopbaan van zijn ouweheer cadeau heeft gekregen. Hoewel ik mijn vader smeekte om voor hem te mogen werken, achtte hij zijn restaurant te professioneel voor een kind, en terecht. Pas toen ik op mijn veertiende op een asperge begon te lijken, nam mijn vader me schoorvoetend aan als marmiton, om groentes te spoelen en pannen te verzorgen. Ik wist toen al meer van eten en koken dan het grootste deel van de keukenbrigade, en ik had zelfs een heus kookboek geschreven met eigen ontwikkelde gerechten en recepten. Het was mijn voornemen de jongste topkok ooit te worden. Mijn vader moest grinniken om mijn ambities, maar hij heeft me nooit voorgetrokken ten opzichte van de rest van zijn personeel en hij beulde me af zoals hij anderen afbeulde. En toch heeft hij me ook nooit echt tegengewerkt, wat voor een man met het ego van een chef een opmerkelijke prestatie genoemd mag worden. Twintig jaar na mijn eerste hap vol-au-vent kreeg ik mijn eerste ster. Vijf jaar later mijn tweede.

De Tonnen hebben inmiddels mijn kamer verlaten en Bruna helpt de meisjes van de huishoudelijke dienst met het schoonmaken van mijn badkamer. Just zit op een stoel bij mijn bed en zegt me dat ik me geen enkele zorgen hoef te maken, om vervolgens argumenten aan te dragen waarom ik dat beter toch wel kan doen. Het draaiboek voor de komende week is nog niet af, de gerechten moeten nog worden voorgekookt en de gesprekken met de nieuwe gasten voorbereid. Onze gasten van afgelopen week zijn na ons vaste programmaonderdeel Het Laatste Bonte Avondmaal, vanmorgen vroeg in alle haast met de chauffeur richting Nederland vertrokken.

'Ze vonden het vreselijk jammer dat ze je geen gedag konden zeggen,' zegt Just, en door mijn misselijkheid kan ik niet peilen of hij dat cynisch bedoelt. Hij vraagt of ik me nog ga aankleden.

Ik haal vragend mijn schouders op.

'Geen enkel probleem: jij laat vandaag bij de vergaderingen verstek gaan,' zegt Just stellig, terwijl hij me toedekt met een ouderwetse deken. 'Ik zal je verontschuldigen bij madame Groseillier en de rest van de hoteldirectie en bij die klootzak van een LaRue. Morgen ben je weer beter.'

Het klinkt als een bevel en dat is het ook.

En zo lig ik een moment later eenzaam te bibberen en te ijlen in mijn hotelbed. De loopgravenoorlog in mijn buik is nog niet beslecht, rond Verdun vinden nog enkele stevige schermutselingen plaats. En de televisie braakt nog steeds onverstoorbaar gezelligheid uit in mijn kamer. Wie wil er miljonair worden? Een vrouw die eruitziet alsof ze maar twee of drie grootouders heeft – ze oogt incestueus, bedoel ik – kan een fors bedrag winnen als ze het juiste antwoord geeft op de vraag door wie het boek *Le Décaméron* is geschreven: Dante, Boccace, Pétrarque of Shakespeare. Ze heeft geen hulplijnen meer en moet het helemaal zelf bedenken. De vrouw kijkt uitdrukkingsloos naar de mogelijke antwoorden. Van de redactie heeft ze opdracht gekregen hardop haar gedachtegang onder woorden te brengen, zodat de kijkers zich met haar worsteling kunnen plezieren, maar het probleem is: de vrouw heeft geen gedachtegang.

'Dante... *je ne le connais pas...*' zegt ze onzeker. 'Boccace... hmff... Petrarca...' en dan gaat er licht branden: 'Shakespeare... *c'est un écrivain...*'

'*Oui...*' zegt de sympathieke presentator, niet als een vraag en ook niet als een bevestiging. Er volgt een lange stilte. De vrouw haat boeken, je ziet het aan haar gezicht, ze haat schrijvers, ze haat iedereen die leest of heeft gelezen. De presentator blijft sympathiek kijken, zijn kapsel lijkt in een thermische oven vastgebakken te zijn aan zijn hoofd.

'*Je ne lis jamais,*' zegt de vrouw alsof ze, wanneer ze wel eens een boek zou lezen, het antwoord had geweten. '*Réponse B, Boccace. Je joue résponse B. Tout ou rien. Résponse B, Boccace.*'

Het kapsel van de presentator lijkt te protesteren.

'*Êtes-vous sûr? A coup sûr?*'

'*Oui!*' roept de vrouw en je ziet haar denken: speel nu maar. De presentator haalt zijn schouders op, er klinkt een spannend deuntje en dan volgt de ontknoping: het antwoord is... goed! De camera zoemt in op de blik van de vrouw. Ha! De vrouw heeft al die arrogante schrijvers en lezers een behoorlijk kostbare poep laten ruiken. Nooit een boek gelezen en toch weten wie *Le Décaméron* schreef! In de ogen van de vrouw zien we wat de Grieken noemden *è nikè*, de overwinning!

Soms is een blik in iemands ogen genoeg om een herinnering op te roepen. Een halfjaar geleden zat ik in mijn restaurant iets te overleggen met mijn Henry, mijn *maître d'hôtel*. Aan de bar zaten twee mannen aan de champagne. Ze keken misprijzend naar een kerel in hun buurt en draaiden zich vervolgens naar elkaar. De blik in de ogen van een van hen zag ik een jaar of acht geleden eerder... Ik maakte op uitnodiging van een Alliantie een culinaire treinreis door Afrika. Er waren ook twee Franse topkoks met bepoedersuikerde vrouwen aan boord. Ze dronken veel en des te later het werd des te minder ze zich zorgen maakten om anderen. Op de laatste avond in de trein stond het bèta-Fransmannetje tijdens een ruzie plotseling woest op en verdween naar zijn slaapcoupé. Het alfa-Fransmannetje bleef achter bij het gezelschap. Hij en zijn landgenoot waren samen eigenaar van een beroemde driesterrenzaak, maar nu had hij zijn vroegere kompaan verteld dat hij hem ging uitkopen.

'*Aj jave won,*' riep hij, nadat hij ons hiervan deelgenoot had gemaakt. '*Aaaj jaave totally won!*' Hij riep het zo hard dat zijn testosteronspiegel de luchtdruk begon te verhogen.

Twee dagen later slenterde ik door Kaapstad met een collega die zich 'de enige tweesterrenkok uit Denemarken' noemde. Het was een warme, zinderende middag. Bij een oud statig hotel maakte de Deen foto's. Plotseling zagen we door de draaideur een van de Franse vrouwen naar buiten komen, de echtgenote van het bètamannetje. Eerst groette ze ons uitgelaten, maar toen schrok ze terug. Achter haar aan kwam nietsvermoedend een van haar landgenoten naar buiten, om precies te zijn... het alfamannetje. Het was volkomen duidelijk wat zij in dat hotel hadden gedaan, maar ik ga het toch opschrijven, om de smerigheid van het woord te proeven: geneukt. De vrouw zei 'o!' zoals alleen Franse vrouwen dat kunnen, en wendde haar hoofd af in de hoop dat we hen niet samen zouden zien. Op het gezicht van de man verscheen er een fascinerende glimlach. Eenzelfde blik zag ik een halfjaar geleden weer, aan de bar van mijn restaurant. Die ogen straalden uit: ik ben zo blij dat jullie mij zien, dat iemand registreert dat ik mijn tegenstander nu echt *totally* heb verslagen.

Degene die echt *totally* verslagen was, was ik. Een van de kerels die aan mijn bar naar mij stonden te kijken, was Andrea's geheime minnaar, een jongen nog. Ik herkende hem van de interviews die hij over zijn films had gegeven. Een paar jaar eerder had ik hem ontmoet op een receptie, en de redactie van *Sterallure* had hem op de lijst staan van potentiële gasten op het Château. Niet het feit dat Andrea er al een halfjaar in het geheim een relatie op na hield raakte me het meest, maar dat haar stiekeme vrijer mij in mijn eigen restaurant de hoorns kwam opzetten. Wat had ik hem gedaan dat hij mij hier kwam treiteren? Ik kon geen hakmes in zijn schedel planten, of zijn gezicht vastplakken aan het geblakerde metaal van mijn grillrooster, want je zou net zien dat er op dat moment een inspecteur van Michelin of een rapporteur van *Proef!* in de zaak zat. 'Art Troost kookt veel te agressief de laatste tijd.' 'Typisch Nederlandse bediening bij Troost.'

Op liefdesgebied hebben vrijwel alle koks noodgedwongen vlees van dode paarden moeten eten. Andrea en ik zijn getrapt in de val waarin bijna alle geliefden in de horeca trappen. Ik was 'altijd weg'. Ik dacht 'alleen maar aan mijn restaurant'. Ik werd 'omgeven door mooie jonge meisjes uit de bediening'. Ik kwam 'iedere avond laat thuis'. En zij? Zij lag iedere nacht in eenzaamheid op mij te wachten, haar petillante geestesleven gedoofd, haar dorstige lichaam zonder vruchtgebruik. Ik neem haar niets kwalijk. Ik neem het haar niet kwalijk dat zij de onrust tussen haar benen op den duur heeft laten blussen door... door... Of misschien neem ik haar dat wel kwalijk.

Andrea schreef artikelen over films, en daar ging het mis. Na afloop van een interview met een regisseur over de essentie van de cinematografie door de eeuwen heen en zijn verheffende meningen over de wereld, ging ze heel onprofessioneel nog iets drinken met haar onderwerp, om later die avond als participerend verslaggeefster de essentie van de erotische film met hem door te nemen. Dit alles heb ik pas ver nadien gehoord. Een van de belangrijkste verteltechnieken van de film, weet ik van Andrea, is de zogenaamde scène: een afzonderlijke typerende gebeurtenis die in verband staat met andere typerende gebeurtenissen. In feite is een film niet meer dan een reeks aan elkaar geplakte scènes. Een goede scène moet zo krachtig zijn dat de kijker deze twee uur, twee dagen, twee jaar, twee deccennia later nog voor zich ziet. Mijn gerechten zijn ook scènes; ik hoop dat mijn gasten zich mijn creaties nog jarenlang herinneren.

Dit is een scène uit ons leven die ik mij nog voor de geest kan halen, het moment dat onze relatie klapte, al hebben we sindsdien een aantal grootscheepse reddingsoperaties gehad en met speurhonden en lawineploegen verbeten naar spoortjes liefde gezocht.

Andrea bleef 's ochtends onverwacht thuis van haar werk. Terwijl ik wentelteefjes voor ons stond te bakken, kwam ze achter me staan. In de oven lagen een stuk of wat evenveeltjes te rijzen – door onwetende obers madeleines genoemd – en de geur van het garende beslag trok door ons appartement. Niets zo gelukzalig als een appartement met de geur van versgebakken cakejes.

'Ik wil met je praten,' zei ze, en als iemand zoiets zegt hoef je eigenlijk al niet meer te praten. Andrea zei dat ze 'het niet langer trok'. Het viel me tegen dat een journaliste juist deze uitgekauwde uitdrukking gebruikte. Blijkbaar zijn we niet in staat om voor onze diepdoorleefdste emoties allerindividueelste woorden te vinden.

'Dan is mijn leven kapot,' antwoordde ik, en ook dit viel me eigenlijk nogal tegen.

'Maar we kunnen niet verder samen,' zei ze. 'Daarvoor is er te veel gebeurd.'

'Ik ben bereid om te vechten.'

'Vechten heeft geen zin meer.'

'Maar we hadden het in essentie toch goed?'

'Je hebt te veel beloftes gebroken.'

'Kun je me niet nog een kans geven?'

'Je hebt te weinig in ons geïnvesteerd.'

'Is er een ander?'

En dit driehonderd gemeenplaatsen en dooddoeners lang.

Ik denk dat ik me deze scène niet zal herinneren om de scherpe dialoog, maar om de wentelteefjes die ik liet verpieteren. De evenveeltjes brandden aan. Koken met traanvocht, een culinaire innovatie.

Ik neem haar niets kwalijk. Hoeveel scènes zijn er niet waarin geliefden elkaar op de prachtigste ongeloofwaardigste manieren veroveren en voor het eerst kussen? Hoe weinig scènes zijn er waarin geliefden rücksichtslos met elkaar breken. Hansen Fennema Klein citeert in zijn boek de schrijver Robert Musil, die zich ooit afvroeg wie niet de boosaardige verleiding kent bij het bekijken van een mooi geglazuurde, weelderige vaas, een verleiding die schuilt in de gedachte dat je deze vaas met één stokslag aan gruzelementen zou kunnen slaan. Die vaas was onze relatie, en wij hebben beiden als bezetenen met die stok in onze handen gestaan. Andrea en ik zijn 'niet prettig' uit elkaar gegaan. We hebben elkaar geen gedag gekust, we hebben gegooid met spullen en verwijten. Onze liefdeste liefde en onze haatste haat bleken griezelig dicht bij elkaar te liggen.

Die vaas van Musil staat óók voor een uitgebalanceerd, mooi opgemaakt gerecht: gasten mogen de creatie die de chef met zoveel zorg voor hen heeft bereid, met mes en vork verruïneren zonder zich schuldig te voelen. Eten is de kunst van het vernietigen.

Terwijl Just vorige week een zware onderhandeling voerde met Hansen Fennema Klein over diens eventuele vertrek, zaten wij met de voltallige bemanning aan de lunch in het Château, in bange afwachting. Er waren verder weinig gasten in het hotel, en om de een of andere reden had LaRue speciaal voor ons gekookt. Het heeft nooit echt geboterd tussen LaRue en mij. De topkokwereld is Sudan in het klein; een onuitstaanbaar vechtlustig milieu waarin op alle mogelijke niveaus strijd met elkaar wordt gevoerd, en als ik één ding heb geleerd van de gasten die ons Château bezoeken is het dat dit voor zo'n beetje alle werelden geldt. In kookland wordt veel geroddeld, veel gemeesmuild, veel uitgelachen, en chefs schamen zich er niet voor om hun collega's het leven zuur te maken. In de hiërarchie voelen klassieke koks zich verheven boven de experimentele, maar het publiek en sommige kookschrijvers kiezen steeds meer voor de laatsten. In ons eerste jaar hier in Sassetot, kon LaRue nog wel interesse veinzen voor mijn acrobatische recepten, zoals mijn vader zich ook vaak quasi-bezorgd vrolijk maakt om mijn kooksels. LaRue is een chef die zijn carrière begon aan het hof van Lodewijk de Veertiende, die zelfs in zijn puberteit niet heeft gedweept met de nouvelle cuisine en die zijn leven lang ieder gerecht op precies dezelfde manier probeert te bereiden: volgens het fundamentalistische voorschrift 'traditioneel met streekproducten'.

LaRue vindt mij een Hollandse snotaap, hij moet niets hebben van mijn kookkunst, hij noemt mijn keuken misprijzend 'een laboratorium' en hij verafschuwt het feit dat ik een maf apparaat uit Spanje laat overkomen waarmee ik kan mixen en opwarmen tegelijk, zodat ik een mooie warme mousseline kan maken van bloemkool, kookvocht, kippenbouillon, olijfolie, citroensap, pecorino, zonnebloempitten en een halve citroen. Of dat ik een machine uit Los Angeles laat overvliegen waarmee ik ijsbeslag tot min vijfentwintig graden Celsius kan invriezen om het vervolgens in drie minuten op te schrapen tot een zalvendzachte emulsie.

Het ware probleem van LaRue en mij is niet dat hij uitsluitend werkt met een oude garde en een pruttelende staafmixer, en ik met een industriële hogedrukspuit en een lasbrander; het ware probleem is dat toen we elkaar ontmoetten, we allebei een Michelin-ster hadden. Twee jaar geleden kreeg ik er een bij, en dat moet voor LaRue een vernedering zijn geweest. Sindsdien bejegent hij mij met afkeer en minachting.

Tot vorige week bij de lunch. Voordat we iets konden bestellen kwam LaRue glimlachend naar onze tafel, geflankeerd door een van zijn gerants. Ze droegen beiden opgemaakte borden.

'*Mesdames et messieurs,*' zei LaRue, met een vriendelijkheid die we van hem niet gewend waren: '*Le premier cours, un plat traditionel: omelette normande aux crevettes.*'

Ongevraagd zette hij de voorgerechten op tafel.

'Wat is er met hem aan de hand?' vroeg Louis. Het gerecht smaakte uitstekend, een prestatie, want het zijn juist de eenvoudige gerechten die het moeilijkst te bereiden zijn. Na de garnalenomelet bracht LaRue wederom eigenhandig de hoofdschotel: terrine de gigot à l'ancienne, een oeroud Normandisch gerecht van witte bonen met agneau pré-salé, oftewel lammeren die hebben gegraasd in het zoutmoeras van de Cotentin. Trots zette LaRue de borden op tafel. Ik keek hem goed aan en het viel niet te ontkennen: lachend wenste LaRue ons een prettige voortzetting.

'Er is iets met hem aan de hand,' zei Louis.

Na die lunch trok ik mij terug in de statige lobby van het hotel. Helmke Draaibaar maakte met Louis ('van de oude stempel, van de oude jenever') een wandeling in de bossen rond het Château. De lobby was verlaten, ik kon gaan werken aan mijn nieuwe kookboek, ik kon voorkoken in de keuken, ik kon Bruna helpen met de mise-en-place voor ons item 'het gezamenlijk bereiden van het Eerste Avondmaal', maar ik besloot lui te zijn en mezelf te trakteren.

De doos was van notenhout. De bekleding van rood crêpepapier en de opdruk van het logo in bruine lak. De geur uit de doos was aangenaam en zeker niet penetrant. Ik haalde er één uit de doos en bracht die naar mijn neus. *Smells like old age spirit.* Met een lucifer stak ik een cederhoutje aan, en happend zette ik vlam in mijn Cohiba Siglo v, in Amerika illegaal en daarom de meest gerookte sigaar ter wereld.

Ze smaakte indrukwekkend. Er zijn koks die beweren dat tabaksrook de smaakzin aantast, maar als je geen pakje per dag rookt, is dit onzin. Ik genoot en sloot mijn ogen.

'Goedemorgen, chef.'

'Goedemorgen, chef.'

'Goedemorgen, chef.'

Lachend kwamen de Tonnen de eetzaal uit. Ze waren zogenaamde beautyshots aan het draaien, snijmateriaal voor tussen de gesprekken met de gasten. Waar een vleermuis kijkt met z'n oren, een sidderaal met een ingebouwde ampèremeter (altijd handig) en een kok met zijn tong, is de wereld voor een cameraman een aaneenschakeling van shots, al dan niet bekeken door zijn camera.

'Mooi beeld!' zei Ton, die mij in de rook zag zitten en onmiddellijk zijn zoeker naar zijn gezicht bracht. Het zonlicht doorsneed de ruimte. Ton Camera gaf Ton Assistent opdracht het statief neer te zetten, waarna hij zijn camera installeerde voor een *pan shot*.

Ik bleef rustig zitten, nam een weloverwogen trek van mijn sigaar en liet de rook langzaam uit mijn mond wegvlieden. Intuïtief voelde ik dat Ton inzoomde op mijn mond.

'Smaakt prima,' zei ik in de camera, 'maar opgelet: dit is geen reclame voor sigaren, want die is verboden op tv. Dit is een consumententest. De lauwwarme rook van de punt van de kegel – as er zo lang mogelijk aan laten! – zuig ik langzaam door het midden van de tabak naar mijn mond... Hm... Mooi aroma, prettige afhap.'

Als Louis dit fragment straks terug in Nederland daadwerkelijk in de aflevering monteert, wordt er op internet ongetwijfeld weer een banvloek over me uitgesproken, want er zijn sites die met de agressie van een gemiddeld Tutsi-opperhoofd bijhouden wie er waar wanneer in het openbaar heeft gerookt. Een paar jaar geleden accepteerde ik in een praatprogramma live een sigaartje van een medegast, waarna ik op een webstek werd beschimpt met de constatering dat ik een 'kutkok' was omdat de gasten in mijn programma's wel eens een sigaret opsteken, en dat is voor de televisiekijker al bijna net zo slecht als zelf roken. 'Je bent kankerverwekkend, Troost!' beet iemand me liefdevol toe.

Vorig jaar werd ik uitgenodigd een banket te verzorgen op de Nederlandse ambassade in New York, het Al Qa'ida-hoofdkwartier van het internationale antirookterrorisme. Roken staat in Amerika bijna gelijk aan heroïnegebruik of het op straat doodtrappen van een onschuldige voorbijganger. De Nederlandse politiek heeft besloten dat ook in Nederland restaurants geheel longkankervrij moeten worden, wat een probleem zal geven, want in de culinaire wereld rookt werkelijk iederéén, of iedereen heeft gerookt, of denkt erover te gaan roken. En iedereen drinkt, maar dat is weer een ander probleem.

Toen de Tonnen waren verdwenen zakte ik diep in mijn fauteuil en sloot mijn ogen. De aroma's achter mijn lippen achtbaanden langs mijn gehemelte.

'Mag ik ook een sigaar?' hoorde ik een stem.

Ik probeerde de stem te analyseren. *Saffraanijs met een rozensabayon in een zomerjurk. Goudrenet in aspic. Gegrilde cherrytomaatjes. Jonge doperwten, geoogst in mei, vers van het land, knapperig nog: ja!*

Ik opende mijn ogen. Sanne, de dochter van Louis, glimlachte me vrolijk toe.

Ongemakkelijk groette ik haar.

'Nou?' zei ze. 'Mag ik ook een sigaar?'

Even wist ik niet wat ik moest zeggen.

'Mag jij die al roken, dan?'

Sanne lachte hard.

Behoorlijk domme opmerking van een bejaarde oom.

'Ik ben zeventien. Ik doe wat ik wil. Natuurlijk mag ik een sigaar roken.'

Ze keek me spottend maar niet onvriendelijk aan. Ik knikte en opende de notenhouten doos om een Cohiba van het rode crêpepapier te pakken.

'Hier,' zei ik, 'het is een Cubaan, een behoorlijk forse. Die grotere zijn juist wat milder en zachter dan de kleinere sigaartjes. Is deze je eerste?'

Sanne beantwoordde mijn vraag niet en pakte de doos aan. Ze zei: 'Dat is toch zo'n ding dat Amerikaanse presidenten gebruiken?'

'Ver voor jouw tijd,' zei ik. 'In een andere eeuw.'

Ze ging naast me zitten, met een sigaar in haar handen. Ik stak een cederhoutje aan en strekte mijn arm naar haar uit. Sanne hield de sigaar vast als een sigaret.

'Niet inhaleren,' zei ik.

Uitdrukkingsloos (cool, weloverwogen, wereldwijs) maakte ze een o van haar lippen, waarna ze de vlam daadkrachtig in de tabak zoog. Na drie trekken brandde haar sigaar en toen liet ze zich achterover zakken in de glanzend bruine fauteuil. Ik keek geamuseerd toe, want het zag eruit als een stijlbreuk: het lange, knappe bonenstakerige meisje met de veel te grote sigaar.

'Zo,' zei ze. 'Het genot van een verkwikkend rokertje.'

Ik lachte met overslaande stem. 'Volgens mij heb ik die uitdrukking voor het laatst gehoord ergens halverwege de jaren vijftig.'

'Wat? Ben je nog maar zo jong?'

Ik liet me ook achterover zakken.

'Leuk meisje ben jij. Vanmorgen bleef je me hardnekkig met u aanspreken, en nu probeer je me te beledigen.'

Sanne legde haar hoofd in haar nek om haar sigarenrook omhoog te blazen. Ogenschijnlijk niet eens pesterig vroeg ze of ik echt de jaren vijftig had meegemaakt.

'Hoe oud denk je dat ik ben, zeg?' vroeg ik.

'Ja, hoe oud ben je eigenlijk?'

'Hoe oud bent ú eigenlijk.'

'Hoe oud ben je?'

'Hoe oud denk je dat ik ben?'

Afkeurende blik.

'O ja, als mannen gaan vragen hoe oud of dat je denkt dat ze zijn, weet je één ding zeker: te oud. En als je vervolgens bijvoorbeeld vijfendertig antwoordt en ze zijn al tweeënveertig, dan is hun dag geslaagd. Hoe oud ben je?'

'Vijfendertig.'

'Hm. Ik zou zeggen tweeënveertig.'

Ze was boerenslim en aristocratisch mooi, een combinatie die gevaarlijker is dan een vest met explosieven. We praatten over de dingen die ik ook bespreek met sommigen van mijn jonge ambulantes: dingen die me werkelijk boeien, die me heus interesseren en waarover ik echt meningen heb, maar die ik allemaal ben vergeten zodra het gesprek is afgelopen. (Ik geloof) dat haar vader ter sprake kwam en dat we hebben gepraat over de doelen die we ons in ons leven stellen, het vetgehalte van avocado's en de druk van onze omgeving op onze prestaties (geloof ik). Ondertussen rookte ze langzaam en weloverwogen haar sigaar. Ik vroeg waar ze zo had leren roken. Ze kende een oudere man en die had het haar geleerd, vertelde ze.

'Je vader,' zei ik.

'Nee, niet mijn vader.'

Inmiddels begon de lobby zich te vullen met een aangename, rustgevende geur van tabak, maar dat zeg ik dus niet om reclame te maken. Sanne praatte over zichzelf, en ik luisterde met m'n ogen.

Een paar jaar geleden werkte er in mijn restaurant in Overdam aan de Schoo een serveerster. Ze zat in het derde jaar van de kunstacademie, en ik kon goed met haar overweg. Ze had karakter, was grappig, vrijmoedig, op een eerlijke manier onoprecht, en ze zag er eigenlijk erg lekker uit (al zul je mij als gezegd het woord lekker niet snel horen gebruiken). In de bediening functioneerde ze niet uitgesproken optimaal, maar ik weet dat sommige gasten speciaal kwamen om door haar te worden geholpen, al zal een verzuurde rapporteur van een recensierubriek zich ongetwijfeld aan haar hebben geërgerd. Plotseling kwam ze niet opdagen, zonder zich af te melden. Ik liet Henry, mijn maître, twee dagen achter elkaar bellen. Ze nam niet op. Nu ken ik chefs die een personeelslid om deze reden direct zouden ontslaan, maar ik probeer een goede werkgever te zijn. Toevallig kwam ik haar na drie dagen tegen op straat. Ik was onderweg naar het restaurant en riep haar naam. Ze verstijfde. Waarom en zo, vroeg ik. Omdat ze zich had geschaamd en niet durfde te bellen om te zeggen dat ze in een 'dipje' had gezeten en daarom niet was komen opdagen. Je kunt gewoon blijven werken, zei ik, als je nog een keer een dipje voelt aankomen, moet je bellen en ons niet laten zitten. Ze werd weer ingeroosterd, en bediende verder alsof het hele voorval niet was gebeurd. Na een maand verscheen ze echter weer niet, op een afgeladen vrijdagavond. Toen ze om zes uur nog niet was gearriveerd liet ik Henry een vervangster zoeken, terwijl ik zelf probeerde haar te bellen. Ik ging er niet van uit dat ze zou opnemen, maar ik gunde haar nog een kans. Haar telefoon werd direct beantwoord door een man die zich voorstelde als haar broer. Ik zei wie ik was en vertelde dat we op haar zaten te wachten. Ze had zich... en ik hoorde wat er werd gezegd, maar het drong schokkerig tot me door. Ze had zich voor een trein gegooid, zei haar broer. Niemand van haar familie had iets zien aankomen, niemand had iets gemerkt. Ze had zich voor een trein gegooid, ik voelde me warm worden. Samen met een mij onbekende man heb ik een kort moment onbedaarlijk gevloekt. Ik vertelde hem niet dat zijn zus in een dip had gezeten en niet op haar werk was verschenen. De maanden na haar zelfmoord heb ik vaak aan haar gedacht, vol twijfels of ik het had kunnen voorkomen. Ze was én mooi én intelligent én artistiek én misantropisch, en het lijkt wel of dat soort meisjes het extra moeilijk heeft of het zichzelf extra moeilijk maakt: het aandoenlijke van een knap knap meisje.

'Maar over koken gesproken,' zei Sanne, waarna ze niets zei en een slok water nam uit een plastic flesje dat ze bij zich had. Inmiddels was mijn sigaar tot twee derde opgebrand en bereikte ze haar omslagpunt, het moment dat zij haar zachte karakter verliest en weerbarstig wordt.

'Ik weet nog van vroeger dat mijn ouders een keer een vluchteling over wie mijn moeder zich had ontfermd hadden uitgenodigd,' ging Sanne verder, 'die uit de laadklep van zijn Toyota een volledig intact schaap tilde, om dit in onze keuken aan stukken te hakken. In onze keuken. Mijn broertje en ik zagen dit met verbijsterde ogen aan. Kwam vlees van dode dieren?'

'Verdomd,' zei ik.

''s Avonds kregen we van onze ouders permissie om naar boven te gaan, op voorwaarde dat we met een vol bord schapenvlees televisie zouden kijken op de kamer van mijn broer. Terwijl mijn ouders, de vluchteling en zijn vrouw beneden aten, hebben wij de beide bordjes lamslijk met couscous en al in een plastic tas geflikkerd, die in de dakgoot gezet en ons gestort op chocola en zakken chips.'

'Veel lekkerder.'

'Na een uur kwamen mijn ouders met hun vrienden naar onze kamer om te vragen of de maaltijd was bevallen. Het was heerlijk, riepen mijn broertje en ik enthousiast, héérlijk! Mijn ouders glunderden van trots om zoveel jonge maatschappelijke betrokkenheid. "Waarre... zain die botjes?" vroeg de vriend van mijn ouders plotseling. "De bo... botjes?" stotterde ik. Onze ouders keken ons met grote ogen aan. Wij uit het veld geslagen. Wij een enorm lulverhaal opgehangen over dat we de botten naar wat honden buiten hadden gegooid. Mijn ouders glimlachten nog steeds vriendelijk. Toen mijn moeder hun vrienden weer naar beneden bracht, draaide mijn vader zich nog even vrolijk naar ons om. Zonder ons naar het ware verhaal te vragen kregen mijn broer en ik allebei zonder pardon een linkse directe.'

'Daar zul je hem net hebben, je vader,' zei ik, want door de hoofdingang van het Château kwamen Louis en Helmke Draaibaar terug van hun middagwandeling. Ik stak vriendelijk mijn hand op.

'Wel godverdomme,' hoorde ik Louis roepen. 'Wel godverdomme, Troost, wat doe je met mijn dochter?'

Louis beende op ons af en keek erg boos.

'Ik rook een sigaartje, pappa,' riep Sanne, 'een verkwikkend rokertje. Dat zeg jij altijd.'

De lobby stond inmiddels aardig onverkwikkend blauw. Helmke Draaibaar bleef bij de statige ingang staan.

'Laat jij mijn dochter sigaren roken, Art?' riep Louis. 'Laat jij mijn dochter roken? Je bent een enorme hufter, weet je dat?'

'Pappa, ik heb zelf bedacht om een sigaar te nemen,' zei Sanne, maar Louis bleef zich op mij richten.

'Hoe haal je het in je hoofd om haar zo'n kankerstok aan te bieden? Ik wil niet dat mijn zeventienjarige dochter sigaren rookt,' riep Louis, en ik kon er niet uit opmaken of hij een grap maakte of werkelijk boos was.

'Pappa! Ik maak zelf uit wat ik doe! En jij rookt ze ook.'

'Hufter,' zei Louis tegen mij, waarna hij uit Sannes hand de half opgerookte sigaar pakte en die uitdrukte, een misdaad, want sigaren horen na hun omslagpunt in de asbak te worden gelegd en vanzelf uit te gaan, als van 'passend saluut voor het genoten genoegen'. Dat heeft Louis me althans zelf geleerd.

Nu. Hotelkamer. Een streep buitenlicht door de gordijnen. De geur van zuur en zout om me heen. Geluiden van een grasmaaimachine. Zelfmedelijden. Mijn buik beweegt zonder regie, mijn maag is autistisch, mijn darmen hebben Gilles de la Tourette. Ik heb bewegingsdrang, mijn benen wrijven onophoudelijk langs elkaar, ik kreun en zucht en steun en kokhals. Wat kokhalzen met koken te maken heeft, is in dit stadium het laatste dat me interesseert. Zelfmedelijden. Medelijden is de empathie die je voelt voor het lijden van een ander. Zelfmedelijden het meelijden met de smart van jezelf. Dus je lijdt, en daarnaast lijd je bij de gedachte dat je lijdt. Ik heb meelijden met mijn zelfmedelijden. Zelfmedelijden is de laagste van alle emoties, maar in situaties als deze kan het verdomd rustgevend zijn om eraan toe te geven. En niet alleen dat: het is ook een investering in de toekomst, want het nut van zelfmeelij is dat de wereld en de dingen uiteindelijk echt niet zo rot en voos zijn als je in je ergste aanvallen van zelfzuchterij had bedacht, althans dat hoop ik.

'We doen het helemaal anders.'

Zei ik, en ik zag Bruna zuchten en met haar ogen draaien. Bruna houdt niet van onverwachte veranderingen, maar ik zou niet weten wat ik zonder invallen moest doen. Om halfzes was de zogenaamde *call* voor Het Eerste Avondmaal, en hoewel Bruna mise-en-place had gemaakt voor een Haagse zoute-dropsoep, was mijn brein in een andere richting gaan bruisen. Ik gaf Bruna om vijf uur de opdracht zo veel mogelijk onbespoten rozenbladeren te verzamelen, minstens tweehonderd gram. Bruna was verontwaardigd.

'Testicolo!' riep ze. 'Chef, waar haal ik onbespoten rozenbladeren vandaan? En waar heeft u ze voor nodig? Wat doen we met die zoute-dropsoep?'

'Het maakt mij niet uit waar je die blaadjes vandaan haalt, zoek in de tuin van het Château of vraag het desnoods aan een van de kokkies van LaRue, als je maar rozenblaadjes voor me vindt. Ik heb zin om rozenbladeren te gebruiken.'

'*Capello di culo,*' mompelde Bruna, wat geloof ik zoiets als 'haar van billen' betekent, waarna ze zuchtend verdween in de richting van de tuin. Omdat ik de chef nergens zag, vroeg ik Marcel (uitgesproken als *Marcelle*), de souschef, wat LaRue aan grote vissen in huis had. In topkeukens is veel voorradig en goede chefs laten mooie producten niet op de markt achter. Je kunt van LaRue veel zeggen, maar hij koopt geweldig in. Marcel, die mij veel gunstiger gezind is dan zijn baas en die zelfs regelmatig komt kijken hoe ik mijn gerechten bereid, kwam onmiddellijk aan met twee forse perches noires, forelbaarzen, elke twee kilo. Ik mocht ze overnemen, want *Sterallure* mag in overleg alles gebruiken uit de keuken van het Chateau, tenzij LaRue zelf werkt, dan mogen we niets gebruiken. De perches noires pasten perfect in mijn plan.

Om kwart over vijf maakten de Tonnen de set klaar en precies een kwartier later kwam Hansen Fennema Klein de keuken binnen. Ik had eerder kort zijn hand vastgehouden, maar hij was toen nog steeds kwaad dat we hem hadden betrapt. Inmiddels oogde hij vriendelijker. Ik weet niet goed wat struis betekent, maar het lijkt me een omschrijving die Fennema Klein past: een lange struise kerel. Irma had in haar uitgebreide dossier een verhaal over hem opgenomen. Vorig jaar was Hansen te gast bij *Jouw Leven Ons Leven* van Astrid Joosten bij NED3. Hansen werd de studio binnengeleid, in afwachting van de mensen die aardige dingen over hem zouden zeggen. Vanwege technische perikelen moest er even worden gewacht – televisie is wachten. Hansen keek wat om zich heen naar het publiek en zag op de eerste rij een knulletje met een nogal fors litteken in zijn gezicht. Hij stond op van de gezellige presentatietafel en liep naar het jochie.

'Wat heb jij nou?' vroeg hij.

'Een litteken,' antwoordde het knulletje bedeesd.

'Hier, heb ik ook,' zei Fennema Klein, die zijn gezicht van

het jongetje wegdraaide en wees op een geheelde jaap van zijn wang naar zijn nek.

'En zal ik je eens wat vertellen,' ging hij verder, 'je moet je nooit iets aantrekken van wat mensen over jou of je litteken zeggen. Als je je er niets van aantrekt, zit je over dertig jaar in die stoel bij Astrid Joosten, oké?'

Het kereltje knikte en Fennema Klein liep terug naar de tafel. Dat jongetje was de zoon van een medewerkster van het programma, het had zich tot die tijd behoorlijk druk gemaakt over zijn litteken. Hoe eenvoudig het soms is. 'Het doel van een filosoof zou moeten zijn om een goede invloed uit te oefenen op de levens van anderen,' zei Fennema Klein in dat gesprek met Joosten, een voornemen dat hij met die ene opmerking tegen dat knulletje in praktijk had gebracht.

Ik denk dat dat overigens ook het doel van een kok zou moeten zijn. Wij zijn het zout der aarde, zoals mijn vader het er bij mij heeft ingeramd, wij zijn smaakmakers, opkonters, peperindereetstekers; koks hebben de taak het leven – in ieder geval gedurende de maaltijd – een beetje meer zin te geven. En speciaal daarom had ik – omdat ik mijn gerechten probeer aan te passen aan onze gasten – voor het Eerste Avondmaal een schotel bedacht rondom het thema 'het zout der aarde'. Aanvankelijk wilde ik een Haagse dropsoep met ze maken, maar er miste iets, en daar had ik die rozenblaadjes bij nodig.

Meteen na Hansen Fennema Klein kwam Helmke Draaibaar de keuken binnen, gekleed in een blouse die niets te rade... cliché-alarm... die alles te verlangen overliet. De camera's van de Tonnen registreerden hoe we elkaar begroetten en elkaar als speelse hondjes besnuffelden. Kijkend in de lens begroette ik vervolgens de kijkers en legde aan hen uit dat dit vanwege allerlei problemen met die vervelende Fransen pas de eerste keer was dat Helmke, Hansen en ik bij elkaar waren.

'Maar sommigen van ons kennen elkaar al wat beter!' riep

Helmke plagerig naar Hansen, die niet reageerde en een beetje glimlachend keek naar een snijplank en een halve citroen.

'Jezus, een religieus getinte amateurfilosoof uit het Midden-Oosten...' ging ik verder in de camera, beginnend aan mijn intro-tekst, 'vond dat zijn volgelingen "smaak" moesten geven aan hun omgeving en daarom noemde hij hen "het zout der aarde". Hij sprak in zijn Bergrede de hoop uit dat het zout zijn kracht niet zou verliezen. Met onze gast Hansen Fennema Klein hoeven we daar in deze aflevering van *Sterallure* niet voor te vrezen, want in zijn boek *Zeven preken van een ongelovige* geeft hij zijn ongezouten mening over de wereld en de mensen. Hansen, welkom!'

'Amen!' riep Helmke.

'Ja, dank, en ik geloof dat Jezus ook zei dat zout gewoon lekker is en dat we het wit van een ei ermee mogen bestrooien,' zei Hansen.

'Nou, dat is dan weer aardig,' zei ik, en tegen het virtuele publiek op de bank thuis: 'Een van de eigenschappen van zout is dat het zuiverend werkt en bederf tegengaat. In onze huidige tijd lijken we steeds killer te worden, en juist daarom kan het zout ons helpen, aldus de bijbel, om de liefde terug te vinden en te zuiveren. En als er iemand is die ons bij deze zoektocht kan helpen is het onze tweede gast, de liefdesschrijfster bij uitstek: Helmke Draaibaar. Welkom!'

Helmke lachte beminnelijk.

'Ik heb eigenlijk wel honger!' riep ze met schorre stem. In een hoek buiten beeld hoorde ik Just en Louis grinniken.

'Ja, al zou ik het zelf geen honger noemen,' zei Hansen, en ook hij draaide zich naar de camera, 'maar een fysiologisch krampachtige samentrekking van de maag als gevolg van een daling van de bloedsuikerspiegel, wat niet wegneemt, Art, dat een versnapering er wel in gaat. Hoe laat gaan we eten?'

'Ja! Eten! Eten!' scandeerde Helmke.

'Juist, maar eerst moeten we koken,' zei ik en ik liep naar de koeling om de schaal met de twee joekels van perches noires te pakken. 'Kijk, om in de beeldspraak te blijven, Jezus was ook een visser, vandaar dat ik als speciaal gerecht heb bedacht: in zeezout gebakken forelbaars, op smaak gebracht met rozen, als symbool voor de liefde.'

Alsof we het bedacht hadden kwam precies op dat moment Bruna door de achterdeur de keuken weer binnen met in haar armen een grote mand met rozenblaadjes. Ton zoomde onmiddellijk in op het bijna doorzichtige vermiljoen. Ik weet niet of dat daadwerkelijk de naam is van de helderrode kleur van de bloemen, maar het klinkt goed.

Recept voor op zout gebakken forelbaars, zalm, griet, tarbot, snapper, mul of welke andere grote vis u kunt vinden. Hoewel de bereidingswijze erg simpel is, maakt het gerecht grote indruk op gasten. Neem drie kilo grof zeezout, druppel daar een klein beetje water overheen en kneed het tot een niet te natte maar wel zanderige massa. Snij daarna een forse hoeveelheid onbespoten rozenblaadjes in fijne reepjes, en meng deze door het zout (het mogen ook laurierbladeren of andere verse kruiden zijn). Verwarm de oven voor op 220 graden Celsius en maak ondertussen een snee in de buik van de vis en verwijder de ingewanden. Prop de geschoonde buik van de vis zo vol mogelijk met rozenbladeren en schijfjes citroen (of het mengsel van de andere kruiden). De crux van dit gerecht zit hem in het zout. Leg op de bodem van een ovenschaal een twee centimer dikke laag van het zeezoutmengsel en daarbovenop de vis of de vissen. Bestrijk de vis met wederom een dikke laag zout, waarna de schaal de oven in kan. 20 minuten per kilo vis en alles nog eens 10 minuten laten nagaren. Het resultaat is een heerlijk gegaarde vis onder een zoutkorst die makkelijk valt weg te beitelen. Wat overblijft is een sappige vis met een pure zilte smaak die opmerkelijk genoeg niet te zout is, en een textuur die in zachtheid wedijvert met ijs.

Zou ik hier überhaupt zelf te gast willen zijn op het Château, als ik werd uitgenodigd? *Sterallure* heeft haar gasten veel te bieden – een luxueus kasteel, culinaire gangbang, een weergaloos aardige gastheer – maar we vragen ook veel: ontboezemingen en spontaniteit. Ik zou zelf van deze onuitgesproken voorwaarde dichtklappen als een stropersklem, en daarom verbaast het me dat we voor iedere aflevering probleemloos gasten vinden, de ene nog welbespraakter en openhartiger dan de andere. Hansen Fennema Klein en Helmke Draaibaar waren beiden 'makkelijke mensen', ze leken niet geïntimideerd door de camera's, de ploeg of elkaar, en gaven ontspannen antwoord op de dingen die ik vroeg. Het wijnassortiment van het Château is uitmuntend, misschien dat dat meespeelde. In de jaren dat we *Sterallure* opnemen heb ik mij regelmatig afgevraagd waarom al die schrijvers, cabaretiers, acteurs en filmmakers onze uitnodiging eigenlijk aannemen. Hansen Fennema Klein is de eerste die ik heb horen zeggen dat hij daadwerkelijk heeft nagedacht of hij wel iets te zeggen had over koken en voedsel – maar omdat hij over álles iets te zeggen heeft, besloot hij toe te happen. Hij is een uitzondering.

Ik ben niet cynisch, maar al onze gasten zijn in al die jaren niet naar ons Château gekomen om hun verheffende meningen over gastronomie te ventileren, en zelfs niet omdat ze mij graag wilden ontmoeten. Hun redenen: ze wilden gezien worden, ze hadden zichzelf of hun potloden te venten. Mijn mening: wie pure voldoening put uit zijn eigenlijke werk (schrijven, cabaretten, acteren), zou niet op tv hoeven verschijnen. Wie geen voldoening uit zijn werk put, kan het beeldscherm gebruiken zoals Narcissus zich bevredigde met behulp van een vijver.

Geen tv-programma kan tegenwoordig zonder wat Just noemt *fast thinkers*, gasten die direct over alles een goed geformuleerde mening klaar hebben. Deze snelle denkers zijn goud waard, want in eerste instantie houden ze kijkers vast, en als ze maar vaak genoeg op het scherm verschijnen trekken ze zelfs kijkers aan. Er zijn een paar prominente tv-biologen, grappige tv-historici, geaccepteerde tv-homo's (onder wie zes tv-grimeurs), ernstige tv-allochtonen, guitige tv-schrijvers, bezorgde tv-islamologen, twee tv-tuinmannen, onmisbare tv-alleskankeraars en er is één tv-filosoof: Hansen Fennema Klein.

Toen ik een van de forelbaarzen met een garnituur van truffelaardappelpuré, in boter gestoofde stukjes komkommer, champignonhoedjes en garnaaltjes op tafel zette, kreunde Helmke bijna orgastisch.

'Gaat het?' vroeg ik.

Helmke werd getroffen door enkele nabevingen.

Hansen en ik keken geanimeerd toe, net als buiten beeld Louis, Just, de Tonnen, en zelfs Marcel, LaRue's souschef.

'Hebben jullie daar wel eens over nagedacht?' vroeg Hansen, met een stuk vis in zijn mond. 'Waarom we kreunen als we iets lekker vinden? Gekreun is een universeel geluid, dat in iedere taal en cultuur hetzelfde klinkt. Wij mensen hebben één drift, die alles in ons leven bepaalt: we willen overleven. Zonder zuurstof gaan we dood, en daarom kreunen we van opluchting als we uit een bedompte ruimte in een frisse bries stappen. Zonder terugvechten worden we doodgetrapt, en daarom kreunen we bij een doelpunt van onze voetbalclub. We kreunen bij verlies, bij pijn, bij de angst om dood te gaan. We kreunen tijdens het liefdesuur, want zonder vrijen sterven we uit. Ook zonder eten gaan we dood, en daarom kreunen we van verkwikking bij elke hap brandstof. Gekreun is de soundtrack van de evolutie.'

'Jij weet de dingen mooi te zeggen, vriend,' zei Helmke, die nu op haar beurt geanimeerd toekeek hoe Hansen zijn forelbaars verslond met een oudtestamentische gretigheid. 'Jij weet het fraai te verwoorden.'

'En jij kunt heerlijk koken,' zei ze tegen mij. 'Ik heb je op tv natuurlijk vaak zien kokkerellen, maar dat het zo smaakte kon ik niet vermoeden.'

'Ja, en dan te bedenken,' ging Hansen verder, 'dat het dus niets is wat jij kookt. En dat bedoel ik niet onaardig: koks gebruiken materie, en materie bestaat voor het allergrootste deel uit lege ruimte gevuld met een biljard of wat lichtstipjes. En daarmee heb jij ons zojuist gelukkig gemaakt: met lege ruimte en flitsjes. Maar wel heel lekker klaargemaakte lege ruimte, moet ik toegeven.'

Hij stak een grote moot vis in zijn mond, maar ging toch verder: 'En dat is een belangrijk vermogen, het vermogen om iets "lekker" te vinden. Toen ik de uitnodiging voor dit programma kreeg, ben ik eens gaan nadenken over de vraag of lekker eten nut heeft.'

Helmke trok een bedenkelijk gezicht en riep: 'Jij gaat in je werkkamertje in een luie stoel zitten, een beetje achteroverleunen en dan nadenken?' Ze sprak het woord glimlachend vies uit. 'Nadenken over de vraag of "lekker eten zin heeft". Bekostig je dat zelf of betaalt de overheid hieraan mee?'

Hansen liet zich niet van de wijs brengen.

'Het is bijzonder verleidelijk om op de vraag of lekker eten nut heeft, te antwoorden: nee, totaal niet. Maar ik geloof niet dat ik het daarmee eens ben. Jullie kennen Descartes' credo "cogito ergo sum", ik denk dus ik besta; alles wat ik meemaak kan zinsbegoocheling zijn, maar het feit dat ik kan denken is geen bedrog. Er zit echter een venijnigheidje in deze redenatie. Wat is denken? Kunnen computers denken? Kunnen vrouwen denken?'

Hij keek glimlachend boos naar Helmke. 'Er zijn filosofen die vinden van wel, dat computers *one way or another* kunnen denken. Nou goed, computers kunnen heel veel, misschien zelfs denken, maar ze kunnen waarschijnlijk niet wat wij kunnen: aanvoelen of iets mooi of lelijk is, goed of slecht, lekker of vies. Ik voel aan dat deze forelbaars erg lekker is, Art. En dat is denk ik het antwoord op de vraag of lekker eten zin heeft. Jouw geweldig bereide vis bevestigt mijn bestaan.'

'Jezus christus, Troost,' riep Helmke, 'je had nooit een filosoof moeten uitnodigen.'

Daar is het zelfmedelijden weer. Ik neem aan dat ik deze en andere gebeurtenissen van de afgelopen week noteer, op zoek naar inzicht en samenhang. In mijn kookboeken probeer ik niet alleen recepten te schrijven, maar ook beknopt 'de weg naar het gerecht' te vertellen, de geschiedenis van de ingrediënten en de serendipitaire gedachtekronkels die mij bij die ingrediënten brachten. Serendipiteit is een van de modebegrippen in de gastronomie, net als streekproducten, *umami*, eclectisch en *slow food*. Mijn kookboeken zijn een catalogus van mijn buitenkant, wat de gebundelde liedteksten zijn voor een populaire zanger die alleen zijn eigen liedjes zingt. Want wat zijn liedteksten als je de muziek niet hoort?

De aantekeningen die ik nu maak hebben niet met mijn creaties te maken, maar met mijn eetkunst en hoe het allemaal zover heeft kunnen komen. Hoe het kan dat ik hier lig, in mijn hotelbed, koortsig, murw gestreden, met een gehavend gezicht en kloppende builen op mijn hoofd, zo moe en vooral zo leeg? Op zoek naar inzicht en samenhang probeer ik herinneringen en gebeurtenissen te ordenen, niet uit nostalgie, maar om mezelf – dat neem ik aan – te wapenen tegen de permanente ontbinding van het leven.

ZOET

Wakker worden is de grootste krachtsinspanning die een mens op een dag levert. Het kost het lichaam veel energie om harde schijf, software en randapparatuur als schildklier en milt op te starten. Mijn lichaam knort zachtjes om brandstof, het begin van het einde van mijn misselijkheid. Mijn maagkrampen en koortsaanvallen zijn nog niet verdwenen, maar ik kan eindelijk weer aan voedsel denken. Hoe laat het is, kan ik zo niet zien, we leven waarschijnlijk ergens in de middag. Ik luister naar de geluiden van het Château, maar ik hoor vrijwel niets.

Nadat Chet Baker al zijn tanden uit zijn bek had laten slaan door een collega-zwerver, moest zijn mond opnieuw leren trompet spelen. Dat gevoel heb ik nu, alsof ik opnieuw moet leren eten en mijn maag de chijm opnieuw moet leren verteren. Ik sta op uit bed en wankel naar mijn minibar op zoek naar voedsel, een uitgesteld ontbijt. Ik vul de koelkasten in mijn hotelkamers goddank zelf altijd aan. Er ligt een stuk serranoham, weet ik, een halve époisses, de favoriete kaas van Napoleon Bonaparte, een plakje terrine d'animelles dat Bruna eergisteren eigenhandig heeft bereid. Ook staat er een onaangebroken blik terrine de foie gras d'oie in mijn koelkast, maar ik heb hier helaas geen blikopener, en ik weet ook niet of mijn maag het ermee eens zou zijn.

Nabibberend van een soort fantoommisselijkheid, maak ik een verzamelbordje klaar en loop hiermee terug naar mijn bed. Ik laat een hap kaas op mijn tong liggen en proef voorzichtig van de smaak. Het klinkt wellicht niet als een overweldigende culinaire ervaring, maar voor iemand die een bijnadoodervaring in zijn darmen heeft gehad, is het een enorme stap. Nog voor ik een hap in mijn mond heb kunnen steken, doezel ik weer in slaap.

Je kunt foie gras de canard ou d'oie onbewerkt bakken, koken, stomen, stoven, laten garen in olie, verwerken in brioches of kroketten, je kunt plakken paneren en bakken in het vet, je kunt de lever als vulling terugproppen in een eend, vermengen met deeg, verpakken in mandjes, en je kunt er patés van maken, mousses, aspics, chaud-froids, geleien; bijna alles is mogelijk... al moet je als kok wel ongelooflijk één zijn met de lever, want niets is zo snel te verpesten als foie gras: voor je het weet heb je – zoals Bruna het noemt – 'terrorisme in je mond'.

Met een schok schiet ik overeind.

Bijna alles?

Weifelend laat ik me weer achterover zakken op mijn kussen en zie het plotseling voor me: eendenleversoep. Dit klinkt als een nogal ongemakkelijke combinatie, en waarschijnlijk is het dat ook. Foie gras de canard is, zoals de naam al zegt, heel vet en het is kookchemisch gezien moeilijk om van louter blubberende vetmoleculen een soepje te maken. Ganzenlever smelt erg snel bij verhitting, dus ik zou in plaats van foie gras d'oie net zo goed een litertje ganzenvet kunnen nemen en daar, aangevuld met bouillon, een fondue van trekken met gele tomaten, gele paprika, wat kruiden en een forse borrel limoensap om met dat zuur het vet te compenseren. Vlak voordat de soep naar de tafel zou gaan, zou ik stukjes confit de foie gras d'oie toevoegen. Ik sluit mijn ogen.

Onmiddellijk krijgt de keuken in mijn hoofd organisatie. Ik zou óók een eendenbouillon kunnen trekken, of nog beter: met mijn authentieke Normandische eendenpers alle mogelijke smaakstoffen uit een paar eenden persen en daarvan met armagnac, boter, een scheut sherryazijn en een bouillon van gegrilleerde bouten een zalvige velouté monteren. Mijn souschef zou de dag ervoor een forse eendenlever in melk hebben gewassen en overgoten met colorosozout, peper, mijn speciale kruidenmengsel Quatre Épices, een beetje armagnac en witte port. Van de lever had zij met eetlepels quenelles (Bruna noemt het rugbyballetjes) gedraaid en deze een etmaal laten opstijven. Een dag later zou ze deze gebloemde ovaaltjes hebben gebakken in ganzenvet. Ik zag vijf van mijn koks zich om een soepbord scharen om dit perfect op te maken. Ze hadden iets weg van chirurgen die geconcentreerd om een incisie staan. Een zou mijn velouté in het bord gieten, de tweede zou de eendenleverquenelles toevoegen, de derde legde een in rode port gemarineerd palmhart als garnering in het midden, een vierde maakte het af met geconfijte ragfijne citroenzestes, en een vijfde keek toe.

Ik open mijn ogen weer. Ik weet niet of ik dit gerecht ooit zal bereiden.

Minderwaardige koks en veel culinaire journalisten geven af op eenden- en ganzenlever. Het product zou te veel worden geassocieerd met culinaire flessentrekkerij, omdat je bij een gemiddeld restaurant een dagsalaris moet neertellen voor twee dunne plakjes confit de foie gras met een begeleidend remspoortje perengelei. Ook de dierenbescherming, dierenactivisten en dierenfascisten zijn erg tegen het gebruik van foie gras. Je mag vinden wat je vindt, maar je kunt ook tegen het dragen van schoenen zijn, omdat er ergens in Azië kinderen worden misbruikt bij de productie van schoeisel. Niet alle schoenen zijn kindonvriendelijk, en niet alle ganzenlever is gansonvriendelijk. Simpelweg geldt er: hoe duurder, hoe beter. Er is op de markt een even lugubere als verwerpelijke foie gras, waarbij de ganzen en eenden vanaf het moment dat ze uit het ei komen hun verdere korte rotleven via een trechter kilo's oververzadigd voedsel door de strot krijgen gewrongen. Met deze foie gras zou ik mijn billen nog niet afvegen. Er zijn echter ook boeren die hun vogels onbekommerd laten leven in verwarmde schuren waar Schubert wordt gedraaid, ik heb dat met mijn eigen ogen gezien. Door het licht in die stallen vaak aan en uit te doen, laat men de ganzen wennen aan een ander bioritme. Een paar keer per dag wordt de suggestie gewekt dat er een nieuwe dag is begonnen, waarop de ganzen monter aan hun ontbijt beginnen, ongewis van het feit dat ze al meerdere keren hebben ontbeten. De vogels mogen eten wat ze willen en aan het eind van hun leven wordt vastgesteld of hun lever op de goede plek zit; een goede boer voelt dat door de buik van de gans op zijn gespreide vingers te laten rusten. Dan pas krijgen ze drie tot maximaal vier weken lang extra voedselrijke maïsbrij te verstouwen, waarna ze worden geslacht. Hun levers zijn minder groot dan die van hun vetgevederde vrienden, maar een stuk beter van smaak, en toegegeven: ze smelten ook beter op je tong als je weet dat er niet voor is gemarteld.

In vroeger tijden at men ganzenlever als nagerecht – vandaar de gewoonte er zoete wijn bij te drinken – maar gaandeweg werd het geserveerd voor de hoofdschotel. Traditiegetrouw is foie gras d'oie in Frankrijk hét kerstgerecht, voor als iedereen zich thuis met familie aan de dis schaart. In Nederland zijn de kerstdagen de springtijdagen van de horeca, en mijn vader was dus voor en tijdens kerst nooit thuis te vinden. Om dit te compenseren nam hij op 27 december altijd vrij om voor het gezin en een deel van de familie een enorm Derde Kerstdag-Diner te koken; ik snap met de wetenschap van nu werkelijk niet waar hij de energie vandaan haalde.

Ik zat in het derde jaar van mijn meestersopleiding en liep stage bij Habermas, mijn huidige directe concurrent en destijds niet alleen de regerende vorst op de gastronomische Olympus, maar ook de allergrootste rotzak uit het vak. De verhalen over Habermas zijn legendarisch. Zo had hij zijn eigen broodkeuken, met een vaste bakker, iets waar ik alleen maar jaloers op kan zijn, omdat ik bijna alle deegwaren zelf bak. Habermas had iets wat ik niet heb, zijn bakker was een autist met maar één fascinatie: zijn gistmengsel. Dat mengsel was een gigantisch zichzelf reproducerend organisme, waaruit voortdurend kleine hoeveelheden werden genomen en waaraan steeds weer bloem, gist en water werden toegevoegd om het in leven te houden. Habermas' deegmassa was een jaar of vijftien voor mijn komst 'geboren', en had het al die tijd overleefd. Het mengsel was een zogenaamd Begindeeg, een Moedersubstantie waaruit alle andere degen werden gekneed. Na al die jaren was de massa tot volle wasdom gekomen, het was geëvolueerd tot een oerproduct met de smaak van perfectie, een brood-ideaal dat nergens anders in Nederland of ver daarbuiten werd gevonden. Uit de enorme bal met bloem, water, gefermenteerde suikers en gist kwamen dagelijks tientallen broden en baguettes, brioches, olijvenbroodjes, spelt-bulgurbrood, vlechtbeignets met saffraan, champignonstengels met kruiden, focaccia's met knoflook, hazelnoot-rozijnenbrood, delicate pizza'tjes, enzovoort. De meeste broden werden 's nachts gebakken, zoals 's nachts ook het meeste ijs werd bereid.

Stage lopen betekende bij Habermas vooral nachtdiensten draaien, en dus werkte ik vrijwel mijn hele stageperiode van tien uur 's avonds tot tien uur de volgende ochtend. Van vijf tot halfzes had ik vrij om te ontbijten, helaas lagen de heerlijk geurende broden dan nog in de oven en moest ik mij behelpen met het brood van de vorige dag, dat overigens nog steeds spectaculair smaakte.

Dit speelt zich af in de week voor kerst. Er zijn twee verhaalelementen. Een: na drie maanden door mij aan zijn kop te zijn gezeurd, had mijn vader mij eindelijk toestemming gegeven om mee te mogen koken met het traditionele Derde Kerstdag-Diner, ik zou het nagerecht mogen bereiden. Twee: de vaste bakker van Habermas was door griep geveld en dus werden zijn taken overgenomen door de Küchenführer zelve.

Met het eerste was ik erg gelukkig. Mijn vader had blijkbaar eindelijk geaccepteerd dat ik kok werd, en hij had me toegestaan het sluitstuk van de maaltijd te maken, het orgastische naspel. Ik had lang nagedacht over de compositie, want ik had de puberale drang mijn vader en de rest van de familie te verbluffen met mijn kunnen. Mijn dessert moest het meest ultieme dessert worden dat ooit iemand op aarde had gegeten. Mijn eisen waren hoog: ik probeerde een *gesamt*-gerecht te zoeken dat zowel klassiek als modern was, zoet, hartig, luchtig, verkwikkend, rustgevend, bevredigend. Ik dook in de geschiedenis van de kerstmaaltijd en bedacht: ganzenleverijs met een lauwwarme port-vanillesaus. Destijds was ik ervan overtuigd dat hartig ijs een trouvaille was, omdat het Nederlandse gastronomische landschap twintig jaar geleden niet meer behelsde dan een verlepte toendra met wat bistro-achtige voederplekken voor het vee, en tien klasse-restaurants à la die van Habermas en mijn vader. Wat ik niet wist was dat er juist in het Bocusetijdperk van de nouvelle cuisine al volop geëxperimenteerd was met het deconstructiveren van de traditionele voedselwetten.

Ik had geen flauw idee hoe ik ijs van ganzenlever moest bereiden. Heden ten dage zet iedere zichzelf overschattende dorpskok van eetcafé Het Paardenwiel 'verse ananas met huisgemaakt kerrie-ijs' of 'carpaccio met een bolletje eigenbereide mosterdsorbet' op zijn menukaart, maar destijds was er nauwelijks ervaring met het 'eigenbereiden' of 'huismaken' van hartige ijzen. Een probleem was dat ik in de aanloop naar de kerst zeven dagen per week 's nachts in de keuken van Habermas moest werken, en er op die manier weinig tijd overbleef om te proefkoken. In mijn studentenkamer deed ik met wat ondeugdelijke apparatuur pogingen foie gras d'oie alchemisch te laten veranderen in goddelijk ijs, maar dit leverde slechts ranzige blubber op. Ik besloot mijn lunchpauzes, 's nachts tussen vijf en halfzes, op te offeren aan mijn zoektocht, zodat ik ten minste goede spullen voorhanden had en in een uiterst geval andere koks kon vragen om hun expertise. Via mijn vader was ik – in ruil voor drie maanden stagesalaris – aan een ganzenlever gekomen, waarmee ik een paar nachten achtereen aan de slag ging. Wat ik produceerde begon wat meer op ijs te lijken, geschift blubberschaafsel waarin de zuren carnaval vierden met de vetmoleculen. Ik begon te twijfelen of het technisch gezien überhaupt mogelijk was om ganzenleverijs te draaien.

Drie dagen voor kerst kreeg Habermas' bakker griep, echte griep met dampduizelige koorts. Het laatste wat hij de dienstdoende souschef telefonisch had weten mee te geven: pas in godsnaam goed op mijn gistmengsel. Iedereen wist dat die honderdvijftig kilo zware, kubieke meter moederdeeg met liefde en toewijding moest worden behandeld, dus toen Habermas tijdelijk de leiding van de broodkeuken overnam, ging iedereen ervan uit dat het deeg op tijd zou worden gevoed.

Ik had 's nachts een uiterst druk programma. Mijn dienst begon met het schoonmaken van de dagkaartkeuken, en daarna stonden er voor mij en de rest van de nachtkoks tientallen bezigheden gepland: olies inmaken, gedroogde producten weken, vullingen voorbereiden, ijs draaien en broodbakken. Al na twee dagen merkte ik dat de voorraad oersubstantie begon te slinken. Ik maakte hierover een opmerking tegen Hollander, de souschef, die verveeld antwoordde dat Habermas de zaken altijd perfect onder controle had en wie of ik godsjozef dacht te zijn. Een dag later verzamelde ik moed en besloot Habermas zelf aan te spreken. Hij zat op zijn kantoor achter een stapel papier. Ik stond in de deuropening en vroeg of ik hem mocht storen. 'Hoe heet jij?' was het eerste wat hij vroeg, en dat was niet opmerkelijk, want ik was aangenomen door Hollander. Ik noemde mijn voornaam en bracht hem op de hoogte van het moederdeegprobleem. Habermas zuchtte en zei dat als ik werkelijk iets voor de keuken wilde betekenen ik hem met rust moest laten. Hij stond op en schreeuwde plotseling: 'EN NU GODVERDOMME OPROTTEN!' Met de wetenschap van nu weet ik dat hij waarschijnlijk gestrest was over de naderende kerst, maar toen verliet ik woedend zijn kamer. Die nacht lepelde ik net iets kleinere porties deeg van de moedermassa, om die met net iets meer ingrediënten te kneden tot deeg voor tomaten-basilicumbrood, olijvenbrood en pizzabodems. Om drie uur 's nachts ging de telefoon. Nu werd er op dat tijdstip wel vaker gebeld, voornamelijk door leveranciers, en een hoogst enkele keer door een gast die dacht dat hij ziek was geworden van het eten (onmogelijk overigens) of een dronken fan die een reservering voor de lunch wilde maken. Het was mijn taak om tussen twee en vijf uur de telefoon aan te nemen, dus liet ik mijn mengsel voor pastinaakbrood met nootmuskaat rusten. Ik hoorde aanvankelijk niet wie er belde, want aan de andere kant van de lijn klonk schor gehoest.

'Hoe is het met m'n deeg?' riep een alcoholische, grieperige stem.

'Bakker...?' stamelde ik, toen tot me door begon te dringen wie er sprak. 'Het is drie uur 's nachts...'

'Hoe is het godverdomme met m'n deeg?' riep hij nogmaals, met wanhoop in zijn stem. 'Ik lig hier te ijlen, in een soort nachtmerrie zie ik mijn mengsel verleppen. Is mijn deeg aan het verleppen?'

Ik zuchtte en snel vertelde ik dat de moedermassa al drie dagen niet meer te eten had gehad.

'Ik wist het...' hoorde ik de bakker verzuchten. Het bleef even stil en toen richtte hij zich tot mij: 'Jij moet me helpen. Jij moet mijn mengsel in leven houden. Het kan niet drie dagen zonder voeding, want dan sterft het af. Jij moet me helpen. Ik vraag je: zit er nog leven in?'

Met de hoorn in de hand liep ik naar de imposante, maar danig geleegde bak met beginmengsel. Ik deed de bakker verslag van de staat van het deeg, waarna hij jammerend aanwijzingen gaf over welke hoeveelheden ik van welke ingrediënten uiterst secuur en met de toewijding van een couveusezuster moest toevoegen. Toen begon hij heftig te hoesten en werd de verbinding plotseling verbroken.

Ik bleef achter in een lege keuken. Even stond ik machteloos te wachten tot de bakker terug zou bellen, maar hij belde niet. Na een kwartier had hij nog geen contact gezocht. Mijn machteloosheid groeide. Ik kon toekijken hoe het vijftien jaar oude moederdeeg in coma zou raken en afsterven, of ik kon – tegen de wil van de kampcommandant – een reanimatiepoging wagen. Krampachtig probeerde ik me te herinneren welke hoeveelheden van welke ingrediënten ik volgens de bakker moest toevoegen. Om kwart voor vier reed ik de enorme metalen schaal met de beginmassa naar een mengbak, waarna ik bloem en gist uit de voorraadkamer haalde en een grote pan water op het gas zette.

Waar het precies misging heb ik nooit geweten. Ik strooide verse spullen in het deeg en goot er warm water bij, maar in tegenstelling tot wat ik regelmatig bij de bakker had gezien, begon het weerbarstige mengsel bij mij lugubere geluiden te maken, er vormden zich rare, brokkelige bubbels, de viscositeit kreeg quantummechanische trekken en er steeg een vreemde geur op, die nog het meest aan bedorven tandpasta deed denken. Ik maakte me aanvankelijk niet al te veel zorgen, maar toen het deeg steeds vloeibaarder werd en er steeds minder als deeg begon uit te zien, werd ik zenuwachtiger. Ik voegde extra bloem toe, extra gist, extra water, maar dit had niet het beoogde effect. Toen ik net als de bakker zelf ook wanhopig begon te raken, hoorde ik plotseling iemand achter mij bulderen: 'WAAR DENK JIJ GODVERDOMME DAT JE MEE BEZIG BENT?'

Het was de dictator zelve. Hij was zo gefocust op de naderende kerst dat hij de hele nacht had doorgewerkt. Ik probeerde stotterend uit te leggen dat de bakker mij een halfuur eerder had gebeld en dat ik op zijn verzoek het moedermengsel redde.

'Hoe heet jij?' schreeuwde Habermas, die mij die vraag vier uur daarvoor ook al had gesteld.

'Art,' stamelde ik.

'Art godverdomme *wie* godverdomme?'

'Art Troost.'

'Troost? TROOST?'

Habermas raakte in ademnood.

'ZOON VAN, GODVERDOMME?' riep hij snoeihard, waarna hij een van zijn legendarische woedeontploffingen kreeg. Hij verweet mij dat ik een spion van mijn vader was, dat ik zijn oermengsel wilde vermoorden, dat ik zijn kerstdagen wilde versjteren, dat ik maar naar mijn vader toe moest om daar de boel in het honderd te sturen. Hij ontsloeg me ter plekke, maar verbood me te vertrekken omdat hij nog niet klaar met me was, nog lang niet klaar.

Hoe hij het flikte heb ik ook nooit geweten. Met een overweldigende agressie pakte Habermas de verse gist en bloem die ik had klaargezet, waarna hij zich op de deegmassa stortte als een dirigent op een onwillig orkest. Tegen mij schreeuwde hij dat ik 'IJS MOEST GAAN DRAAIEN GODVERDOMME'. Terwijl ik me bibberig bezighield met het mengen van suiker en eidooiers en het koken van melk, zag ik vanuit mijn ooghoeken het onvoorstelbare: Habermas wekte binnen een kwartier leven in het moederdeeg. Met een bezweet voorhoofd tilde hij vervolgens de mengtang uit de oermassa, bevestigde de loodzware drukplaat, en reed het gevaarte naar de koelkamer. Hierna vertrok hij zonder iets te zeggen naar zijn kantoor. De volgende middag belde zijn souschef met de uitzonderlijke mededeling dat ik gewoon weer naar het restaurant mocht komen, omdat Habermas tevreden was over mijn ijs.

Bibberend onder mijn laken probeer ik te slapen. Mijn hotelraam staat open, een lauwwarme middagbries doet de gordijnen zachtjes opbollen. Ik lig erbij, ik kijk ernaar. Slaap hoort een zoet balsem te zijn en ik moet geweldig slapen, want ik moet geweldig koken. Voor een kok is slapen een van zijn productiefste bezigheden: zijn lichaam recupereert, zijn spieren herstellen zich en krijgen een onderhoudsbeurt, zijn geest bereidt zich voor op nieuwe gerechten. Het leven van een topkok berust op de drie pijlers: inkopen, koken, slapen.

Als je ziek bent is het moeilijk om je voor te stellen dat je ooit weer niet-ziek zult zijn. Ik voel me misselijk, minder dan eerst, maar dusdanig dat mijn bewustzijn nog steeds in mijn maag lijkt te huizen, in mijn darmen, in mijn sluitspier. Ik wéét dat er een tijd komt dat ik niet meer misselijk zal zijn, laat ik daarom deze misselijkheid koesteren.

Er repeteert een nummer in mijn hoofd, een bijeffect van misselijkheid. Zonder dat mijn geest er vat op heeft, klinkt er constant een fragment van een nummer dat ik niet eens waardeer, van een band die ik alleen ken omdat Bruna in de keuken, als het restaurant nog niet is geopend, hun cd's draait (de allerbelangrijkste taak van een souschef: bepalen welke muziek er in de keuken wordt opgezet): '*Senses working overtime, try to taste the difference between the lemons and the limes, the pain and the pleasure.*' En dit refreintje een quintiljoen maal herhaald, terwijl ik krampachtig lig te wachten op de zoete balsem van de tijdelijke vergetelheid.

Zoals de kerk tijdens kerstavond vol zit met mensen die de rest van het jaar hoerend en snoerend door het leven trekken, zo wordt ons restaurant die dagen voor een deel gevuld met mensen die normaliter alleen bij de snackbar en de buurtchinees uiteten gaan. Er zijn collega's die een hekel hebben aan de Parade Van Onwetende Proleten tijdens de kerstdagen, de families die met opa en oma en alle ooms en tantes ruziemakend erfenissen kapot komen smijten – maar ik beschouw het als een heilige taak deze heidenen terug naar Het Geloof te brengen. Het is Kerst, tijd voor Het Woord van de chef. Want het Woord is Vlees geworden, zegt Johannes. Wij zijn benen Zijn gebeentes, vlees Zijn vlezes. We zijn wat we eten, en het gaat ons naar den vleze. Dit terughalen naar het Ware Culinaire Geloof doen we door onze verloren schapen te verbluffen met een bombardement voor tong en oog, in zes tot tien gangen. We hebben, we maken en we geven het beste van het beste.

Nu zijn er koks die hun ingrediënten als hazen voor zich uit jagen, en ik moet toegeven dat kerst de enige periode is dat ik mij zelf óók bewust schuldig maak aan *épater le bourgeois*, met ingrediënten, smaken, garnering en sauzen. Met kerst laat ik al mijn borden eruitzien als culinaire *cumshots*: kijk, dit is wat we kunnen, dit is wat een frikadel ook had kunnen zijn, dit is hoe uw warme prak kan smaken.

Kerst vergt een enorme voorbereiding, we zijn drie weken bezig om voor te koken, met als doel een orgastische ontlading van drie dagen. Vorig jaar had ik mijn diner een motto gegeven waarmee alle gerechten te maken hadden. Mijn motto kwam van Nietzsche: 'Het geheim om het grootste profijt en het grootste genot uit het bestaan te halen heet: gevaarlijk leven.' Mijn gasten – die geloof ik wel veel van me zijn gewend – vroeg ik mee te gaan in dit idee en zich over te geven aan wat er uit mijn loopluik kwam. Noem het Dionysisch koken, als tegenhanger van de Apollinische keuken, waarin alles evenwichtig en beheerst is. Ik wilde een woeste extase van vreugde en ontzetting, een bijna onbeheersbare chaos.

Ik wilde 'gevaarlijk eten', en dan bedoelde ik geen bedorven voedsel waarvan magen zich zouden omdraaien, maar gevaarlijk in de zin van: ontregelend en grenzen overschrijdend. Over een aantal gerechten van afgelopen kerst praten sommigen van mijn collega's en culinaire recensenten nog steeds vol afschuw na. Eén van mijn voorafjes was een 'gorgonzolasoufflé met waarheidsserum', een gerechtje met een min of meer symbolische hoeveelheid natuurlijk pentotal, een stofje uit een Argentijnse bonensoort, dat mensen minder terughoudend maakt. Het idee was dat gasten tijdens kerstdiners vaak gespannen zijn omdat sluimerende familiebrandjes met één verkeerd woord zo kunnen worden aangewakkerd; mijn soufflé zou helpen de lucht te klaren.

Niet symbolisch was de rogge die ik met bemiddeling van een tweesterren-collega haalde uit een Frans dorpje met de toepasselijke naam Pont-Saint-Esprit. Omdat opium sinds 1928 onder de Opiumwet valt en andere harde genotsmiddelen ook niet bij de groothandel zijn te krijgen, moeten de liefhebbers slinkse wegen aanboren. In vorige eeuwen kreeg vrijwel iedereen regelmatig een fikse dosis geestverruiming binnen, omdat vrijwel iedereen roggebrood at. Op rogge groeide met vlagen een klein mee-etend zwammetje genaamd moederkoorn, waarin een pietsie van het werkzame bestanddeel van LSD zat. Het met de hand verwijderen van het zwammetje voor de rogge werd gemalen, was arbeidsintensief, kostbaar en bekant onmogelijk – en waarom zouden ze? Het spul kwam gewoon lekker in het meel terecht. Goed, dit gaf wel complicaties als massapsychoses en andere bijwerkingen van veelvuldig druggebruik – plagen van moederkoorn kunnen biohistorici bepalen aan de hand van toegenomen heksenverbrandingen – en toen halverwege de vorige eeuw een paar mensen stierven aan een overdosis rogge, begon de Franse regering de moederkoorn nog fanatieker te bestrijden dan ze sinds de uitvinding van het bestrijdingsmiddel DDT al deed. In heel Frankrijk is het zwammetje nu zo goed als uitgeroeid. In heel Frankrijk? Nee, er zijn nog enkele boeren die, half legaal, rogge verbouwen waarop de moederkoorn zich als vanouds parasitair uitleeft. Van een van deze boeren heb ik vorig jaar een baal mogen kopen, om die te vermalen tot meel, waarvan ik niet alleen brood en koekjes heb gebakken, maar die ik ook heb verwerkt in ragouts en sauzen. Zo had ik tijdens mijn kerstdiner als een van de nagerechten een traditionele kerststol van ouderwets roggemeel, met een met roggebloem gebonden vanillesaus.

De nacht nadat ik als twintigjarige door Habermas was ontslagen en toch weer mocht komen, probeerde ik tijdens mijn ontbijtpauze van vijf uur tot halfzes 's ochtends voor de zoveelste maal ganzenleverijs te bereiden voor het Derde Kerstdag-Diner van mijn vader. Het was de nacht voor kerstavond en de spanning was voelbaar tot in de tegels van de keuken. En hoe nacht het ook was: er liepen veel meer koks dan normaal.

De portie ijs dat ik getracht had te draaien was wederom mislukt. Ik had gehandeld volgens de regelen der kookkunst, ijverig had ik *Escoffier* erop nageslagen, maar het resultaat was bedroevend. Ik overwoog net of ik niet alsnog een ander verbluffend gerecht kon bedenken om de blits te maken bij mijn ouders en familie, toen Habermas tegen zessen plotseling achter me opdook.

'WAT HEB JIJ GODVERDOMME NOU GEMAAKT?' riep hij in mijn oor. 'HEB JIJ MIJN DURE FOIE GRAS D'OIE BESTEED AAN HET FABRICEREN VAN ROTZOOI? JE BENT GODVERDOMME NU ECHT ONTSLAGEN.'

Het kostte me erg veel moeite om duidelijk te maken dat ik alleen maar in mijn schaarse vrije tijd misbruik had gemaakt van wat keukenapparatuur, maar dat ik alle ingrediënten zelf had betaald. Ik vertelde dat ik op derde kerstdag mijn vader hoopte te verrassen met een briljant nagerecht.

'In dat geval,' zei hij, plotseling rustiger, 'moet je weten dat ganzenleverijs je waarschijnlijk nooit zal lukken. Waarom probeer je geen parfait, want een parfait wordt stilstaand bevroren, terwijl ijs draaiend koud wordt. Tijdens het draaien mengt het vet te veel en ontstaat er te snel ranzigheid. Je moet een parfait maken, op de dag zelf, het liefst een uur voordat je serveert, en dan komt alles goed.'

Hierna liep hij weg, en dat was het laatste gesprek dat ik lange tijd met hem voerde, al zijn we elkaar later in de pers zo nu en dan te lijf gegaan. Hij had overigens gelijk. Mijn Parfait de foie gras d'oie au sauce de port et de vanille verblufte mijn familie en zelfs mijn vader, al gaf hij dat niet toe. Hij vroeg of Habermas me soms had geholpen.

Kerst, vorig jaar. Er moest worden gepeld, ontvliesd, geschild, gehakt, gesneden, gewassen, geplukt, genappeerd, gemarineerd, geklaard, ingespoten, ingegoten, ingekookt, gesudderd, gebonden, gesmolten, opgeklopt, ontzeend, aangelengd, gespoeld, gerefroideert, geraspt, geschaafd – en Bruna kwam te laat. Dit was haar in de acht jaar dat ze mijn souschef was nog niet eerder gebeurd. Vanwege de drukte rondom de naderende kerst had ik bij wijze van uitzondering de hele brigade inclusief alle ambulanten om acht uur 's morgens laten opdraven voor de gigantische mise-en-place. Waar bleef goddomme Bruna? Het was haar taak de taken te verdelen. Ik probeerde alle koks zo goed en, wel ja, zo kwaad mogelijk aan het werk te zetten, waarna ik Bruna thuis belde. Ze nam op met een welgemeend: 'Testicolo!'

'Binnen een kwartier ben je hier,' zei ik, want ik wist dat ze twintig minuten van het restaurant woonde.

'Wat is er gebeurd?' vroeg ik, toen ze zestien minuten later de keuken kwam binnengerend.

Ze antwoordde vinnig en zonder een woord Frans of Italiaans dat ze de nacht had doorgebracht met Hollander, de souschef van mijn collega Habermas.

'Hoeveel gangen heeft Habermas vanavond en wat is zijn hoofdschotel?' vroeg ik, met een zo strak mogelijk gezicht.

'Zeven gangen. Hoofdschotel: met truffels en foie gras gevulde gans.'

'Kunnen we hebben.'

'Ja,' zei Bruna geïrriteerd, en zonder nog iets te zeggen ging ze aan het werk, terwijl ik voorraden controleerde en een aanvullende receptuur schreef van verschillende kerstdressings en -garnituren. Er zat me iets dwars, die middag *before* kerstavond. Hoewel vriendschappen in de horeca zich langzaam ontwikkelen, zijn 'andere contacten' tussen het personeel wel erg... ik denk dat zinnelijk het woord is. Bijna alle romantische vooroordelen over het werken in een restaurant zijn onwaar, overdreven en makkelijk door te prikken, maar niet deze: dat het personeel onderling hartenjaagt dat het een aard heeft. Er zal nauwelijks een bedrijfstak zijn waarvan de medewerkers zo snel en veelvuldig fysieke relaties onderhouden als de horeca. Alle ingrediënten zijn voorradig: de beide seksen zijn in gelijke mate aanwezig, er zijn duidelijke machtsverhoudingen tussen de overwegend mannelijke keuken en de vrouwelijke bediening, tussen ambulanten en vaste krachten, en het personeel vormt een pruttelende stoofpot van oudere koks en jongere serveersters, jongere koks en oudere serveersters en alle mogelijke tussenliggende combinaties. Daarnaast moet er in korte tijd onredelijk hard worden gewerkt waarbij niet wordt gelet op subtiliteiten jegens elkaar. Alleen de gezonden en fitten kunnen zich uit de naad zweten en alleen zij vinden na de harde arbeid tijd om uit te blazen, na te praten en door te drinken. Wie nooit in een restaurant heeft gewerkt weet niet dat in feite de nazit het belangrijkste moment van de avond is. Het personeel neemt dan de gebeurtenissen van de avond door. En omdat men op het drukste tijdstip van de avond tijdens het uitserveren van de couverts elkaar uit pure stress voor stinkende vis heeft uitgemaakt, gaat men later overdreven liefdevol met elkaar om. Dit zijn ogenblikken waarop de avond zin krijgt, waarop de toekomstige historische verhalen en herinneringen ontstaan en waarop de hartenjacht geopend is. Wie op een avond in een restaurant een stuk vlees krijgt geserveerd van een mooie serveerster, kan er gevoeglijk geld op inzetten dat zij of een van haar collega's later die nacht het bed deelt met degene die het vlees heeft bereid, gemarineerd of getrancheerd. Dit overigens tot gruwel van de meeste chefs.

Er zat me iets dwars, en op dit punt moet ik over mezelf vertellen, over iemand genaamd Oude Ik. Er is een lange, verloren tijd geweest dat Oude Ik uitsluitend als een autist achter zijn kachel stond, de rest van de wereld verwaarlozend. Hoe georganiseerder de keuken van Oude Ik, hoe groter de rommel in zijn leven, zijn liefde, zijn vriendschap. Jarenlang heeft Oude Ik geleefd als een klapkont, een strandgaper met zo'n dunne schelp dat hij niet kan overleven buiten zijn natuurlijke habitat. In zijn geval was dat de keuken; andere plekken waren hem vreemd. Natuurlijk nam Oude Ik als het werk was gedaan deel aan de nazit, en natuurlijk heeft hij zich wel eens laten verleiden door de roes van de voorbije avond. Oude Ik heeft als stagiair in keukens gewerkt waar het onmogelijk was je niet over te geven aan de peren, de truffels, de kersen, de chocola, het saffraan, de druiven, de vijgen, de oesters en de appels die ons werden toegeworpen door de mooiste oberina's op aarde.

Een van die meisjes bleef aan Oude Ik hangen, het ging eigenlijk zonder dat hij erbij nadacht. Na afloop van een nazit was ze met hem meegegaan naar zijn appartement, en de avond daarop weer, en daarop weer, en toen werd het gewoonte, een gewoonte die beiden prima vonden. Het was een lieve studente, zijn gewoontemeisje, en na verloop van enkele maanden wilde ze haar studie psychologie opzeggen om fulltime te kunnen werken in de net geopende eigen zaak van Oude Ik, maar daar stak haar vader een stokje voor. Weer enkele maanden later was hun gewoonte zo gewoon dat het meisje besloot bij Oude Ik in te trekken. Met een bakfiets verhuisden ze haar spullen. Het meisje verfde, ruimde op en richtte het huis opnieuw in. In stilte fantaseerde ze dat zij Oude Iks levensgastvrouw zou worden, maar eerst moest toch haar studie af. Oude Ik vond alles prima, hij stond in zijn keuken en bemoeide zich verder nergens mee. Lacherig noemden zij hun omgang een huwelijk zonder huwelijk.

Toen zijn voormalige souschef deze uitdrukking hoorde, besloot hij zijn chef te trakteren op een practical joke: een vrijgezellenavond zonder huwelijk. Op een maandag (toen maandags het restaurant van Oude Ik nog was gesloten, want inmiddels is zijn keuken zeven dagen per week geopend), werd Oude Ik op straat door vier van zijn beste koks besprongen en ontvoerd naar een geheime plek. Souschef zat achter het stuur van de bus en de rest hield Oude Ik in bedwang met champenoise, gefillte Fisch en pistachekoekjes met rode appel. Natuurlijk maakte Oude Ik opmerkingen over de kwaliteit van de pistachekoekjes. Na een misleidende tocht van een halfuur kwamen ze aan op hun bestemming: het stamcafé waar het personeel van het restaurant van Oude Ik regelmatig de fooienpot stuksloeg. Men verwelkomde Oude Ik met 'Wein, Männer und Gesang' en hierna begonnen de vernederingen. Mijn Oude Ik onderging deze ruimhartig en breed lachend, in gedachten bij een niet geleverde groentebestelling. Hij luisterde naar de vele vuige keukenroddels over *Frauengeschichten*, schermutselingen en aanvaringen met gasten en culinair journalisten. Met een man of vijftien at het gezelschap een paar uur later in een erbarmelijk Thais restaurant en na een uitgebreide kroegentocht belandden Oude Ik en de onzen op een echt vrijgezellenfeest van een onbekende vrouw uit een onbekend dorp in de omgeving.

Hier raakte Oude Ik mij kwijt. Het verhaal gaat dat hij met de zus van deze vrouw – of met de vrouw zelf – zijn eigen vrijgezellentijd definitief heeft uitgeluid, ergens op een matras in een logeerkamer bij iemand die niemand zich meer schijnt te herinneren. Nog tijdens de zogenoemde *afterglow*, het moment waarop men nahijgt van orgastische inspanning, kreeg Oude Ik gewetenswroeging over zijn leven en de gedachteloosheid waarmee hij zijn belofte van trouw had gebroken nog voor hij die had afgelegd. Hij nam gehaast afscheid van de zus – of van de vrouw zelf – en liet zich door een taxi naar zijn appartement brengen, waar zijn aanstaande ongehuwde vredig lag te slapen.

In zijn badkamer probeerde Oude Ik met een washandje – (zonder zeep, altijd zonder zeep) het zoen- en oestervocht rond zijn mond weg te wassen, waarna hij zich aan zijn onderonderbuik wilde wijden. Hij keek naar beneden en een halve seconde stond hij in oogcontact met de Schepper. In zijn dronken haast was hij vergeten dat... dat ding af te rollen. Het lubberde doelloos om zijn geslachtsdeel. Op dat ogenblik hoorde Oude Ik zijn *appendice d'amour* uit bed stappen, sterker nog, ze liep in de richting van de badkamer. In een reflex rolde Oude Ik het rubber af, wierp het in de wc-pot en trok door. Slaperig opende zijn vriendin de badkamerdeur om de kok van haar leven te groeten. Oude Ik groette liefdevol terug. Zijn vriendin ging op de pot zitten, deed snel haar gevoeg, trok door, en verdween weer in de richting van de slaapkamer. Toen ze de deur achter zich had gesloten, kreeg Oude Ik voor de tweede maal een godservaring: het weggegooide condoom was niet doorgespoeld. Pas na vier keer doortrekken verdween het in het riool. Dit gebeurde lang geleden. Het ongehuwelijk van Oude Ik duurde drie jaar.

Op een dag heeft ze met dezelfde bakfiets haar spullen weer bij me weggehaald. We hebben geen ruzie gemaakt, maar maanden later legde ze me in een brief uit waarom ze was vertrokken. Het bleek te gaan om het aloude horeca-liefdesmantra: 'altijd weg', 'alleen maar aan mijn restaurant', 'iedere avond laat thuis', 'omgeven door mooie jonge meisjes uit de bediening'. Ze kon ze soms ruiken, schreef ze, en daar kan ze gelijk in hebben gehad. Ik heb mijn vader eens gevraagd – ik was zelf nog geen chef en het was een van de weinige keren dat mijn vader en ik het over die kant van het vak hadden – of hij er geen moeite mee had dat hij altijd werd omringd door jonge vrouwen. Mijn vader zei, een beetje beschaamd: 'Sterk zijn. Een chef moet daar nooit aan toegeven.' Hij keek me aan en vervolgde: 'En mocht je bij uitzondering toch een keer toegeven, nooit toegeven.'

En toen kwam Andrea. Ze interviewde me voor een tijdschrift in een serie over het nieuwe niet te vermijden fenomeen 'popkoks', oftewel koks met de uitstraling van een popster. Veel later heeft ze me verteld dat ze een soort weddenschap had afgesloten met een collega die voor een artikel naar Suriname moest, en maar heimelijk één echt doel had: het bed delen met de toenmalige junglecommandoleider Ronny Brunswijk. 'Als jij het met Brunswijk doet, doe ik het met Troost,' had Andrea geroepen. Branie natuurlijk, maar toen haar collega opgewekt terugkwam uit Paramaribo, moest ze me wel bellen voor een afspraak, met een snel smoesje over een of andere nieuwe hype.

Ze meldde zich in mijn keuken, na een drukke lunch. De brigade had de vaste twee uur pauze, ik was de afspraak met Andrea vergeten en zat achter mijn laptop te werken aan een nieuw kookboek.

'Hallo?' zei ze aarzelend.

Gepofte kastanjes, nootmuskaat, warme en koude borsjtsj, duivelsharing, serranoham, Maltese bloedsinaasappel, Pedro Ximénez, allemaal en nog veel meer. Een complete Larousse Gastronomique aan spijzen en ingrediënten.

'Hallo?' zei ik, in een overtreffende trap van aarzelend. Andrea installeerde zich met een md-speler aan mijn keukentafel, en wat ik nooit had gedaan en sindsdien – op één klein verwaarloosbaar keertje vorige week na – nooit meer heb gedaan: ik nam haar mee naar mijn kachel en liet haar proeven van de mise-en-place.

En toen het interview was afgelopen maar het gesprek nog

niet, bereidde ik al pratend over mijn vak een parmentier van Ratte-aardappelen, gesmoorde kalfstong en zwarte truffels. Andrea zei later dat ze dacht dat ik haar probeerde te intimideren of op z'n minst gunstig te stemmen voor het artikel. Ik vertelde dat ik nog nooit een parmentier had gemaakt en aan het experimenteren was, zoals ik iedere dag experimenteer voor mijn dagkaart of kookboeken. De parmentier presenteerde ik als twee ovale pureetaartjes, drijvend op een zwarte-truffelsaus. Ik zette Andrea aan de keukentafel en ging naast haar zitten, schonk een glas wijn voor haar in en keek haar aan. Andrea nam een hap en kreeg spontaan tranen in haar ogen.

'Sorry hoor,' zei ze met een snik van verrukking, 'sorry, hoor.'

Ze stond half op, boog zich over tafel naar me toe en kuste me. Samen hebben we de taartjes opgegeten en in de afterglow maakte Oude Ik, zonder dat ik dat toen wist, plaats voor Nieuwe. Als mensen ons later vroegen hoe het tussen ons was begonnen, antwoordde Andrea: 'Het was liefde op het eerste gerecht.'

Als een oude man ben ik net naar mijn badkamer geschuifeld om mijn *Sterallure*-badjas te pakken. Onze gasten krijgen bij vertrek uit het Château een messenset met mijn naam erop, al mijn leverbare kookboeken, een pot met mijn speciale kruidenmengsel Quatre Épices (dat tegen de afspraak met de fabrikant in, inmiddels in zo'n beetje iedere supermarkt verkrijgbaar is), maar het meest verheugd zijn ze steevast met de mededeling dat ze hun badjas mogen houden. Er schijnen op internetveilingen zelfs al *Sterallure*-badjassen te zijn aangeboden, zo blij zijn mijn gasten met hun cadeautjes.

Voor de tweede keer deze middag open ik mijn koelkast. Ik heb weinig gegeten van mijn kleine *assiette de minibar* van zo-even, maar gewoontegetrouw check ik de inhoud opnieuw. Het kamermeisje moet mijn voorraad hebben aangevuld, want ik zie een nieuw zakje hartigs en een reepje zoets. Waarom zijn die zakjes pinda's in hotelkamers toch altijd zo klein en debiel duur? Moet je zien: één lullig zakje, kleiner dan mijn hand, voor de prijs van zes euro. En wat als ik zin heb in nog een zakje? En wat als ik zin heb om heel pindaproducerend Afrika leeg te vreten?

Die zin heb ik overigens niet. Ik twijfel alleen of ik een plak foie gras d'oie zal afsnijden. Dat is vermoedelijk de enige smaak die me in mijn huidige toestand een beetje troost kan bieden.

Je bent een slechte kok wanneer je, al kokend, niet soms het geweldige gevoel hebt in *a great chain of being* te staan. Er zijn sinds mensenheugenis dezelfde elementaire smaken en heden ten dage bereiden wij koks met min of meer dezelfde ingrediënten min of meer dezelfde gerechten als tientallen eeuwen geleden. We staan in een continue ketting van smaken, onze technieken zijn veranderd, maar de gevoelens, emoties en verlangens van degenen voor wie we koken niet. Vierenhalfduizend jaar geleden was foie gras in Egypte een delicatesse. Tweeënhalfduizend jaar later waren ook de Romeinen er verzot op, en met name keizer Nero verlustigde zich eraan. Anderhalfduizend jaar later werd Gascogne in Frankrijk het centrum van de handel in ganzenlever, en dat is het nog steeds.

Wereldwijd werd foie gras d'oie een onvervalste hype toen de Franse veldmaarschalk van Contades rond 1780 in zijn woning in Straatsburg belangrijke Engelse gasten te eten kreeg. Hij vroeg zijn kok iets bijzonders te bereiden, en dan niet zo'n laffe Engelse schotel als 'konijn met noedels', maar een gerecht dat was geïnspireerd door de Franse keuken. Die briljante kok Jean-Pierre Clause – die net twintig was, maar al wel de keukenbrigade mocht leiden – bedacht een pastei die hij vulde met ganzenlever, kalfsgehakt en dun gesneden ruggenvet. Het geheel werd bedekt met taartdeeg, waarna in een oven met laag vuur het vet in het mengsel rustig smolt, terwijl de foie gras d'oie zachtjes kookte.

Wat een moment in de culinaire geschiedenis moet dat zijn geweest: de gasten van de maarschalk waren getuige van een van de wereldwonderen der kookkunst. Ze roken de heerlijke geur van het gerecht, proefden er voorzichtig van en ervoeren een diep doorleefde extase. Een culinaire geschiedschrijver tekende over deze gebeurtenis op: '*That Gibraltar of Foie gras which kept everybody silent when it appeared on the table, fulfilling the hearts... So all the faces showed the heat of desire, the ecstasy of enjoyment and the full rest of bliss.*'

De volgende dag liet de veldmaarschalk een koerier eenzelfde pastei sturen aan de Franse koning Lodewijk de Zestiende, die eveneens erg verrukt was van de verbijsterende heerlijkheid, waarop hij de maarschalk beloonde met een landgoed in Picardie, en Clause met twintig pistolen (altijd handig). Pâté de foie gras d'oie uit Straatsburg veroverde in zeer korte tijd de beschaafde wereld. Jean-Pierre Clause verliet alras de keukenbrigade van de maarschalk, trouwde de weduwe van een banketbakker en wijdde zich zijn leven lang aan het maken en vervolmaken van patés. Op 21 november 1827 stierf hij op zeventigjarige leeftijd, een van de belangrijkste schakels van *the great chain of gastronomy*.

Omdat ik geenszins tegen tradities ben, had ik vorige kerst als een van de voorgerechten een polonaise van hapjes, smaakjes en schoteltjes met foie gras d'oie: een confit met verse en dus zoete doperwtenquenelles en noten; foie gras de canard met peer; met een gelei van huislook; met gemarineerde druiven; met truffels; met een mousse van preiwit; en kleine pasteitjes in de geest van Jean-Pierre Clause. Bruna had anderhalve dag vrijgemaakt om deze optocht te componeren en voor te bereiden.

Over wat me dwars zat. Met Andrea taalde ik niet meer naar het fruit en de zeevruchten van anderen, en ik heb er nooit meer aan toegegeven. Mijn monogamie was overigens niet iets dat ik kapotanalyseerde, het ging gedachteloos. De ochtend voor de afgelopen kerst vertelde Bruna als gezegd dat ze de nacht ervoor had doorgebracht met Hollander, de souschef van mijn napruttelende collega Habermas, en voor het eerst knarste er zand in de salade. Het lijkt me een universeel gevoel, ik bedoel, ik voel het en dus ga ik ervan uit dat anderen het ook voelen: dat er dingen aan mij voorbijgaan, dat er werelden zijn waarvan ik geen deel uitmaak, dat de ware voldoening elders ligt, daar waar we niet zijn en niet meer kunnen komen. Toen Bruna achteloos liet vallen dat ze met een vreemde kok was geweest, schoot er de vraag door me heen wanneer ik me eigenlijk voor het laatst had verloren aan de vertroosting van een ambulantenmeisje uit de bediening. Vermoedelijk net voor Andrea. Het was een kortstondige gedachte, die ik meteen weer verjoeg door na te denken over een ontregelende dressing.

Tromgeroffel. De apotheose van afgelopen kerst. Ik heb al veel kerstdiners gekookt, maar zoals de afgelopen keer zal ik kerst vermoedelijk niet meer meemaken. Veel restaurants van mindere collega's hebben uit vuile portefeuilleoverwegingen met kerst twee lichtingen, maar daar doe ik niet aan mee. Ik wil niet dat mijn gasten het idee hebben dat ze om halfnegen worden geacht op te krassen. Het was kwart over acht, we waren in bedrijf. Het restaurant was helemaal volgeboekt, een deel van de gasten was al gearriveerd en geplaceerd. Alles in mijn keuken stond klaar, alles was gedaan, de champagne stond koel, de kaarsen waren aangestoken, de schappen lagen vol, alles was onder controle, álles – en dat is een collectieve krachtsinspanning die voor leken niet valt te begrijpen. In het crisiscentrum onder het ministerie van Binnenlandse Zaken waar gezagsdragers, corpsbeheerders, militairen en psychologen onderhandelen met overspannen terroristen die koningin Beatrix hebben ontvoerd en die op het punt staan een atoombom te laten afgaan in het centrum van Amsterdam, heerst niet zo'n stress als in een keuken die op volle toeren draait.

Hoewel ik op de meeste dagen achter mijn kachel blijf, vond ik het die kerst belangrijk mijn gasten persoonlijk te ontvangen, waarna mijn Franse maître Henry hun een glas champagne met een scheut vers perensap aanbood en hen vervolgens begeleidde naar hun tafel of de zithoek bij de haard. Ik kon met een niet al te bezwaard hart de keuken alleen laten: Bruna had de leiding over de loopgraven en het peloton zou de vijand met overtuiging verslaan.

En toen.

Een vaste gaste, een gedistingeerde oudere weduwe, kwam binnen met haar drie studerende zoons. Gevieren namen ze een aura van kou mee naar binnen.

'Weet u dat we buiten worden lastiggevallen door demonstranten?' vroeg de vrouw, 'ik zeg het maar, want ze gedragen zich nogal vervelend.'

'Uitschot,' zei een van de jongens.

'Levende vuilniszakken,' zei een andere.

Ik geloof dat ik haar mededeling aanvankelijk niet begreep of niet erg serieus nam, en vroeg Henry buiten even poolshoogte te nemen, waarna ik de vrouw en haar zoons persoonlijk naar hun tafel bracht.

Terug bij de ingang vond ik mijn maître in een behoorlijke staat van opwinding. Henry legde met zijn Franse tongval uit dat de actiegroep 'Likker Dierg' voor mijn restaurant aan het posten was, omdat wij foie gras d'oie op de menukaart hadden staan. Hij begreep het werkelijk niet: wat kon er mis zijn met ganzenlever?

'Ze willen dat we de gerechten met lever van et menu alen,' zei hij verbouwereerd. 'Et moet een farce zijn...'

'Niet te geloven,' zei ik, naar een raam lopend om de

demonstranten te bekijken. Er stond inderdaad een man of dertig vaalgeklede punklieden met borden en spandoeken. Tussen hen in ontdekte ik enkele verbijsterde vaste gasten in een *Waterschapsheuvel*-moment: als konijnen leken ze te staren in groot licht. Mijn gasten werden door de actievoerders bedolven onder een hatelijk gescandeerd 'Dierenbeulen! Dierenbeulen!' Geen goed begin van een onvergetelijk diner. Henry stond er met open mond naar te kijken. Hij had al geen hoge pet op van de lamlendige omgangsvormen in Nederland, maar het verstoren van een kerstdiner vanwege... foie gras, kon er bij hem niet in. Vergezeld van een kelner stoof hij naar buiten om onze gasten te ontzetten. Er werd met gejoel op hen gereageerd. Bij de parkeerplaats zag ik nieuwe gasten arriveren.

Hoewel het vrieskoud was, deelden de actievoerders stencils uit, en sommige demonstranten droegen borden met teksten als FOIE GRAS IS EEN DOODZIEKE LEVER en anderen hadden uitvergrote posters van vetgemeste ganzen bij zich.

'Niet geloofbaar,' zei Henry tegen mij, toen hij de jassen aannam van de gasten die hij uit de klauwen van Lekker Dier had gered. 'Er ies zelfs televisie bij!'

Ik zette een dienblad met flûtes champagne op de bar (sommige geschrokken gasten sloegen het welkomstglas in één teug achterover), en keek weer door het raam naar buiten. Ik zag een paar journalisten van kranten en twee tv-ploegen. Al met al geen gezellige kerstambiance. Bruna kwam aanrennen en plaatste enkele Italiaanse krachttermen.

'Er lopen mensen om het restaurant,' riep ze kwaad. 'Ze roepen dingen naar de koks. Wat is er aan de hand? De koks raken uit hun concentratie.'

'Foute boel,' zei Henry, die voorstelde de politie te bellen, maar dat leek me precies wat de activisten wilden. Ik legde Bruna kort de situatie uit en bezwoer haar de koks in bedwang te houden. Het mocht niet op een massale knokpartij uitlopen. Daarom besloot ik zelf naar buiten te gaan en met onze belagers te praten. Het was tenslotte kerst, zij wilden toch ook vrede op aarde, Jezus was toch niet voor niets geboren.

Toen ik een stap buiten de deur deed, werd ik met een heftig boegeroep ontvangen. Het was zo koud dat er uit al die schreeuwende monden een wolk van afkeurende condens opsteeg.

'Trohoost, moordenaar! Trohoost, moordenaar!' riepen enkele demonstranten.

'Heren!' riep ik, waarmee ik mezelf onbeholpen meteen tot reactionaire *male chauvinist pig* bestempelde, want meer dan de helft van het schreeuwvolk bestond uit kortgeknipte vrouwen die er eerlijk gezegd niet uitzagen alsof ze van lekker koken hielden.

'Hé Troost!' riep iemand met haat in zijn stem. Ik draaide me om; de stem was van een groengejackte man met een humorloos en van walging doortrokken milieuactivistenhoofd. *Een bedorven augurk. Oude kaas gesmolten in cadaverine.* Ik zag de cameraploegen meteen in actie komen. De ploeg van het *Journaal* stond een meter van ons vandaan, en de cameraman van SBS6 had een stoel van het terras gepakt voor een mooi overzichtsshot.

'Wij eisen dat *jij* de ganzen- en eendenlevergerechten van de kaart haalt! De productie van foie gras is in Nederland bij wet verboden en daarom voeren wij actie tegen restaurants die dit dieronterende martelproduct toch illegaal serveren,' zei de milieuactivist. Hij voegde er dreigend aan toe: 'En als *jij* niet op onze eisen ingaat, blijven we hier de hele avond schreeuwen en verstoren wij jouw gezellige kerstdiner.'

De woorden 'gezellige kerstdiner' sprak hij met walging uit.

'U eist?' zei ik, en ik probeerde oprecht zo aardig en beleefd mogelijk te blijven. 'Eisen lijkt me niet het goede woord. De import van foie gras is niet bij wet verboden, we leven in een vrij land, ik zie geen reden om dingen van de kaart te halen omdat u dat eist, en zeker vanavond niet. Traditioneel wordt ganzenlever juist met kerst gegeten.'

Meteen begonnen enkele demonstranten weer 'moordenaar moordenaar' te roepen. Nu ja, wat doe je in zo'n situatie? Ik probeerde redelijk te blijven en een gesprek aan te gaan, en uit te leggen dat mijn foie grassen in verwarmde stallen waren grootgebracht, dat ze eerst naar Schubert hadden mogen luisteren voor ze in mijn polonaise van voorgerechtjes terechtkwamen, maar er viel blijkbaar niet te luisteren. Ik vluchtte onder gejoel van de demonstranten weer het restaurant in.

Een halfuur nadat de demonstratie was begonnen waren alle gasten binnen. Mijn clientèle had gespaard voor een culinaire uitspatting, sterker nog, mijn clientèle had honger. Bruna was ondertussen begonnen met het uitserveren van de amuses: een drietal eetbare gouden en zilveren kerstballen, gevuld met jeneverbesgelei, aspergemousse en kreeftfondant; en een borrelglaasje bloemkoolzalf. Wat is simpeler, en qua aanblik onappetijtelijker dan een kwakje gepureerde bloemkool in een glaasje? En toch kan 10cc verrijkt vocht een mens gelukkig maken.

Na het mondvermaak stuurde Bruna de eerste gang door, ondanks het lawaai van de actievoerders, die nu ook op de ramen gingen bonken. Henry vond nog steeds dat we de politie moesten bellen, en ik hoopte dat de kou de actievoerders te veel zou worden, maar dat bleek ijdele hoop, want ze bleven onverstoorbaar actie voeren. Veel van mijn gasten verklaarden zich solidair met ons, een enkeling stelde voor om een charge uit te voeren, de studentenzoons van de weduwe wilden gedrieën een uitval doen en korte metten maken met de vuilniszakken, maar de meeste gasten bleven rustig. Helemaal niemand weigerde de gerechtjes met foie gras, integendeel, er was zelfs extra vraag naar.

'Die ganzen zijn toch wel grondig afgebeuld, hoop ik,' zei

een meneer, waarna zijn vrouw geschrokken riep dat hij maar een grapje maakte.

We noemden het 'de belegering van Troost' en het gaf een erg saamhorig kerstgevoel. Ik klom op een stoel in het midden van mijn restaurant, om uitleg te geven en excuses aan te bieden voor de overlast.

'Er gaat een mooi verhaal over de schrijver Charles Dickens, u weet wel, van dat prachtige moralistische *A Christmas Carol*,' besloot ik. 'De anekdote wil dat hij op kerstavond een paar zwervers inhuurde, die luid onder het raam van zijn eetkamer "Honger! Honger!" moesten roepen, zodat het copieuze kerstdiner Dickens nog beter zou smaken. Welnu, we hebben vanavond de zwervers niet ingehuurd, ze zijn gratis gekomen.'

Topoverleg in de keuken. Henry wilde met wat koks en kelners een knokploeg formeren om de demonstranten van het terrein te slaan. Dat zou in Frankrijk wellicht een erg gunstige publiciteit voor een restaurant zijn, in Nederland niet. Nog steeds hoopte ik dat de actievoerders uit zichzelf zouden wegtrekken, als een jeukende puist op je kin. Henry vertrok hoofdschuddend naar de eetzaal.

En toen kreeg Bruna een geweldige ingeving.

'Testicolo!' riep ze met grote ogen.

'Chef! U weet toch dat ik geëxperimenteerd heb bij het bakken van dat "speciale roggebrood"?'

Ze doelde op onze kerststol van ouderwets roggemeel, met een met roggebloem gebonden vanillesaus.

'Ja?' zei ik aarzelend.

'Bij mijn eerste pogingen heb ik een veel te grote dosis meel gebruikt,' zei ze, 'en hoewel het er nog wel uitziet als roggebrood, kunnen we dat de gasten dus niet serveren.'

'Ja?' zei ik, nog aarzelender.

'Ik heb die eerste stollen niet weggegooid... Ik dacht... misschien... voor eigen gebruik, en zo.'

Even keken we elkaar aan.

'Haal ze!' riep ik. Bruna stoof weg en ik maakte een oven vrij om het brood op te warmen. Om een lang kerstverhaal kort te maken: een kwartier later liepen Bruna en ik met grote schalen naar buiten. We hadden het dampende kerstbrood besmeerd met boter en ik moet zeggen: een ferme reltrapper die een droge mond hield bij de aanblik van die stol.

Wederom werden we met boegeroep ontvangen. Aanvankelijk riep ons gebaar de woede op van de demonstranten.

'We laten ons niet omkopen!' riep de jongen met het fanatieke augurkenhoofd, maar we zagen de rest likkebaardend naar onze schalen kijken.

'Dit kerstroggebrood is volstrekt biologisch en onbespoten! Het is een kleine geste van onze kant, omdat het voor jullie ook kerst is,' riep ik, onder het oog van de camera's. 'De rogge komt van een kleine onafhankelijke boer in Frankrijk, en de boter van een kleine boer hier uit de omgeving.'

De woorden 'biologisch' en 'onbespoten' hadden het bedoelde geruststellende effect. Na een korte vergadering van hun politbureau besloten de actievoerders onze handreiking te accepteren en zich te laven aan het brood. Bruna en ik zorgden ervoor dat ze allemaal een stuk kregen en stapten de vrieskou weer uit.

En om het verhaal af te ronden met een happy end: het is verrassend hoe snel de moederkoorn effect had op de gedragingen van de geëngageerde jongelui. Al na een kwartier verstomden hun leuzen. Onze gasten en wij keken met verbazing toe hoe de demonstranten, in plaats van ons van het eten te houden, plotseling wild begonnen rond te rennen, salto's te maken, vliegtuigen te imiteren en gekke bekken te trekken. Met recht, in de woorden van Nietzsche, 'een woeste extase van vreugde en ontzetting, een bijna onbeheersbare chaos'. We waren getuige van misschien wel de grootste gezamenlijke LSD-trip die ons land ooit heeft gekend. Later die avond zond het *Journaal* hiervan beelden uit, en ik geloof niet dat die de actie van Lekker Dier veel goeds hebben gedaan.

En er was nog een godgallisch happy end: terwijl de rokende puinhopen van de veldslag langzaam optrokken, hieven wij met het personeel het glas. Vermoeid stop, het gevecht gewonnen stop, de strijd nog niet voorbij over. Toen ik dacht dat iedereen was vertrokken, maakte ik een ronde door het restaurant. In de keuken brandde licht, het rook verwachtingsvol naar een brandende oven. Bruna, die haar boezelaar nog om had, stond gebogen over een gerechtje en legde uit dat ze niet honderd procent tevreden was over de gorgonzolasoufflé die we die avond hadden geserveerd. Ik riep: 'En dat zeg je nu pas?' Ik boog me over haar dampende soufflé.

'Wat scheelt eraan?'

'Ik denk dat we de dosis waarheidsserum wel een klein beetje kunnen opvoeren, toch?' zei ze. 'De hoeveelheid natuurlijk pentotal die er nu in zit, is vermoedelijk niet eens meetbaar. Niet dat gasten daadwerkelijk loslippig moeten worden, het serum hoeft natuurlijk niet echt te werken, maar ik vind dat de gasten er wel iets van mogen proeven.'

Ik knikte. Bruna pakte de verpakking van het uit Argentijnse bonen gewonnen stofje dat ik via een Spaanse collega had weten te bemachtigen, en schepte een topje van een mespuntje over in een met eiwit gevuld soufflébakje. Ze zette het in de oven en klapte de ovendeur dicht.

'Ik ben zo terug,' riep ik, waarna ik uit de wijnkoeling een fles champagne haalde en een bodempje perensap in twee flûtes goot. Het bakken duurde maar een paar minuten, Bruna pakte de ovenschaal, tilde met haar vingers de soufflé op een bord en nappeerde over het gerechtje een périgueuxsaus (truffeldemi-glace met madera).

De smaak was geweldig en mijn vader zou zeggen 'diepdoorleefd', maar toegegeven: dat kwam voornamelijk door de combinatie van de zachte gorgonzola en de steviger truffel-maderasaus. Ik proefde helemaal niets van het pentotalextract. In een veel hogere dosis wordt het serum in Amerikaanse en Chinese gevangenissen gebruikt om criminelen te executeren, dus je zou toch wel iets van een werking mogen verwachten.

'Merkt u al iets, chef?' vroeg Bruna, nadat ik voor de tweede keer haar flûte had bijgeschonken.

'Ik weet het niet,' zei ik. 'Stel me eens een vraag.'

'Goeie!' riep Bruna, waarna ze haar hoofd in haar nek gooide en nadacht. 'Bent u Andrea wel eens ontrouw geweest?'

Ze had er niet echt lang over hoeven nadenken. Dit was niet iets dat een souschef normaliter aan haar chef zou vragen.

'Nee,' antwoordde ik. 'Helaas.'

Ik had helemaal niet nagedacht. Helaas. Dit was zeker niet iets dat een chef aan zijn ondergeschikte zou zeggen. Ik geloof dat de pentotal begon te werken.

'En stel nu eens een vraag aan mij,' gebood ze mij, waarop ik prompt vroeg wat ik graag van haar wilde weten, maar nooit zou durven of willen vragen.

'Ben je wel eens naar bed geweest met een van de jongens uit de keuken of de bedie...'

'Met Hans en Robert-Jan, met Joachim, met Janfredo, met Timon die nu weg is, met Anthonie en Martin eh... tegelijk, met Co, met Joost mag het weten, en met Wiljan.'

Het leek bijna of ze opgelucht was dat ze me dit eindelijk had kunnen vertellen.

'En met Susanne,' voegde ze er nog aan toe. 'Maar dat is geen jongen.'

'Nee, verdomd,' zei ik.

Ze zette met een klap haar flûte op tafel.

'En vindt u me nu een Italiaanse sloerie, een slet?'

Ik pakte haar glas en de fles.

'Een slet? Nee!' zei ik. 'Je werkt in de horeca, daar gebeurt dat soort dingen nu eenmaal makkelijk. Waarom zou ik jou kwalijk nemen wat ik vroeger voor Andrea zelf deed met een rits meisjes?'

'Een rits meisjes... Rare uitdrukking. Maar u bent dus niet jaloers, als u hoort met wie ik allemaal ben geweest, chef?'

Zei ze, en ze keek me aan met een blik waarmee ze me in vijf jaar tijd nog niet eerder had aangekeken.

'Ja, dat wel, ja,' zei ik, naar waarheid, want ik wás jaloers. Het was de werking van het serum, ik kon het niet ontkennen. Ik was gelukkig en tevreden met een ander, een filmjournaliste, een geweldige vrouw, daar niet van natuurlijk, maar over Bruna had ik fantasieën, zoals ik in alle eerlijkheid over wel meer vrouwen fantasieën had, een hele rits om precies te zijn. Er zijn geen vrouwen over wie ik geen fantasieën heb. Maar dat had ik haar natuurlijk nooit moeten zeggen, als chef.

'En heeft u er ooit eventueel wellicht wel eens aan gedacht hoe het zou zijn als u met mij...'

'Ja, daar heb ik wel eens aan gedacht, ja.'

Bruna lachte, maar niet spottend Brunaiaans, ze lachte Sophia-Loreniaans, Lucia-Boséiaans, Gina-Lollobrigidaiaans, Silvana-Manganoiaans. Ik denk dat de pentotal bij haar ook zijn werk begon te doen.

'Waar dacht u dan aan?'

Bruna deed ongemerkt en leep een stap dichterbij.

'Dat ik voor u op mijn knieën zou gaan? Dat ik me voor u zou uitkleden, hier in de keuken? Voor u zou liggen, hier op de snijtafel? Daar heb ik namelijk wel eens aan gedacht. Meteen verdrongen, dat soort gedachten, maar ik heb ze gehad. Heeft u daar wel eens aan gedacht?'

Ik wilde mijn hoofd schudden, maar dat verrekte serum: ik kon het niet ontkennen. Ik had aan Bruna gedacht, de meest expliciet denkbare dingen, haar kruis geopend, de afdruk van mijn hand op haar onderlichaam, haar mond in de hostiestand, zaad op haar gezicht, zaad over haar borsten. Maar dat Bruna en ik na deze openhartige onthullingen Nietzsches motto van ons kerstdiner daadwerkelijk in praktijk hebben gebracht en hoe we niet alleen gevaarlijk hebben gegeten en gedronken, maar ook gevaarlijk hebben geleefd daar in mijn keuken, zittend op haar snijtafel, liggend op de tegelvloer, staand tegen een van de koelcellen, en hoe we dat nog tijdens de afterglow een tweede keer deden, en hoe we tijdens de after-afterglow zeiden dat het natuurlijk wel uitermate uitermate uitermate stom was dat dit gebeurde, heerlijk en bevredigend stom, zal ik echter wel verzwijgen. Dat heb ik althans voor Andrea verzwegen.

De volgende kerstdag heeft Bruna uit voorzorg de dosering van de pentotal teruggebracht tot ver onder de homeopathische grens, want voor we het wisten ontketenden we een orgie in ons restaurant. Bruna en ik hebben het nooit meer over onze nachtelijke gevarentocht gehad, al stelde ik haar wel voor me te tutoyeren, als ze dat wilde. Vermoedelijk uit een doortrapte vorm van Italiaanse wraak, heeft ze dat nooit gedaan.

ZEEP

Als een wilde hond zijn einde voelt naderen, zoekt hij in het bos een vreedzaam plekje tussen de bomen. Braaf gaat hij liggen, schurkt zijn lichaam op de bladeren, zucht wat en blaast in alle rust zijn laatste adem uit. Honden hoeven niets hondonterends uit te halen, ze besluiten simpelweg te sterven. Sinds ik dit weet heb ik voor mezelf bedacht dat als ik niet meer verder wil leven, ik slechts een rustplaats in het woud hoef te zoeken. Er zijn hier in de bossen om het Château genoeg afgelegen bomen met vredige bladerbedden. Ik stel me voor dat ik tijdens mijn ochtendwandeling afdwaal naar zo'n plek, er zonder al te veel theater ga liggen, mijn ogen sluit en in een slaap doezel waaruit ik nooit meer zal ontwaken. Voor mij geen touw, pistool of fileermes, geef me een verlaten boom en je ziet me niet meer levend terug.

La Côte d'Or, het restaurant van de Franse driesterrenkok Bernard Loiseau, was zevenentwintig jaar lang iedere dag zonder uitzondering geopend. Loiseau was geliefd bij vele gourmands in Frankrijk en ver daarbuiten, maar hij had ook tegenstanders. Een week voor zijn dood in februari 2003, besloot een peloton culinaire scherprechters van de Franse restaurantgids *GaultMillau*, de concurrent van Michelin, om Loiseau zeventien punten te geven in plaats van de negentien punten die hij jaren achter elkaar had gekregen. Dat scheelt godsamme twéé punten. Hoewel zijn gerechten als vanouds briljant en uitmuntend waren, werd Loiseau volgens *GaultMillau* geplaagd door 'een onderhuidse angst niet te kunnen overtuigen'. Die angst manifesteerde zich blijkbaar pas op zijn tweeënvijftigste, want vanaf 1991 had hij in de allerhoogste regionen gekookt. Zijn lagere waardering moet Loiseau een vuistslag in het gezicht zijn geweest. Een paar dagen na de voor hem vernietigende beoordeling, legde hij zijn vermoeide hoofd te rusten op de loop van een jachtgeweer. Hij stak de loop in zijn mond, haalde de trekker over, en het laatste wat hij proefde was de smaak van lood en kruit.

Ik heb áltíjd de onderhuidse angst niet te kunnen overtuigen, en ik kan me niet voorstellen dat er chefs zijn die die angst niet voelen. Er is in Europa een grote vereniging van chefs met één Michelin-ster, een kleinere van chefs met twee sterren en een nog kleinere van chefs met drie. Op de dag dat Michelin bekendmaakt hoeveel sterren de verschillende chefs in Europa krijgen toebedeeld, sturen die verenigingen hun leden de formulieren voor prolongatie dan wel beëindiging van het lidmaatschap. Wie van één naar twee is gegaan, wordt prompt tot de exclusievere club van tweesterren-chefs toegelaten, en wie een ster is afgenomen krijgt nog dezelfde dag te horen dat hij niet meer bij zijn oude club hoort. Koken is een meedogenloos beroep. Er kleeft niets romantisch aan de keiharde overlevingsstrijd die wij iedere lunch, ieder diner moeten voeren. Eén dag concentratieverlies en je kunt in de zaterdagkrant op zoek naar ander werk.

Een paar jaar geleden voerde ik met Bruna een discussie over schorseneren. We zaten op mijn kantoor een nieuwe weekkaart te bedenken, Bruna was balorig en probeerde mij te verleiden tot een culinaire penismeting Wie Weet Er Meer? Zij riep iets over schorseneren dat ik onzin vond, ik riep iets dat zij bespottelijk vond, en net voor ik naar mijn naslagwerken wilde lopen, rende zij naar de gezamenlijke computer en klikte een gastronomische zoekpagina te voorschijn. Ze typte 'schorseneer' in en prompt kwamen er tientallen pagina's met informatie.

'Handig,' zei ik. 'Nuttig.'

'Ja.'

'Wist u...' begon ze, met een pesterige glimlach, 'wist u dat ú ook op deze site voorkomt?'

Ondertussen voerde ze mijn naam in.

'Nee. Wordt er over mij geschreven?'

'Kom op, chef,' riep ze, 'iedereen heeft wel eens naar zichzelf gezocht. U toch ook?'

Ik schudde van nee, want dat was nooit in me opgekomen. Het duurde een paar seconden voor het scherm 12.307 vindplaatsen met mijn naam presenteerde.

'Ik heb u wel eens opgezocht,' zei Bruna, 'en ik moet zeggen: het is hilarisch. Wilt u kijken?'

Met de wetenschap van nu weet ik dat ik dit niet had moeten doen. Wat ik niet wist was dat er tientallen zelfbenoemde restaurantsites zijn waar vaak anonieme amateurs recensies schrijven over hun 'eetervaringen', dat er honderden volslagen onbekende koks eigen webpagina's volschrijven met hun visie op de prestaties van 'collega's', en dat er duizenden forums zijn waarin iedereen even laagdrempelig als leegschedelig mag meedebatteren over gastronomie of om het even welk onderwerp.

Inmiddels, jaren later, heb ik, natuurlijk, ha!, zeker wel, allerlei beschermende mechanismen ontwikkeld om de honderden vernederende en denigrerende aanvallen in de WereldWijde Boksring mentaal te pareren, maar destijds met Bruna vlak naast me schrok ik oprecht van wat ik over mezelf en mijn restaurant las. Bruna vond het allemaal erg lachwekkend, maar bij mij kwam 'de angst niet te kunnen overtuigen' prangend bovenhuids te liggen. Volgens een anonieme eetliefhebber uit Amersfoort had ik nog nooit in mijn leven een fatsoenlijke maaltijd bereid en was ik een vuile mediahoer. De schorseneer hebben Bruna en ik die ochtend laten rusten, omdat ik niet kon wegklimmen uit de digitale beerput over mezelf. Ik stond onverwacht oog in oog met niets minder dan haat.

'Het kan me niets schelen of hij goed kan koken of niet,' las Bruna giechelend voor, 'Art Troost is een vette lelijke hond, en met vette lelijke honden wil ik niets te maken hebben... Zo zo, die meneer moet een hekel aan u hebben. Ik vind u helemaal geen vette lelijke hond, chef. Honden zijn best mooie beesten.'

'Dank je. Wat bezielt die mensen in godsnaam om hieraan hun kostbare tijd te besteden?'

Bruna surfte wel vaker, en volgens haar werd negentig procent van het net bevolkt door vereenzaamde masturbatoire weekdieren die niets beters hadden te doen dan achter een schermpje hun misantropie en sociale mislukking te etaleren. Helaas heb ik me weinig van Bruna's nuchtere opmerking aangetrokken en ben ik na die kennismaking een paar maanden verslaafd geweest aan het aanklikken van kritiek op mezelf. Ik weet niet waar die gretigheid vandaan kwam. Misschien is het antwoord: latente zelfhaat. Het is natuurlijk prettiger en edeler om je nooit iets van iemand aan te trekken, zoals Hansen Fennema Klein zegt te doen, maar de waarheid was dat de voortdurende aanvallen op mijn keuken – en meer nog op mijn persoon, mijn uiterlijk, mijn gebit – me begonnen te beïnvloeden. Ik werd er sacherijnig en achterdochtig van. Sommige mensen maken af en toe tijd vrij voor een *powernap*, een krachtdadig kort slaapje om wat energie op te doen. Ik werd na mijn introductie in de digitale hufterigheid zo nu en dan overvallen door een powerdepressie, een kortstondige aanval van neerslachtigheid. In mijn dagdromen zag ik mezelf aan een bebrilde computernerd de opdracht geven om de woonadressen van allerlei internetters te achterhalen. Ik – een man van bijna veertig – stelde me voor dat ik op een willekeurige dinsdagmiddag zou aanbellen bij degene die bijvoorbeeld liefdevol had geschreven dat hij hoopte dat ik zou stikken in een van mijn 'belabberde tyfusgerechten', waarna ik even oog in oog met hem zou staan, meewarig mijn hoofd zou schudden, om vervolgens onverwachts uit te halen en op hem in te stampen als Obelix op een willekeurige Romein.

✂

Mijn hotelkamer ligt vlak boven LaRue's keuken. Door het openstaande raam hoor ik de afzuiginstallatie en ik meen ook kookgeuren te kunnen opsnuiven. Blijkbaar is de staking die de afgelopen week Frankrijk en de toelevering van producten platlegde weer voorbij, want LaRue's brigade leek weer voluit te koken. Ik voel me niet schuldig dat ik werkeloos en naziek uit mijn raam hang, te kijken naar de contouren van de grote oranjerode zon boven de korenzee in de verte. Het veld oergloeit van warmte. Zo dadelijk, precies op het moment dat de zon geheel door de horizon is opgeslokt, zal er een verkoelende bries over de landouwen waaien, maar zover is het nog niet. Tijd voor een televisiequizvraag. Wat zou ik kiezen als ik naar een onbewoond eiland zou mogen: 'alleen maar zonsopkomsten' of 'alleen maar zonsondergangen'? De sympathieke presentator in mijn hoofd wil weten wat ik prefereer: lust in een nieuwe dag of lust in een nieuwe nacht.

Ik volg de langzame val van de zon – die steeds groter en roder lijkt, als een ballon die wordt opgepompt met licht – tot geritsel van takken mijn aandacht verstoort. Links van de weidse tuin van het Château begint het woud. Ik draai mijn hoofd naar het bos... en zie aan de rand een forse hinde staan. Haar poten stevig in het bladmos, haar kop krachtig omhoog. In dit zonlicht ziet ze er herfstvlekkerig oranje uit, omdat alles er herfstvlekkerig oranje uitziet. Het dier staart bewegingloos in mijn richting met enorme diepzwarte, bijna buitenaards bolle ogen. Ik staar terug. We staren naar elkaar.

Het lijkt op een wedstrijd tussen kinderen of verliefde pubers wie het eerste schatert of wegkijkt.

Ongewild schieten mij bereidingswijzen en slachtprotocollen te binnen, maar die gedachten verdring ik meteen. Niet dit dier, dit is geen wandelende hertenpeper met fijngestampte jeneverbessen of een kersencompote. Ik blijf de hinde strak aankijken, want ik ben bang dat als ik mijn hoofd afwend, zij ervandoor schiet. Wat wil ze van me, deze hinde? Herten horen bang te zijn voor mensen en zich te verschuilen tot ieder denkbaar gevaar is geweken. Mijn ademhaling wordt zwaarder. De zon raakt het koren en dooft uit.

Ik steek mijn hand op. Rustig steek ik mijn hand op. Als camera's mij hadden geregistreerd, en Louis zou mijn actie snijden volgens de Russische montagemethode, zou ik nog een keer mijn hand opsteken. En nog eens. En nog een paar keer vanuit andere hoeken. Zieke meneer in hotelraam steekt hand op naar geparalyseerd hert aan rand van bos. Een begroeting tussen twee diersoorten, twee individuen die samen leven in deze uithoek van onze achterafplaneet.

De hinde schrikt van mijn gebaar, en veert met een enorme snelheid terug het bos in.

Louis was erg tevreden over onze eerste opnameavond, met mijn rozenblaadjes-forelbaars op zoutkorst. Helmke Draaibaar en Hansen Fennema Klein leken goede gasten voor ons programma, hun uitdagende omgang voorspelde veel voor de rest van de week. Wat Louis tot dan toe had gezien was 'mooie televisie'.

Mooie televisie... Dit lugubere begrip hoorde ik voor het eerst uit de mond van Just, een paar weken voor we met *Sterallure* begonnen. Het is moeilijk om er precies de vinger op te leggen. Een voorval hoeft niet mooi gefilmd, mooi geschreven, mooi bedacht, mooi gespeeld of mooi verwoord te zijn;

mooie televisie kun je niet ensceneren, maar je herkent het als het je kamer binnenkomt, zegt Louis. Mooie televisie is een authentieke gebeurtenis, een oprechte emotie, een spontaan moment of een doorleefd gesprek. Mooie televisie kan gruwelijk zijn, lachwekkend, pijnlijk, vertroostend. Mooie televisie ontstaat als tussen alle ingewikkelde techniek, alle kunstgrepen en alle vooraf bedachte wendingen plotseling een mate van eerlijkheid gloort. Bij *Sterallure* proberen we condities te scheppen om deze eerlijkheid uit te lokken, zegt Just.

Louis beëindigde de opname voor de avond, waarna het personeel van het Château de restanten van een door Bruna gemaakte chocoladeparfait begon af te ruimen. Dit was voor Ton Camera het sein om zijn grote apparaat van zijn schouderstatief te tillen en vermoeid bij Helmke, Hansen en mij aan tafel te schuiven.

'Zo, sterke man,' zei Helmke tegen hem.

'Zo, mevrouw Draaibaar.'

Ook de twee andere Tonnen legden hun werk neer. Just kwam aanlopen met een dienblad koffie, cognacglazen en een onaangebroken fles calvados.

'Eén fles maar?' vroeg Louis, die volgens mij meer van oude jenever houdt.

Hansen Fennema Klein stond op en kondigde aan dat hij aan de lokroep van de gezelligheid geen gehoor kon geven en ons gezelschap ging verlaten. Hij moest voor de volgende morgen negen uur aan zijn krant zijn wekelijkse filosofiecolumn doormailen, en zijn billen rustten op hete kolen omdat hij nog geen flauw idee had waarover hij moest schrijven.

'Nou en?' riep Helmke. 'Dan verzin je toch wat?'

'Ik weet ook wel dat Plato een onderscheid maakte tussen aan de ene kant filosofen die alle tijd hebben om in rust tot een weloverwogen mening te komen,' zei Hansen met zijn Groningse tongval, 'en aan de andere kant filosofen die op de agora staan, de markt, en dus moeten denken onder dwang. Ik heb aan die onderverdeling op dit moment niet zo heel veel, want ik moet vannacht een tekst schrijven die ik morgenochtend moet inleveren.'

Hansen Fennema Klein wendde zich tot haar. 'Help jij me eens. Waarover zal ik mijn lezersschare deze week informeren? Jij bent columniste, je hebt een neusje voor geschikte onderwerpen. En je weet wat de mensen willen.'

Helmke, die in vier verschillende vrouwenbladen en twee kranten bij elkaar zeven columns over haar leven schrijft, haalde haar schouders op.

'Schrijf iets over vrije wil. Filosofen schrijven toch altijd over vrije wil?'

'Gadsamme zeg, niet over vrije wil!' riep Hansen. 'En ook niet over de fundamentele verantwoordelijkheid van het individu of meer van dat soort eeuwenoude overschatte orakeltaal over waar het werkelijk om gaat. Ik wil filosofie voor de praktijk. Nou, help me eens. Mijn kinderen vroegen vroeger vaak: pappa, wat moeten we tekenen? Dan zei ik, een paard, en tekenden zij een paard. Nu vraag ik aan jou, Helmke: waarover moet ik schrijven? Geef me een onderwerp en ik schrijf er vannacht over.'

Helmke keek hem glimlachend aan.

'Oké,' zei ze, 'schrijf maar over mij. Een filosofische column over mij.'

Hansen fronste zijn wenkbrauwen.

'Ja, je vroeg om een onderwerp, en dat heb ik je nu gegeven. Ik wil dat je over mij schrijft. En over Art Troost. Toch, Art? Wij willen een mooie column over ons.'

Ik stak mijn handen omhoog en zei: 'Alsjeblieft, laat mij erbuiten. Hansen, schrijf een diepdoordacht stuk over Helmke, die is dat waard.'

'Nou, daar helpen jullie me echt mee, een column over Helmke.'

'Ik denk dat iedere vrouw diep in haar wezen gevleid en

vereerd is als een schrijver, een filosoof, zich verwaardigt woorden aan haar te wijden,' zei Helmke, bevallig haar bovenlichaam in de richting van Hansen draaiend.

'Welaan, dan weet ik wat me te doen staat,' zei Fennema Klein, die zijn hand opstak en het gezelschap uitbundig maar geluidloos groette. Toen Hansen bij de keukendeur was, gaf Louis zichzelf een tik en riep: 'Verdomme Ton, dit gesprek had je moeten filmen, dít was mooie televisie.'

Er was eens een keuken in Frankrijk, en er was eens een vrouw die van eten hield en van verrukt zijn. Er waren anderen, maar die lagen vermoedelijk te foezelen in hun slaapzakken op de camping, of hadden nog zaken te regelen voor de opnames van de volgende dag. En er waren Fransen, maar ook die hadden de keuken goddank allang verlaten.

Ik was met haar overgebleven, met die ene, die vrouw, die Helmke, die lekkere vrijblije Surinaamse schrijfster, die 'gulpenduikster' zoals ze in een christelijke krant was genoemd vanwege het opdringerige amoureuze gedrag van haar vrouwelijke personages. We hadden die avond uitgebreid met de crew gedronken van de calvados, en nu zaten de gulpenduikster en ik gezamenlijk aan de keukentafel achter een eenvoudige fles pouilly fumé. Alleen gelaten door de rest van de wereld praatten we vrolijk na over de voorbije *roller coaster day*.

Ik weet eerlijk gezegd niet waarom wij tweeën daar zaten, of wel waarom ík háár gezelschap hield – gastvrije beleefdheid en geïmponeerde fascinatie – maar niet waarom zíj míj. De uitdrukking is dat je in bepaalde omstandigheden 'jezelf niet bent'. 'In het gezelschap van een vrouw als Helmke ben ik mezelf niet' noteerde ik, wat eigenlijk onzin is, want ik denk eigenlijk dat ik mezelf juist wel ben in het gezelschap van een vrouw als Helmke, en dat ik mezelf juist niet ben als ik in de aanwezigheid van bijvoorbeeld Bruna of Andrea mezelf juist wel denk te zijn. Waarom je je bij de ene vrouw zelfverzekerd en grappig voelt, en bij de andere miskleunend en pathetisch. Bij Helmke gedroeg ik mezelf stuntelig verlegen, en ik begreep waarom, want in alle eerlijkheid moet ik toegeven dat een vrouw als zij mij nieuwsgierig maakt maar tegelijkertijd angst en ongemak inboezemt.

Helmke deed me denken aan een voorval van langgeleden. Met een paar piepjonge mede-leerlingkoks had ik afgesproken op een door een brouwerij gesponsord promotiefeest voor aankomend horecapersoneel. We werden geacht in onze keukenkostuums te verschijnen, en daar was ik blij mee, want ik liep het liefst de hele dag in mijn buis te paraderen. Het feest werd gegeven in een mij onbekende flatwijk, waar ik prompt verdwaalde. Op een vervallen pleintje zag ik bij een al even vervallen klimrek een prachtig Surinaams of Antilliaans meisje staan. Ze was een jaar of zestien en oogde grappig en brutaal. *Een glas bloody mary met verse tomatensap en ijsblokjes van peperwater.* Ik was niet onoverkomelijk veel ouder dan zij, en onder normale omstandigheden zou ik het – verpletterd door haar schoonheid – waarschijnlijk niet hebben gedurfd haar aan te spreken, maar die avond zat ik werkelijk verlegen om topografische kennis.

'Ik weet wel waar die zaal is, en ik ga het je zo vertellen,' zei het meisje in polder-Amsterdams. Hierna zweeg ze.

'Oké,' zei ik.

Ze ging staan zoals alleen donkere vrouwen kunnen staan, en nam me uitgebreid op.

'Ik vind jou wel een leuke gozer,' zei ze. 'Waarom laat je je feestje niet zitten en ga je met mij een feestje vieren?'

'Pardon?' zei ik, want ik geloof dat ik haar echt niet begreep.

'Met míj een feestje vieren. Ik houd niet van keukens, maar wel van koks,' antwoordde ze stoer glimlachend, gebarend naar mijn witte koksbuis. Ik denk dat mijn mond een beetje openging, nadat ze dit had gezegd.

'Aha.'

Ze keek mij vriendelijk spottend aan.
'Zal ik je trekken?' vroeg ze.
Mijn mond opende zich nog verder.
'Wat...'
'Zal ik je lekker trekken? Ik kan heel lekker trekken. Zal ik je effe aftrekken?'
'Eh... eh...'
'Nou, moet ik je trekken of niet?'
Ik vind het altijd wonderbaarlijk hoe snel een mens kan denken. Nog tijdens het redelijk direct geformuleerde aanbod van het meisje gloorden in mijn hoofd een aantal verwachtingshorizonnen. Ik had haar kunnen antwoorden dat hetgeen zij voorstelde helaas niet in de lijn der verwachting lag omdat zulks tot een aanzienlijke extra vertraging zou leiden en ik een afspraak met kameraden had waarvoor ik op dat moment al ruimschoots te laat was vanwege mijn onfortuinlijke dwaling, maar dat ik te allen tijde bereid was om op een later tijdstip terug te keren en desgewenst op haar genereuze voorstel in te gaan en mocht zij hiervan gediend zijn dan zouden wij daarna stiekem naar het restaurant kunnen gaan dat mij destijds had ingehuurd als stagiair, alwaar ik speciaal voor haar een overweldigend maal zou bereiden en zij mij, geraakt door mijn kookkunst, haar verdere leven zou volgen als gastvrouw in mijn sterrenzaak, haar spontane inborst ten volle benuttend. Zo had het kunnen gaan.
Aan een andere horizon had ik haar ook kunnen antwoorden dat ik, ondanks mijn oponthoud, graag van haar dienst gebruik wilde maken, waarop wij ons naar de brandgang van een van de aanpalende flatgebouwen begaven, alwaar ik mijn broek zou openknopen en zij de daad bij het woord zou voegen door mij ritmisch pulserend te beroeren, waarna er plotseling felle filmlichten zouden worden ontstoken en we omsingeld bleken door tientallen leden van de zedenpolitie, die mij genadeloos de boeien omdeden en in de gevangenis gooiden, waar medegedetineerden een bepaalde anaalgefixeerde inte-

resse hebben in mannen die zich hadden vergrepen aan jonge meisjes. Zo had het ook kunnen gaan.

In beide gevallen ging het zo niet. Blijkbaar duurde mijn zwijgen het meisje te lang, want ze draaide zich om en bracht haar hand naar haar mond.

'Geoffrey! Clarence!' riep ze naar een groep Surinaamse jongens aan de andere kant van het plein, die mij nog niet eerder was opgevallen. 'Clarence! Geoffrey! Hier is een gozer die vraagt of ik zijn tollie wil trekken.'

Ik denk dat mijn mond nu niet verder meer open kon. Voor ik doorhad wat er gebeurde waren Geoffrey, Clarence en een stuk of acht andere freefighters het plein over gerend. Ze maakten bepaald niet de indruk dat ze lid waren van de Evangelische Jongerenomroep.

'Die klootzak wil dat ik hem aftrek,' riep het meisje hun met een onschuldig stemmetje toe, en toen pas drong tot me door hoe jong en kinderlijk ze eigenlijk was.

'Wat?' schreeuwde een van de jongens met een zwaar Surinaamse tongval. Hij had een erg driedimensionaal gezicht, maar een erg eenduidige blik van woede. 'Wat wil jij, klootzak? Wat wil jij?'

'Aftrekken!' riep het meisje.

'Helemaal niet waar,' riep ik, met een sussende lichaamshouding, terwijl ik ondertussen zo oud mogelijk probeerde te lijken of undercoveragent. 'Zij begint tegen mij te roepen dat ze zo lekker kan aftrekken, maar ik heb helem...'

'WAT?' schreeuwde dezelfde jongen nog harder. Hij probeerde mij beet te pakken. Ook de andere jongens begonnen dreigend te roepen en zich om me heen te groeperen.

'Noem jij mijn zus een slet?' zei een van de anderen. 'NOEM JIJ MIJN ZUS EEN HÓÉR?'

Mijn lichaamshouding ging van sussend naar defensief.

'Eh, nee, alleen zij zegt tegen mij: zal ik je aftrekken. Dat zei ze. Maar ik heb...'

'Vuile hufter,' riep het meisje. 'Vuile hoerenloper.'

Dat laatste begreep ik niet zo.

'Ja, jij bent een klein vuil rukkertje, met je mieterige witte homopakje,' riep een derde jongen, die blijkbaar erg goed naar *Scarface* had gekeken, want zijn mondhoeken imiteerden die van Al Pacino.

Ik vind het altijd wonderbaarlijk hoe snel een mens kan rennen. Met een abrupte beweging wist ik mij uit de grijpende handen van de jongens te verlossen, waarna ik mijn persoonlijke record op de honderd meter voor jaren vastlegde. Ik heb in het voorbijgaan één por in mijn rug gevoeld en toen ik op een paar meter van het groepje was meende ik een zakmes langszij te zien suizen, maar verder ben ik er zonder scheuren in mijn buis van afgekomen. Al heb ik sindsdien wel een geconditioneerde angst voor vrouwen die zich al te nadrukkelijk aanbieden.

Wat ik niet begreep was waarom Helmke mijn gezelschap had gekozen en niet dat van Louis of Just, die van uitdagende vrouwen als Helmke geheel niet onder de indruk leken. We hadden het over haar roman, maar voornamelijk over onze gedeelde passie: voedsel. Natuurlijk waren we rozig van de calva, de wijn en de rust, en natuurlijk speelde mee in alles wat ik zei, en misschien ook in alles wat zij zei, dat ze de nacht ervoor had doorgebracht met Hansen Fennema Klein. In een roedel honden is het mannetje dat kort daarvoor nog een teefje heeft gedekt de toffe tophond, en andere mannetjes schijnen dat te kunnen ruiken. Hansen had Helmke geschaakt, en dat had onderhuids bij de andere mannetjes van onze roedel op het Château emoties van vernedering en verlangen losgemaakt.

En zo zat ik met Helmke aan de pouilly, mezelf niet de houding gevend van de zelfverzekerde meesterkok die ik hoop te zijn, maar die van de stotterende leerling die bij de knappe lerares een spreekbeurt moet houden. In de middag had ik mijn mengsel van koffie, champagne en mosterd naar haar vernoemd, en daar was ze aanvankelijk heel trots op geweest, maar nu vroeg ze of ik haar persoon zag als koffie, champagne en mosterd. Ze zei dat ze ergens had gelezen dat ik altijd alles in verband bracht met voedsel en gerechten, en waaraan dacht ik als ik haar zag. *Verse amandel-kokosmelk met rum. Een salade van batjauw en cassave met komro komro tapoe asing, cassavechips, gefrituurd brood en een dressing van tomaten met bosui.*

'Nou, dat klinkt als om op te eten,' zei ze. 'Denk je dat werkelijk allemaal als je mij ziet?'

'Ja!' antwoordde ik, en ik hoorde mezelf lachen zoals ik eigenlijk nooit lach.

Ze nam een slok wijn en zei langzaam: 'Het is mooi als een man goed kan koken...'

Ik knikte.

'En dan vraag jij waarom...'

'O eh... waarom?'

'Omdat een man die goed kan koken *in control* is. Hij heeft de juiste techniek en passie, het juiste inzicht. Hij werkt met zijn handen, hij is zorgzaam, creatief en *the boss*. En dat vinden vrouwen erg sexy, een boss in control.'

Weer die lach (van mij, bedoel ik).

'Zal ik speciaal voor jou een gerecht maken?' stelde ik voor.

'Ik dacht dat je het nooit zou vragen.'

Een bedrijf uit Toulouse heeft een paar jaar geleden een elektronische tong ontwikkeld, een enorm apparaat dat na een ingewikkelde geur- en smaakanalyse vier basissmaken kan onderscheiden om de versheid van groenten en dranken vast te stellen. Waar de voedingsindustrie dit toestel van een halve meter nodig heeft, hebben wij mensen genoeg aan een vleeslapje van krap vijf bij drie centimeter en een bescheiden schoorsteentje met twee behaarde neusgaatjes.

Terwijl Helmke wijn bijschonk en ik bedacht wat ik voor

haar ging maken, verzuchtte ze dat ze één ding niet begreep. 'Wat is het nut van smaak? Dat houdt me bezig. Is smaak zoiets als een kleur en bestaat een ingrediënt uit een combinatie van smaken? Is een gerecht een smaakschilderij? Jawel, meneer Troost, dat zijn me nog eens vragen die uw gretige jonge aanbidster daar stelt.'

Ik gebaarde haar even te wachten en verzamelde uit de verschillende koelcellen van LaRue's keuken een keur aan hapjes en smaakjes voor een nachtelijk mise-en-place: wat blaadjes postelein, een aardbei, citroengras, wat uiringen, een stuk parmezaan, een part citroen, een ansjovisje, een vanillestokje, basilicum, koriander, enzovoort. We waren op míjn terrein. Er zijn een paar duizend verschillende theorieën over smaak. Aristoteles, wie anders, was de eerste die ontdekte dat er universele smaken zijn, en hij onderscheidde er uiteindelijk zeven. Sinds zijn ontdekking is er in alle grote wereldculturen tweeënhalfduizend jaar fel gedebatteerd over de hoeveelheid oersensaties en hun aard. Scherp, wrang, adstringerend, nors, hard, brandend, ruw, koel, hartig: je kunt het zo gek niet bedenken of het is ooit in de geschiedenis van de gastronomie als basissmaak genoemd. In Japan vinden ze de aroma-oppepper natriumglutamaat, oftewel vetsin, de vijfde smaak; volgens de Oud-Indische Ayurveda ('de wetenschap van de lange levensduur') vormen aarde, water, vuur, lucht en ether de smaakelementen; westerse gastronomen twijfelen over smaken als 'alkalisch' en 'metaalachtig', en weer anderen over 'zeep' en 'bloed'.

Ik liet Helmke proeven van de verschillende hapjes en gaf er gretig uitleg bij, ik was the boss in control.

'Het komt er simpel gezegd op neer dat aroma nuttige informatie is. De tong is een chemisch onderzoeksinstituut met allerlei verschillende deellaboratoria en ongeveer tienduizend analisten die smaakpapillen worden genoemd. De tong heeft zijn eigen topografie en plattegrond. Er zijn gebieden en clusters van deze papillen die zoete smaken onderscheiden, of zure, zoute en bittere; waarna alle gegevens worden gecombineerd en de onderzoekers hun bevindingen rapporteren aan de hersens.'

'Een plattegrond?' riep Helmke, die spontaan haar tong uitstak, deze weer introk en nogmaals vroeg: 'Waar dan? Wijs eens aan. Waar zitten die deelgebieden en clusters?'

Ze stak haar tong weer uit en sloot haar ogen.

'Oké,' zei ik, en ik deed een stap naar haar toe.

'Hier voor aan je tong zit het centrum waarmee zoetigheid wordt geregistreerd...'

Ik pakte de aardbei, plette die voorzichtig op een snijplank en bracht de vrucht naar de punt van de tong. Er liep aardbeienjus in haar mond. Ze maakte meteen een genietend geluid.

'Oké, houd dit gevoel vast, want aan de zijkanten van de tong en op twee gebieden achterin, wordt dit geproefd...'

Met 'dit' bedoelde ik een slappe ansjovis, verzadigd van zout. Het geluid dat Helmke nu maakte had meer van een steun dan van een kreun.

'Hmm, lekker.'

Vervolgens kneusde ik twee blaadjes postelein, legde die achter in Helmkes mond en vroeg haar even te sabbelen. De bittere sensatie deed haar gezicht samentrekken, terwijl ze getergd zuchtte.

Zuur was het in azijn gedrenkte stukje brood dat ik voorzichtig legde op de middenzijkanten van haar tong. Er ging een rilling door haar heen. De kreun werd een kraai.

Een reepje rauwe ossenhaas zorgde voor de metalige smaak van bloed, en toen ik haar liet kauwen op een in melk gedoopt blaadje koriander ervoer ze een van de meest onderschatte basissmaken: die van zeep.

'Dus dit zijn de letters van het smaakalfabet,' zei ze, toen ik door mijn ingrediënten heen was.

'En nu mag jij bedenken voor welk deel van jouw tong ik een speciaal gerecht zal bereiden.'

'Nou sorry,' zei ze, 'maar ik wil eerst nog iets anders weten: hoe proeft tong eigenlijk?'

'Hoe bedoel je?'

'We registreren al deze smaken met onze tong. Maar hoe smaakt een tong zelf? Heeft een tong smaak?'

Voor ik iets kon zeggen, boog ze zich naar me toe voor het antwoord. *Een in marinade zwemmende oester die een keelgat voelt naderen.*

✂

Andrea is de enige die ik ooit van mijn mise-en-place heb laten proeven, en het voelde meer overspelig dat ik een vreemde vrouw liet proeven van mijn nachtelijke mise-en-place – die feitelijk niet eens van mij was, maar van LaRue – dan dat ik met haar zoende. Andrea heeft er een halfjaar in het geheim een hitsige filmster op nagehouden (jaha, dat weten we nou wel), en dat zou mij het recht geven mij als een wellustig beest te gedragen en te pakken wie ik pakken kon, maar van dat recht heb ik geen gebruikgemaakt. Voordat Andrea en ik onze relatie met precisiebombardementen uit elkaar lieten spatten, had ik de fantasie dat ik – du moment dat het verlossende woord zou zijn uitgesproken – opgewekt de stad in zou trekken om de willige vrouwen als veterlaarsjes aan mijn geslachtsdeel te rijgen. Ik bedoel: zo verdrietig was ik. Toen Andrea eenmaal bij me weg was, heb ik het tegenovergestelde gedaan. Wraak was het laatste waaraan ik dacht. Ik ben niet de stad ingegaan, ik heb me niet vergrepen aan wie dan ook, ik ben thuisgebleven in het appartement dat Andrea en ik ooit samen hadden betrokken.

Powerdepressie. Dat huis van ons. In lang verwaaide tijden had ik een puberale afkeer van alles en iedereen; van mijn vader, mijn moeder, mijn vrienden en vooral van mijzelf. Ik haatte snackbars, volle marktpleinen, gezellige mensen, overenthousiaste amuses gueules, inspiratieloze huisvrouwen en restaurateurs die hun spullen bij de HEMA of de IKEA kochten, en daarnaast haatte ik arrogante toprestaurants, lege marktpleinen, ongezellige mensen, amuse-gueuleloze maaltijden, druivensoortfetisjisten en snobs die hun spullen bewust niet bij de HEMA of de IKEA kochten. In de bijbel staat: 'Maakt het voornemen uw broeder geen aanstoot of ergernis te geven' (Romeinen 14:13), maar niemand leek zich in mijn ogen iets van dit gebod aan te trekken. Ik had een werkterrein gekozen dat bevolkt en bezocht werd door immer kwekkende dorpsgekken en zelfingenomen zonnebankcriminelen die eropuit leken te zijn om zo veel mogelijk mensen te irriteren. Met een paar medeleerlingkoks, aan wie ik me overigens ook kapot ergerde, kwam ik vroeger regelmatig bij elkaar om te zwelgen in sacherijn en ons somber af te vragen voor wie we eigenlijk in godsnaam wel wilden koken.

Enfin, dat was vroeger. Sinds ik als kok ben doorgebroken, ben ik wat ze in interviews noemen 'milder geworden'. Ik mijd uit zelfbescherming marktpleinen, snackbars, debiliserende tv-programma's en andere plekken waar de kans bestaat te worden geconfronteerd met de wurgende domheid van mensen. Ik leef tegenwoordig onder mijn eigen irritatiegrens, dat had ik in mijn puberjaren niet durven hopen.

Andrea en ik hadden een paar jaar gependeld tussen elkaars woningen, en dat ging prima maar niet prima genoeg. Het kon primaër en dus kochten we, zonder er al te lang over na te denken, een robuust appartement in het centrum, op vijf minuten lopen van mijn restaurant. Er zijn koks die liever boven of direct naast hun zaak wonen, en dat wilde ik diep in mijn hart ook, maar dat kon ik Andrea niet aandoen.

Op een dag lieten we verhuizers komen om zowel haar spullen als die van mij naar onze nieuwe woning te brengen. Een verhuizing is niet stressverminderend. Toen de verhuizers waren verdwenen – we hadden nog geen elektriciteit in de huiskamer, de kabel was afgesloten, een klerenkast paste niet, de douche lekte in de wc en mijn restaurant was compleet volgeboekt, maar daar had ik die avond bij wijze van uitzondering niets over te zeggen – bleek dat er in de slaapkamers geen plafondbevestigingspunten en schakelaars voor de lampen waren. Mensen die op een nauwgezette wijze gaan samenhuizen hebben zulke details natuurlijk maanden van tevoren gecontroleerd, maar Andrea en ik waren geen nauwgezette samenhuizers. De enige oplossing voor ons probleem was snel naar een winkel te scheuren en een paar staande lampen aan te schaffen. Ik weet niet wie op het idee kwam, maar een halfuur later parkeerden we Andrea's auto voor een IKEA. Omdat het vakantie was puilde die uit van de dagjeskopers. Dit was zo'n punt waarop bij mij de walging toesloeg. 'De hel dat zijn de anderen,' schreef Sartre. De hel dat zijn anderen bij de IKEA. Er stond een forse rij bij de kassa en ik probeerde positief te blijven, maar wachten tussen een willekeurige steekproef van de heffe des volks, is voor mij bijna fysiek ondraaglijk. Geïntimideerd door de berenklauw-eters om ons heen, wachtten we gelaten tot we eindelijk aan de beurt zouden zijn. Op een gegeven moment voelde ik iemand in mijn nek hijgen en toen ik me omdraaide keek ik recht in de ogen van een menselijke diplodocus. Een vrouwtje. Vijf minuten later stond deze diplodocus met haar agressieve diplodocuskindertjes voor ons, want voordringen en andere hufterigheden schijnen erbij te horen in dat soort winkels.

'Dit is echt de laatste keer dat wij verhuizen, ik wil hier nooit meer weg,' zei ik, toen we een uur later eindelijk in het licht van onze staande lampen op ons bed naar onze televisie keken.

'Ja,' verzuchtte Andrea, die woord hield en een klein jaar later haar spullen in haar eentje weer bij me weghaalde.

'Ahum...'

Helmkes vingertoppen lieten mijn wang los en ze stopte haar tongproeftest. Er stond iemand te hoesten bij de ingang van de keuken. Ik keek naar de grote, rijzige gestalte van Hansen Fennema Klein.

'Sorry dat ik jullie amoureuze moment zo ruw onderbreek,' zei hij nahoestend, 'dat was niet mijn bedoeling.'

'Hansen! Hoe gaat het?' riep Helmke, 'Art legt me net de basissmaken van de gastronomie uit. En waar die basissmaken zich op de tong bevinden...'

'O, is dat het? Ik vroeg me al af waar jullie in godsnaam mee bezig waren. Jammer dat je cameraploeg er niet bij is, Troost, dit zou toch echt heel mooie televisie zijn geweest.'

Vrolijk kwam hij op ons toe.

'Nou, ik zit dus mijn column te schrijven, en het vlot wel, op zich, maar ook weer niet, en opeens denk ik: eigenlijk heb ik wel *track* in een *midnight snack*. Maar in die mini-minibar lag alleen een mini-minizakje pinda's en dat heb ik vanmiddag al opgegeten. Dus ik loop naar beneden, naar de nachtreceptionist met de vraag of hij nog wat ouderwets te bikken heeft, zegt hij: uw landgenoten zijn nog in de keuken, probeert u het bij hen. Prima, denk ik, en terwijl ik in de richting van de keuken loop, roept hij me samenzweerderig na: "*They are kissink.*" Hij wist dus dat jullie aan het muilen waren. Of nee, dat jullie smaken lokaliseerden. Mag ik?'

Zonder het antwoord af te wachten haalde hij de pouilly uit de wijnkoeler, keek even naar het etiket en schonk zichzelf een glas in, terwijl hij verder ging: 'Er zijn drie dingen die ik echt niet begrijp. Waarom de plastic verpakking van dvd's en cd-roms zo moeilijk is te verwijderen, waarom broodjeszaken boter smeren met de achterkant van een lepel, en waarom mensen zo gefascineerd zijn door het liefdesleven van anderen. Waarom weet zo'n nachtportier dat jullie aan het kissink zijn? Heeft hij jullie bespied? En waarom vertelt hij dat aan mij?'

'En waarom ben je komen kijken of het waar is?' vroeg Helmke glimlachend.

'Ja,' zei Hansen knikkend, en met z'n hand op z'n buik kloppend, 'honger, hè? Op een hongerige maag kun je niet schrijven.'

'Ik wel hoor,' zei Helmke, 'ik schrijf altijd op een hongerige maag. Schrijven is voor mij lijnen. Vandaar dat ik in zoveel bladen columns heb.'

Grappig was dat we allemaal erg luchtig deden, alsof Hansen ons niet had betrapt terwijl we stonden te zoenen, en alsof Helmke de nacht daarvoor niet met Hansen had doorgebracht. Inmiddels was ik opgestaan. In mijn handen klappend stelde ik voor om een speciale 'midnight snack' te bedenken.

'O, heel graag. Daar zou je de filosofie een grote dienst mee bewijzen.'

'Ja Art, alsof je er nooit aan zou beginnen,' zei Helmke. 'Maak maar iets met de basissmaak zeep, want die vond ik van alle zes misschien wel de meest bijzondere.'

Hansen: 'Met zeep? Een gerecht met zeep? Kook jij met zéép? Nu ga je toch echt te ver, Troost.'

'Oké, een nachtelijk hapje met zepige elementen,' zei ik. 'We zitten met het probleem dat de Franse boeren de wegen hebben bezet en dat dus niet alles voorradig is, maar ik zal iets bedenken...'

Ik liep naar de koeling.

'Een midnight snack, dat klinkt wel erg Amerikaans. Hmm... Merken jullie iets van het creatieve proces dat zich nu in mijn hoofd afspeelt? Snack. Zeep. Snack. Zeep. Snack. Ja, ik weet al iets.'

Uit de vriezer pakte ik een metalen bak vanille-ijs, uit de koeling een fles streekmelk, en uit de groenten/kruidenvitrine venkel, een forse bos koriander en een pepertje – dé ingrediënten voor een... koriandermilkshake.

'Klinkt goed!' riep Helmke.

'Ja,' zei Hansen. 'En je weet zeker dat je geen pinda's hebt?'

Na vijfenhalve maand iedere avond te hebben gewerkt had ik mezelf een vrije maandagavond gegeven. Met Henry en twee van mijn koks at ik bij het nieuwe restaurant van een tv-collega (een herinnering bij wijze van reflectie, inzichtverwerking, psychotherapie, *egobashing*). De wijn was uitstekend en na de maaltijd kregen we een assortiment levenswaters van de Dordtse stokerij Rutte, bepaald niet kutte. Na het eten wandelden we naar een nachtelijk stamcafé voor horecapersoneel, waar onze fietsen stonden. Ik kon de verleiding weerstaan om naar mijn restaurant te gaan. Het was kwart over tien op een maandagavond. Twee van ons moesten de volgende dag vroeg op voor arbeidsintensief werk waarmee geld moest worden verdiend voor hypotheken en kinderbeugels. We hadden de liefdes van onze levens verteld (toegezegd) (beloofd) 'het niet te laat te maken'. Andrea was niet blij geweest dat ik op mijn eerste vrije avond in vijfenhalve maand met mijn koks uiteten ging. Net als de anderen had ik echter bezworen op tijd thuis te zijn.

'Zullen we er nog ééntje nemen?' stelde een van mijn koks voor. Een gevaarlijk voorstel, om kwart over tien. Het miezerde een beetje, we moesten allemaal een minuut of tien fietsen om thuis te komen.

'Eéntje,' zei een ander.

'Maar dan echt één,' besloot de derde.

'Echt *echt* één.'

Het werden er vier. We hadden schreeuwerig en vol vuur gepraat over de lugubere kroegcombinatie (wereld)politiek, gastronomie en vrouwen, maar om halftwaalf besloten we toch dat we echt echt *echt* naar huis moesten. Gevieren leegden we onze laatste glazen, waarna ik – voor ik mijn jas wilde pakken – even naar het toilet ging. Toen ik terugkwam stonden er vier nieuwe Amsterdammers. Rondje van de barman.

'Ik wil echt naar huis,' zei een van ons, en ik weet zeker dat we dit alle vier meenden. We wilden echt naar huis. Maar een volle Amsterdammer kun je niet laten staan, dat is een belediging, daar is de barman van het Stamcafé heel islamitisch in. Ik maakte snel de berekening dat we dit biertje in ruim tien minuten konden adamsappelen en dan lagen we nog net voor twaalven bij onze liefdes in bed (om om zeven uur weer op te staan en naar de groothandel te scheuren).

Om halfdrie kwam ik erachter dat dit voornemen niet was gehaald. Tijdens die allerlaatste Amsterdammer was onze discussie over politiek, gastronomie en vrouwen weer opgelaaid, en om de een of andere vage reden raakte het bierglas op de bar maar niet leeg.

Toen de barman van het Stamcafé de zaak wilde afsluiten was het eindelijk tijd om te gaan. Goed, het bleek inmiddels over drieën, maar als we een beetje doorfietsten, konden we nog ruim bijna net geen vier uur slapen.

Gedrieën fietsten we langs Het Laatste Café.

'Eentje nog?' riep een van ons.

'Eéntje,' zei een ander.

'Maar dan echt één,' besloot de derde.

'Echt echt echt *echt* één.'

We namen ieder een afsluitend kopstootje, om een beetje lekker snel in een alcoholische roes te komen, en nadat we deze hadden ge-adfundumd, zette de barvrouw een nieuw rondje voor ons neer. Het probleem was dat we echt echt echt echt *echt* naar huis wilden gaan, maar een volle jonge borrel kun je natuurlijk niet laten staan, dat is een belediging, daar is de barvrouw van Het Laatste Café heel islamitisch in.

Om halfvijf hadden we met een beetje doorfietsen toch zeker nog ruim twee uur kunnen slapen, ware het niet dat we onze fietsen vlak naast De Allerlaatste hadden gezet. Het miezerde nog steeds. Uit de voordeur van De Allerlaatste spatte de warme gezelligheid op in een waas van verlichte druppeltjes.

'Eentje dan nog?' riep een van ons, meer een mededeling dan een vraag. Om kwart voor zeven belden kort na elkaar onze eegaas, waar of we godverdegodverdegodver bleven. Als we een beetje doorfietsten konden we toch zeker nog vijf minuten slapen. Toen we eindelijk eindelijk op de fiets naar huis zaten, besloten we echt echt echt echt echt *echt* nooit meer zo lang door te gaan. *Echt* niet.

Het is een wetenschappelijk feit dat de genen van Neanderthalers en die van de moderne mens dusdanig van elkaar verschillen dat de Neanderthalers en de voorouders van de moderne mens al een paar honderdduizend jaar geleden uit elkaar zijn gegaan. Wij zijn dus géén dragers van Neanderthalergenen. Behalve de Fransen, die wel.

De ochtend na mijn smaaklocatieonderzoekstest met Helmke kwam ik als laatste van de ploeg in de ontbijtzaal. Bruna las met een katerig hoofd een krant, Louis zat te bellen met NED3, de Tonnen hadden hun camera's geïnstalleerd, maar er werd nog niet gefilmd want a) onze gasten lagen nog te slapen en b) Just stond gepassioneerd te schreeuwen tegen madame Groseillier en de rest van de Franse bedrijfsleiding. In het Engels, want Just kan geen Frans meer horen. Er bleek een groot probleem met de toelevering van etenswaar en ingrediënten. In de binnenlanden van Frankrijk zijn conflicten over varkens en belasting op kuilvoer voor het vee belangrijker dan wat ook, het welzijn van de bevolking en de toeristen bijvoorbeeld. Dankzij de vervoersblokkades van de lokale boeren begonnen de schappen in de winkels zo langzamerhand leeg te raken. Dit had vervelende gevolgen voor onze planning, want chef LaRue verordonneerde dat de gasten van zijn restaurant voorrang kregen boven de gasten van de gefortuneerde Nederlanders, en dat we helemaal niets meer van zijn voorraad mochten gebruiken. Nu is een kookprogramma zonder kookwaar een beetje zielig.

'O ja, en die vukking LaRue denkt dat jij 's nachts steelt uit zijn vukking keuken,' zei Just, terwijl hij stond te bekvechten met madame Groseillier. 'Vannacht zou je zijn vukking ijs hebben gebruikt en een deel van zijn vukking mise-en-place hebben verruïneerd.'

'Verruïneerd? Ik heb een vukking koriandermilkshake voor onze gasten bereid, dat is alles.'

'Ik hoef het allemaal niet te weten wat voor smerigheid jij 's nachts uithaalt,' zei Just. 'Feit is dat LaRue heeft besloten dat wij maar op eigen houtje aan onze spullen moeten zien te komen. Het laatste woord is hierover nog niet gezegd.'

Hierna ging ik met Bruna en Louis in overleg, terwijl Just zich terugtrok voor een zoveelduizendste vergadering met de Fransozen. Louis stelde voor dat hij even naar een Leclerc of een Intermarché in Fécamp zou scheuren om te kijken of hij daar nog een paar blikken fabrieksbagger kon kopen, maar ik wuifde dat weg. Louis' smaak kennende zou hij terugkomen met ravioli, zuurkool of hondenbrokken. Ik zei dat ik alleen met het beste van het beste wilde koken, wat Louis aanstellerig prinsjesgedrag vond. Inmiddels liet Ton zijn camera draaien om het gesprek tussen Bruna en mij op te nemen. Bruna had een idee om aan goede producten te komen: 'Als ik mijn buis nou net een beetje verder openknoop dan normaal, lukt het me misschien om bij Marcel wat dingetjes los te peuteren. Chef, ik gooi gewoon mijn decolleté in de strijd. In tijd van nood is alles toegestaan.' Ik zag Ton inzoomen op Bruna's *poitrine*, Bruna haalde voor de zekerheid nog eens extra diep adem, en Louis deed geen moeite zijn glimlach te verbergen.

Zelf trok ik er die ochtend op uit om in het verder gelegen Étretat – waar ik vijftien jaar geleden een paar maanden stage liep bij een inmiddels te laat overleden fascistoïde *cuisinier from hell* – te zoeken naar oude adresjes van toeleveranciers.

Vlak voordat ik vertrok zag ik op de parkeerplaats van het Château Sanne aan komen lopen. Ze kwam van de camping gewandeld in een strakke auberginekleurige zomerjurk, en toen ze hoorde waar ik heen ging vroeg ze of ze mee mocht om de beroemde, door de zee uitgehouwen poorten in de krijtrotsen te zien. Zonder mijn antwoord af te wachten had ze het portier al geopend.

'Maar we gaan geen sigaar roken,' zei ik, 'dan krijg ik problemen met je vader.'

Als chef word je door je personeel doorgaans met kruiperig respect behandeld en wat me aan Sanne erg beviel was haar schijnbare gebrek aan ontzag. Voor iemand die bij mij als ambulant wil werken, gedroeg ze zich zelfs behoorlijk vrijpostig. Aandoenlijk zeventien was ze, en ze wist het. Ze zat naast me in de auto, had haar lange benen op het dashboard gelegd, rookte ongedwongen de ene sigaret na de andere en praatte alsof ze met haar vrienden onderweg was naar de hippe strandtent van een twaalfjarige chefkok die zijn gebrek aan culinaire kennis compenseert met een wezenloos bombardement aan onsamenhangende smaken, wat hij in een aanval van grenzeloze onbenulligheid fusion noemt.

Sanne vroeg wat ik van haar vader vond. Louis had haar in Amsterdam onlangs meegenomen naar een bij mediavulsels populair restaurant. Hij wilde met haar pronken, had hij gezegd, wat Sanne prima vond. Tijdens hun gesprek beeldde ze zich eerst in dat omstanders zouden denken dat haar vader zijn veel jongere vriendin had meegenomen, en vervolgens stelde ze zich voor dat ze een callgirl was die zich door een onbekende man (haar vader, nooit van hem gedacht) had laten inhuren voor een spectaculaire avond.

'Ik probeerde me voor te stellen hoe een callgirl zich zou gedragen en voelde me op een gegeven moment een methodactrice die geen callgirl speelt, maar er een probeert te zijn,' vertelde ze. 'Na een tijdje vroeg mijn vader of het wel goed met me ging. Ik denk niet dat hij me nog vaak zal meenemen.'

'Hij is vast heel erg trots op je,' zei ik.

'O, vást.'

Ze keek me lachend aan en vroeg of ik voor mijn werk vaak ging lunchen of dineren bij collega's, waartoe ik helaas maar een paar keer per maand in de gelegenheid ben (in alle eerlijkheid: om te zien hoe de concurrentie is, om ideeën op te doen, en om mezelf en mijn gevoel voor eigenwaarde te voeden).

'Mag ik niet een keer mee?' vroeg ze.

'Wat, om mijn dochter te spelen?'

'Nee, zodat jij met me kan pronken.'

Frankrijk is een vergane-glorieland en Étretat een vergane-gloriestadje. Alle horecabakkers, kleine kaasboeren, traditionele slagerijen en groentehandelaren die ik me uit mijn stagetijd nog kon herinneren waren gesloten of verdwenen, en de bakkers, slagers en kruideniers die ervoor in de plaats waren gekomen hadden allen bordjes op de deur met de mededeling dat er vanwege de *barrages* bijna niets meer te koop was. Toch zag ik bij een slagerij wel degelijk verse producten in de koelvitrine liggen, maar toen ik de winkel binnenstapte riep de slagersvrouw me bozig toe: *'Nous fournirons seulement à des Français. Essayez le supermarché.'*

'Wat zegt ze?' vroeg Sanne.

'Dat ze alleen aan Fransen verkopen. We moeten naar de supermarkt, zegt ze.'

'Maar dat is toch belachelijk? Dat kan ze toch helemaal niet maken?' zei Sanne ontzet, waarop ze tegen de vrouw riep: *'C'est discrimination, madame! C'est apartheid.'*

Ik probeerde vaderlijk te lachen. 'Zoiets is voor zo'n vrouw een compliment.'

Nadat we vruchteloos het centrum hadden afgestruind, liepen we over de kade langs een goed bevolkt restaurant dat klaarblijkelijk nog over voldoende aanleveringslijnen beschikte. Het terras had een fraai uitzicht op de beroemde uitgeslepen bogen in de krijtrots. Sanne stelde voor dat ik haar mee uit lunchen zou nemen, maar ik wilde eerst overleggen met Louis, omdat we 's middags nog opnames moesten maken met Helmke en Hansen.

'Art, goed dat je belt,' verzuchtte Louis over de mobiele telefoon. 'Just voert een soort nucleaire oorlog met madame Groseillier en het hotelmanagement, en ik geloof dat chef LaRue ons nu definitief de toegang tot zijn keuken heeft ontzegd. Bruna zit werkeloos op het terras voor het Château, de Tonnen hangen rond in de lobby bij de receptionistes, en onze hooggeëerde gasten van deze week liggen waarschijnlijk nog te slapen, want hun ontbijtbordjes staan nog steeds maagdelijk te wachten. Kortom, het gaat geweldig. Ga alsjeblieft goed lunchen, want dan heeft tenminste een van ons een beetje plezier.'

Dit klonk niet echt als een aanmoediging, maar ik zei: 'Oké.'

'En trouwens, weet jij toevallig waar Sanne is, want die heb ik vandaag ook nog niet gezien.'

Op het terras van het restaurant werd een vriendelijk Nederlands toeristenechtpaar geweigerd door de maître d'hotel, met de smoes dat het restaurant al helemaal was volgeboekt, en met als werkelijke reden dat het restaurant hun kostbare voedsel natuurlijk *seulement* voor Fransen wilde reserveren. Ik gebood Sanne even geen woord te zeggen. De maître kwam ons al verontschuldigend tegemoet, maar ik gaf hem een hand, en stelde me in mijn meest autoritaire Frans voor als *patron* van een Nederlandse tweesterrenzaak, die gestrand door de wegversperringen noodgedwongen met zijn dochter in dit gebied moest blijven en op zoek was naar een redelijk restaurant. Even keek de maître me vorsend aan, toen knikte hij en bracht ons naar een vrije terrastafel met uitzicht op zee. In zijn ogen zag ik dat de maître geloofde dat ik daadwerkelijk een tweesterrenzaak bezat. Ik zag ook dat hij niet geloofde dat Sanne mijn dochter was. Dat laatste was waarschijnlijk waarom ik de tafel had gekregen.

Mijn vader stond erop dat hij míj mee zou nemen naar een restaurant en ik stond erop dat ik hém zou trakteren. Meestal eten we bij elkaar, maar mijn vader wilde eens ergens anders heen. Nu was het vroeger nooit prettig om met mijn vader in een vreemd restaurant te zitten. 'Een goede kok gaat niet voor zijn plezier uiteten' was zijn adagium. Altijd, áltijd, had hij de dingen aan te merken die ik ook aan te merken had, maar altijd, áltijd, was hij degene die in discussie ging met een ober, of de kok uitdaagde naar zijn tafel te komen en vol te houden dat de witte vlokkige substantie die hij op zijn bord had liggen hangop was (wat op de kaart stond) en geen crème fraîche of sperma (wat mijn vader en ik dachten). Ik heb het afgeleerd om andere koks op hun fouten te wijzen, tenzij ik werkelijk beschimmelde kattenkots krijg voorgeschoteld, maar mijn vader vecht nog verbeten iedere culinaire miskleun aan, alsof de toekomst van de gastronomie ervan afhangt. Een van de redenen waarom ik wanprestaties van anderen vaak laat rusten is dat ik merk dat vrijwel alle omstanders in het restaurant mij van *Sterallure* kennen, en het mij sinds ik met mijn hoofd op tv verschijn zwaar valt om in het openbaar de aandacht op mezelf te vestigen. Ik heb er weinig moeite mee als men mij achter mijn rug een arrogante rotzak vindt, maar veel als dat in mijn gezicht wordt gezegd. Je wordt al snel arrogant en zelfingenomen gevonden als je tegen een serveerster opmerkt dat de hazelnootparfait stijf bevroren is en dat dit nooit de bedoeling kan zijn van zo'n edele substantie. 'O god, moet je hem zien, hij weet het weer beter...' Wanneer ik al kritiek durf te leveren is dat altijd angstig glimlachend en mezelf bij voorbaat verontschuldigend, alsof het mijn fout is dat een mousse de foie gras d'oie zo ranzig is als een vergeten kuipje kerstboter in augustus.

Ik wilde mijn vader fêteren om eens wat langer met hem te praten over het vak en vrouwen en de liefde, omdat Andrea me verliet voor een ander en ik de fout hiervoor bij mezelf zocht. Waarom mijn vader mij wilde meenemen wist ik niet. Mijn vader kreeg zijn zin: hij nam mij mee, niet ik hem. Ik was nogal verbaasd toen hij me vertelde dat hij gereserveerd had voor een lunch bij Habermas. Mijn vader en hij waren altijd zeer competitieve collega's geweest, die elkaar in de pers regelmatig met rotte producten bekogelden. De laatste jaren waren hun verbale schermutselingen wat geluwd, voornamelijk omdat Habermas in volle hevigheid de strijd met mij was aangegaan, of ik met hem, dat hangt ervan af welk culinair tijdschrift je wilt geloven. Ik vroeg mijn vader waarom we in godsnaam naar Habermas gingen. Hij zei dat hij had gehoord dat die man best aardig kon koken, en zweeg er verder over.

In Habermas' zeer luxueuze restaurant werden we door zijn maître zenuwachtig ontvangen. Hij dirigeerde ons naar poepbruinleren fauteuils bij de statige open haard, waarna Habermas ons persoonlijk kwam verwelkomen, met geheven armen en een lankmoedige blik van christelijke vergevingsgezindheid.

'Cornelis, kerel, blijf zitten. Het is mij oprecht een eer jullie te mogen begroeten en het verheugt mij zeer dat je hier na al die jaren weer eens komt eten. We hebben in het verre verleden onze aanvaringen gehad, maar we wisten allebei dat dat bij het spel hoorde,' zei hij, en zo menselijk had ik hem nog nooit gezien. Hij wendde zich tot mij, maar ging tegen mijn vader opgewekt verder: 'En ook je zoon Art is hier van harte welkom. Ik volg zijn gastronomische verrichtingen natuurlijk op tv, en ik meen me te herinneren dat hij als stagiair bij mij ooit het ware vak heeft geleerd, maar ik moet ook bekennen dat ik wel eens schrik als ik lees wat hij thans over mij beweert.'

'U moet niet alles geloven wat in de krant staat,' zei ik, terwijl ik half opstond en hem vriendelijk een hand gaf. 'En daarbij heb ik uw vakmanschap en passie nooit ontkend...'

Habermas, lachend: 'Je noemde me een uitgekookte mastodont die al zevenhonderd jaar dezelfde gerechten bereidt, maar dat zal jeugdige overmoed zijn... En je zei dat je nooit met vrienden je verjaardag bij me wilde vieren.'

'Dat bedoelde ik juist zeer positief,' zei ik, ook lachend. 'U wilt toch geen schreeuwende mensen in uw zaak?'

Habermas, nog harder lachend: 'Nou, Cornelis, we moeten nog maar zien of die jongere generatie het zo lang volhoudt als wij mastodonten.'

'Jongens, we zijn hier om te genieten van het eten, niet om elkaar verwijten te maken,' riep mijn vader, inmiddels schaterend. 'Jacques, mijn zoon en ik zijn heel benieuwd wat je voor ons gaat maken. Sta je vanmiddag zelf achter de kachel?'

Habermas klapte langzaam in zijn handen en zei dat hij zijn ballen aan het fornuis ging koken. Vooroorlogse koksuitdrukking, waar mijn vader en hij desalniettemin uitzinnig om gierden.

'De vuile huichelende hufter,' zei mijn vader, toen Habermas buiten gehoorafstand was. Ik vroeg waarom hij mij hier dan mee naartoe had gesleept.

'Dat vertel ik je zo,' zei mijn vader.

Ik moet toegeven: Habermas kán koken. *Proef!* betitelde hem vijftien jaar geleden als 'de beste kok van Nederland', waarna hij volgens het blad gestaag is afgedaald tot ergens in het tweede rijtje van de Primadonna Division. Maar allemachtig zeg, wat een gouden pannetje heeft deze man nog steeds. Mijn vader noch ik had ook maar iets aan te merken. Habermas' schotels zijn achteruitstrevend traditioneel, maar tot op de molecuul uitgebalanceerd. Wijngaardslakken met bloemkoolmerg. Een vichyssoise zoals ik nog nooit eerder heb gelepeld. Bouchées d'huitres, geraffineerd eenvoudig: een bladerdeegbakje met een dobbelsteen foie gras en een rauwe oester. Aspergeringenplakjes met aspergemousse en grapefruitboter (een nogal moeilijke boter, vanwege het schiftgevaar). Aspic van krab, bij anderen uitgekauwd, bij Habermas goddelijk. Spinazieflan. Kalfszwezerik met zwarte-bessenpoeder, het meest frivole op de kaart.

Tussen al deze imponerende gerechten door praatte ik met mijn vader over Andrea, over het vertrek van deze overspelige slet en het horecaliefdesmantra 'altijd weg', 'alleen maar aan het restaurant', 'iedere avond laat thuis', 'omgeven door mooie jonge meisjes uit de bediening'.

'De krant meldde vandaag dat een op de tien getrouwde vrouwen vreemdgaat,' zei mijn vader. Dit was een onderwerp dat ik normaliter nooit met hem besprak. 'Een op de tien, ik denk dat het klopt.'

Ik zei niets, maar mijn gezichtsuitdrukking nodigde hem uit verder te praten.

'En ik denk ook dat ik ze er feilloos uit haal. Je ziet het aan de kleding, aan een kort oogcontact, aan hoe ze zich bewust zijn van alles rondom hen. Monogame vrouwen wandelen met een tunnelvisie. Vreemdgaande vrouwen hebben een open blik; ze spieden, let maar eens op.'

'Pa, ik wist niet dat jij je voor dat soort zaken überhaupt interesseerde.'

'Ik heb veertig jaar horeca-ervaring, dan leer je dat soort dingen. Gastronomie heeft voor een belangrijk deel met liefde en passie te maken. Ik weet nog, ik was net voor mezelf begonnen. Ik kende een gemeenteambtenares die mij geweldig had geholpen met een bouwvergunning. Een paar maanden later komt ze met haar echtgenoot bij mij in de zaak. Ik kon haar niet meteen plaatsen, dus ik verwelkom haar en zeg: ik ken u toch, u bent hier toch eerder geweest? Zij schrikt, hij schrikt dat zij schrikt, ik schrik dat zij beiden schrikken, enfin, eind van het verhaal was dat ik hun huwelijk kapot heb gemaakt, want zij bleek er een minnaar op na te houden met wie ze inderdaad uiteten ging. Een restaurant is de katalysator van de wellust. Eten is voorspel, en iedere kok weet dat.'

Op dat moment kwam Habermas persoonlijk zijn hoofdschotel uitserveren: een zalvend zachte gepocheerde biefstuk met bleekselderij en trompettes de la mort (paddestoelen die in het Nederlands hoorns des overvloeds heten), waarvoor de Schepper Zelve een achtste dag nodig gehad zou hebben om dit net zo te bereiden.

'Uitslover,' zei mijn vader, toen Habermas weer naar de keuken was vertrokken. 'Ik wed dat hij dit Hollander, zijn souschef, heeft laten klaarmaken. Zag je hoe schoon zijn buis was?'

En dat bracht mijn vader op de werkelijke reden van zijn uitnodiging. Hij wilde dat ik het nieuws van hem zou horen: na veertig jaar achter de kachel had mijn vader er genoeg van. Hij had geen zin om verder af te takelen en daarom had hij (hoho, samen met mamma) besloten zijn restaurant te verkopen.

'Natuurlijk heb ik erover gedacht om mijn zaak aan jou over te doen,' zei hij, waar ik op dat moment zelf nog helemaal niet over had nagedacht. 'Ik heb lang getwijfeld of ik van mijn restaurant, mijn levenswerk, afstand wilde doen zoals het nu is, of dat ik zou moeten toezien hoe het onder jouw leiding compleet naar jouw ideeën zou worden omgevormd. Ik heb voor het eerste gekozen, en ik hoop dat je me dat niet kwalijk neemt.'

Overdonderd zei ik dat ik hem dat uiteraard niet kwalijk nam, maar al vrij snel merkte ik dat het me toch dwarszat dat hij me niet eens had voorgesteld zijn zaak te mogen vernachelen naar mijn inzicht.

'Aan wie heb je het verkocht?'

Mijn vader keek samenzweerderig om zich heen en zei met zachtere stem: 'Ja, daarom zitten we hier: aan Hollander, de souschef van Habermas, die eindelijk voor zichzelf gaat beginnen. Hollander is een geweldige kok. Ambitieus, gretig en, sorry dat ik het zeg, prettig traditioneel. Habermas weet het nog niet en zal het van mij ook niet te horen krijgen. Ik geloof dat Hollander morgenochtend ontslag neemt. En ik weet zeker dat Habermas zich dan realiseert dat ik hier vanmiddag niet zomaar ben komen eten. Wraak moet je opdienen in iemands eigen restaurant.'

Ik kreeg de indruk dat mijn vader, in tegenspraak met zijn eigen adagium, die middag wel degelijk voor zijn plezier uiteten was geweest.

ZUUR

Als je de hele dag op bed ligt, kun je 's nachts niet slapen. Dit klinkt als een nogal overbodige observatie, en waarschijnlijk is het dat ook, maar deze wijsheid komt TOEVALLIG WEL van Confucius, zoals opgetekend in het boek *Loen ju* (Gesprekken), dat leerlingen van de wijsgeer schreven kort na zijn dood in 479 voor Christus. Ik heb de hele dag in bed gelegen. Nu het nacht is kan ik niet slapen, en hoe zwaar me dit ook valt, het geeft een beetje verlichting dat zelfs Confucius dit ten minste eenmaal in zijn leven heeft meegemaakt. Zou het kussen van Confucius ook zo warm zijn geweest, of hadden ze ten tijde van de Tsjowdynastie nog geen kussens?

Het is halfdrie, in het hotel regeren rust en vrede. Mijn raam staat open en de nachtwind waait door de bomen. Omdat ik geen zin heb om in mijn warme bed te blijven liggen, kleed ik me aan en poets mijn tanden. Ik heb geen vrees meer voor darmaanvallen, en voor het eerst in anderhalf etmaal begeef ik mij buiten mijn hotelsuite. De nachtreceptionist zit niet achter zijn balie, waarschijnlijk is hij op zoek naar zoenende stellen. De grote voordeuren van het Château staan uitnodigend open, een lauwfrisse bries blaast door de hal en de lobby, richting de grote openstaande achterdeuren. Ik loop naar het achterbordes en kijk uit over de kasteeltuin. Aan de voorkant is het gebouw in een natriumkleurige spotlight gezet, maar aan de achterkant is de donkerte weldadig, de tuin wordt slechts verlicht door maan en melkweg. Ik begin te wandelen in de richting van de middeleeuwse bijgebouwen.

Het huidige optrekje werd gebouwd in 1772, op de fundamenten van een vesting uit 1204 die in de loop der eeuwen werd uitgebreid. Nuttige informatie uit de hotelfolder, die ik na vijf jaar uit mijn hoofd ken. Het Gallische dorpje met de eeuwenoude naam Sassetot le Mauconduit is vernoemd naar een 'misdragende Saks' over wie niets meer bekend is dan dat het dorp naar hem is vernoemd. Van wie we nog wel weten dat ze zich in het plaatsje heeft misdragen: keizerin Elisabeth van Oostenrijk, Sissy voor intimi, die in de jaren tachtig van de negentiende eeuw dit Château bezocht voor een gezondsheidskuur. De keizerin gedroeg zich zoals vandaag de dag popsterren in een ontwenningskliniek: met een hofhouding van zeventig man eigende ze zich twee zomermaanden lang het onschuldige dorpje toe, ze gaf uitzinnige feesten en verkleedpartijen, en raasde regelmatig met paard en wagen door de velden. Kilo's kostbare tarwe en suikerbieten heeft ze met haar span vertrapt, aanvankelijk tot woede van de immer ontevreden boeren, tot die door een verveelde hofmeier wat munten kregen toegeworpen, en iedereen weer opgevrolijkt naar huis kon. Ik heb het niet op boeren.

Na de mislukte zoektocht naar ingrediënten en de lunch met Sanne in Étretat, scheurde ik terug naar Sassetot om nog iets van de verloren uren te maken. Het Château bleek zo goed als verlaten. Sanne verdween naar haar tent, en ik ging in het hotel op zoek naar de crew, maar vond alleen productie-Irma, die aan een tafel zat te schrijven aan een dossier over een van de komende gasten. Helmke en Hansen waren met de Tonnen naar de krijtrotsen voor wat wandelshots, romantisch. Waar Just en Louis waren wist Irma niet. O ja, zei ze, de Franse post had een via Nederland doorgestuurde brief voor mij gebracht uit Brussel. Een brief uit Brussel. Verbaasd nam ik de envelop van haar aan, ik zocht de afzender. Meteen moest ik aan Bruna denken. Een brief uit Brussel.

Jij vree vreemd, en je deed voorkomen alsof dat mijn schuld was. Ik denk, nu, achteraf, dat dit inderdaad klopte. Je voerde namelijk strijd met een geduchte concurrente van wie je het niet kon winnen: mijn keuken. Toen je eenmaal bij me vertrokken was, hielden we diep-emotionele afscheidsgesprekken, die uitliepen op diep-emotionele scheldpartijen of diep-emotionele verzoeningspogingen. Bij een van die pogingen zijn we in de auto gestapt en naar Antwerpen gescheurd, waar ze geweldige restaurants hebben om op diep-emotionele wijze gebroken relaties nieuw leven in te blazen. Ik gaf Bruna de volledige verantwoordelijkheid voor de keuken (de hoogst enkele keer dat ik niet zelf achter mijn kachel zou staan, want ik werk al jaren zeven avonden per week, zoals jij kan beamen).

Dat weekend dat in Antwerpen eindigde was misschien het beste dat we ooit hadden gehad. Het was op een zaterdagmiddag, we hadden na de lunch afgesproken in de stad. We zaten in een ons onbekend café op een plein waar we zelden kwamen aan een glas bier van een merk dat we nooit dronken. Dat was een compromis, we wilden in alle opzichten op neutraal terrein blijven. Ik heb eens een Japanner verrukt zien raken van een zeeverse blauwvintonijn van drie meter, en vergeef me de vergelijking, maar diezelfde verrukking overviel mij die zaterdag. Je had een nieuw kapsel, nieuwe kleren, een nieuwe geur. We zaten wat onwennig tegenover elkaar en hadden het over ons, vroeger, ouders, werk, ons, verdriet, ons, wij, eten, vroeger, toen, mooie momenten, verwijten, macaroni, ons. De eerste zitting van de Parlementaire Enquête 'Onze Relatie', met waarheidsvinding en lessen voor de toekomst. Na een onderzoeksronde van een paar uur zei jij dat je eigenlijk een beetje honger begon te krijgen, waarop ik antwoordde dat we als we zouden doorrijden binnen anderhalf uur in Antwerpen konden zijn.

Neutraal terrein, we waren er nog nooit samen geweest. Je ging akkoord, onder de voorwaarde dat ik me op geen enkele manier zou bemoeien met de keuze van het restaurant.

We hadden toen al eens... ik weet niet of je daaraan wilt worden herinnerd, we hadden al eens, een week of wat daarvoor, een uit de hand gelopen telefoongesprek gehad. Ik had je gebeld met de banale smoes dat ik het garantiebewijs van onze wasmachine niet kon vinden. Jij was degene die dat soort paperassen opborg. Ik vroeg hoe het met je ging, de juiste vraag op het juiste moment. Je was verdrietig. De filmster door wie je je tijdens onze relatie had laten troosten voor mijn permanente afwezigheid, had het uitgemaakt. Oké, je had niet écht een verhouding met hem gehad, je noemde hem je *toyboy* en hoe hij je noemde wil ik niet eens weten. Nadat je me had verlaten begon je met hem te verschijnen op premières en party's, en er werd prompt over jullie geschreven in de pers. Jonge acteur (25) heeft HEFTIGE LIEFDE met ex-vriendin TOPKOK (32). Je filmster had zich, net als ik, benauwd gevoeld door deze aandacht, en omdat hij 'eerlijk tegenover je wilde zijn', vond hij het beter dat jullie 'elkaar een tijdje niet zagen' zodat hij 'erachter kon komen wat hij wilde in het leven'. Jij kon het natuurlijk niet merken, maar toen je me dit vertelde, heb ik geluidloos schaterend mijn vuist gebald, terwijl ik erg begripvol en meelevend probeerde te klinken. Somber vertelde je dat je niet begreep waarom hij je niet meer wilde zien, dat je nu pas kon invoelen wat het met mij moest hebben gedaan toen jij besloot om met me te breken.

Op mijn beurt vertelde ik dat ik in eenzame verlorenheid een brief aan je had geschreven, maar je die niet had durven sturen. Je leek aangenaam verrast. Een brief, je kon niet voorstellen dat ik je daadwerkelijk een brief had geschreven. Bijna lachend vroeg je of ik hem nog had en of ik hem over de telefoon wilde voorlezen. Ik deed of ik in mijn spullen rommelde en las je mijn nooddriftige roerselen voor: 'Lieve

Andrea, ik voel mij *qutte* en ik typ gewoon maar even structuurloos op wat hart en hoofd me ingeven. Het is niet zo dat ik gekastijd word door spijtgevoelens, maar wel dat ik gekastijd word door spijtgevoelens. Voor ik mij ga verlagen tot tranen op het papier, zie ik in dat spijt begrijpelijk is na een mislukte relatie. Punt is: tot nog toe is er in mijn leven niemand aan jou gewaagd geweest, niet aan je liefde, niet aan je toewijding, aan je intellect, je humor, kunstkennis, warmte, mysterie, en al helemaal niet aan je fysiek. Het is niet zo dat ik nu weer verliefd op je zit te worden, maar mijn waardering voor wie je bent en wat je voor mij hebt betekend neemt, nu je weg bent, per dag toe. Hoe *qutter* ik me voel, hoe meer ik besef hoe *qutte* jij je al die jaren hebt gevoeld en wat een *lulle* ik ben geweest...'

Hierna zweeg ik.

'Mooi,' zei je.

'Ik meen het.'

'Ja, dat hoop ik wel.'

Alweer een beetje opgemonterd vroeg je of ik al met een andere vrouw was geweest, en naar waarheid kon ik volmondig nee zeggen, want ik had daar werkelijk geen behoefte aan gehad. Je riep: 'Maar je hebt toch wel eens over anderen gefantaseerd!' en ook dat was niet zo, al had ik het wel geprobeerd. Van onbekende vrouwen, laat staan meisjes, had ik me onmogelijk een stimulerend beeld kunnen vormen. Voorzichtig bekende ik je dat ik mijn zinnen veeleer met jou had verzet.

'Met mij,' zei je.

Ik had aan je gedacht, niet alleen aan verleidingen, aan specifieke voorvallen uit ons verliefde verleden, aan de keer dat, het moment daar, die avond toen, maar ook aan toekomstige ontmoetingen in de stad, toevallig op straat, aan wandeltochtjes in het park, aan heimelijke afspraken in hotelkamers.

'Wat dacht je dan?' vroeg je, en je stem was net een reine

kwint lager dan daarvoor (ik weet niet of deze terminologie klopt, maar voor mij verwoordt het precies wat ik bedoel).

'Nou ja...' begon ik, waarna ik zweeg.

Ik hoorde je glimlachen.

'Waar ben je nu?' vroeg je.

'Thuis.'

'Ik bedoel: waar in huis ben je?'

'Op de bank, met m'n benen languit.'

'Oké,' zei je, gevolgd door een korte pauze. 'Ik lig in bed.'

'Je ligt in bed.'

'Ja.'

'Aha.'

Ademhaal.

'Wat heb je aan?' vroeg ik.

'Dus je gaat ervan uit dat ik iets aanheb?'

Ik kreeg de tijd niet om te antwoorden.

'Waar dacht je aan, als je aan mij dacht?' vroeg je, en toen ik aarzelde, zei je zachtjes dat je het op zich niet onfijn zou vinden als ik op dat moment door het snoer heen bij je in bed wilde komen.

'Ik ben er al,' zei ik.

'Wat is het eerste wat je doet nu je naast me ligt?'

'Aan je ruiken.'

'En het tweede?'

'Mijn mond in jouw hals, mijn handen op jouw borsten.'

'Ja.'

Het derde. Jouw borsten in mijn gekomde handen. Het vierde. Mijn mond naar jouw borsten. Het vijfde. Met mijn tong langs jouw tepels, jouw tepels tussen mijn tanden. Het zesde. Bijten in je hals, een paar keer wild achter elkaar. De tel kwijt. Mijn nagels in je rug, snijdend naar beneden. Mijn hand, drie vingers, onzichtbaar in je. Een draaiende beweging, druk op mijn vingers, het vocht ertussen. Mijn tong tussen jouw lippen. Ik hoorde je kreun, en toen ik bij je kwam leek het een kort moment alsof je nooit was weggeweest.

(En meteen daarna – ik weet niet of je dit ook wilt horen – kwam de deceptie, want het postcoïtum is over de telefoon vele malen groter dan als je bij elkaar in bed ligt. Het armoedige besef dat je met je ene hand de hoorn vasthoudt en met de andere de lust voelt wegtrekken; jij hebt dat ook gevoeld, want ik hoorde de schaamte in je zwijgen.)

Een paar weken later gingen we naar Antwerpen.

Ik had Bruna gebeld om me voor het eerst in jaren af te melden. Tien minuten later zaten we in jouw auto, anderhalf uur later parkeerden we op de Groenplaats in Antwerpen, en weer tien minuten later stapten we, zoals ik had beloofd, een willekeurige toeristische bistro binnen. Koperen ketels aan de muur, een visnet aan het plafond. De chef was een bebaarde rondbuikige Vlaming die bij de ingang van zijn keuken een sigaretje stond te roken. Zijn vrouw heette ons welkom en bracht ons naar een tafel achter in het restaurant. In het licht van een olielamp zetten wij ons gesprek voort. Alle denkbare verwijten hadden we elkaar inmiddels gemaakt, ze waren uitgesproken, gedocumenteerd, gearchiveerd en opgeslagen, de bevindingen van de commissie lagen bij het parlement. Ik zei dat je er mooi uitzag en jij dat ik was afgevallen. En daarna zwegen we.

Nu schijnt het meest aandoenlijke beeld in een restaurant de aanblik van een zwijgend paar te zijn. Bij de zwijgende koppels die regelmatig in mijn restaurant komen eten, heeft Henry de gewoonte om wat langer aan hun tafeltje te staan, als een mediator die twee kampen weer aan de praat moet krijgen. Ik heb de afgelopen twintig jaar duizenden stille stellen gezien, vaak oudere echtparen die elkaar na jaren huwelijk niets meer hebben te vertellen. Niet dat ze per se ongelukkig zijn, maar alles wat ze in hun leven mogelijk hadden kunnen bespreken, hebben ze besproken. Eventjes maken ze een paar opmerkingen over de al dan niet fraaie inrichting van het restaurant, vluchtig nemen ze de menukaart door, kort vragen ze elkaar of een gerecht bevalt – en dat is hun conversatie. Geen zichzelf serieus nemende *stand-up comedian* die niet de draak met deze paren heeft gestoken, en toch ben ik erachter gekomen dat het stigma niet hoeft te kloppen. Jij en ik zaten óók stil naar elkaar te kijken, niet omdat we waren uitgepraat, maar omdat zwijgen een uiting van genegenheid kan zijn. Met vrijwel iedereen die we ontmoeten, van schoonmaakster tot beste vriend, worden we geacht onophoudelijk in gesprek te blijven, te praten, ouwehoeren, babbelen, roddelen, vergaderen, behalve met degene bij wie we ons werkelijk vertrouwd voelen. Zwijgen tegen elkaar in het bijzijn van de buitenwereld, is een teken van wederzijdse genegenheid: wij zwijgen, wij horen bij elkaar.

Terwijl wij elkaar stil in de ogen keken, bereidde de kok oesters in champagne, stoemp Westmalle, waterzooi met tarbot en hommer, en het bewijs werd geleverd dat smaak niet alleen wordt bepaald door wetenschappelijk te duiden begrippen als gusto, textuur, intrinsieke en extrinsieke multizintuigelijke waarnemingen, reuk, gehoor of slurpgevoel, maar met name door het gezelschap waarin je verkeert. De stoemp was goddelijk, de waterzooi hemels, en de oesters kwamen in aanmerking voor een postume heiligverklaring.

Als nagerecht wilde ik crème brûlée en jij alleen koffie. Ik deed de bestelling, terwijl op hetzelfde moment in een restaurant een paar honderd kilometer verderop Bruna achter mijn kachel stond.

'Belieft uw vrouw geen toetje?' vroeg de eigenaresse vriendelijk, terwijl ze de papieren placemats met *Het bruiloftsmaal* van Pieter Brueghel van onze tafels ruimde.

'Nee, mijn vrouw wil alleen koffie,' zei ik. 'Mijn vriendin moet ik eigenlijk zeggen.'

'O excuus, neem mij niet kwalijk,' riep de vrouw lachend.

Ik zag jou naar mij kijken.

'Wat?' zei ik.

'Niets.' Je glimlachte.

'Hoe moet ik je dan noemen?'
'Je ex-ex.'

Bij terugkomst uit België zette ik Andrea af op haar tijdelijke adres en reed ik meteen door naar mijn restaurant om nog een deel van de maandagse lunch te kunnen meedraaien. De keuken liep geweldig, ik was overbodig. Onder de jongens van mijn brigade staat Bruna bekend als 'la Duchessa', de wapens waarmee ze het leger in de keuken onder een permanente staat van angst en ontzag houdt zijn scheldkanonades, seksueel cynisme, sarcasme en dodelijke vernederingen, kortom, alles waarmee een chef zich moet bewapenen. Terwijl Bruna de verschillende chefs de partie coördineerde, ging ik naar mijn kantoor om de administratie van het weekend te bekijken. Aan het eind van de lunch kwam Bruna als gebruikelijk bij me zitten. Ik merkte dat ze zich bezwaard voelde.

'Chef, er is iets gebeurd,' begon ze, maar ze ging niet verder. Ik knikte bemoedigend.

'Wat, is de koningin langs geweest?'

'Nee, nog erger.'

Met een perfect gevoel voor Italiaans drama haalde ze uit een zakje op de arm van haar buis een visitekaartje. Het was inderdaad nog erger.

'Allemachtig.'

'Yep.'

Het woord klonk vrolijk, maar kwam er bedrukt uit.

'En zeg op, hoe ging het?' riep ik. 'Was hij alleen?'

'Ja.'

'Gereserveerd?'

'Nee. En goddomme, we hadden kunnen zeggen: we zitten vol, want we zitten áltijd vol. Maar nee. We hadden een afzegging, en dus konden we een tafel voor hem regelen. Testicolo! Zaterdagavond, *best restaurant in town*, en toch hebben we een tafel vrij. Wat een indruk moet dat gegeven hebben.'

'Maakt niet uit, en toen? Ontvangst?'
'Prima, denk ik. Henry was Henry, gewoon goed.'
'En daarna. Amuses?'
'Briljant. Nee, écht. Heb ik toevallig die avond zelf gedaan, en u had 's ochtends nog périgordtruffelbonbons met bloemkoolvulling gemaakt. Amuses waren perfect.'
'Heeft hij Rotteveel laten komen?'
'Ja.'
'Heeft hij alleen een fles wijn besteld, of ook met Rotteveel geprááT?'
'Eh... ja, gepraat, eventjes, hij heeft Rotteveel een paar vragen gesteld over de wijnkaart, maar ik weet niet welke en ik weet ook niet wat hij dronk.'
'Shit, ga door.'
'Voorgerecht prima.'
'Wat nam hij?'
'De parfait van gerookte langoustine met artisjokgelei.'
'Goeie keus. En toen?'
'De consommé met gefrituurde rivierkreeftjes en serranohamschuim.'
'Hoe was het schuim?'
'Niet door mij gemaakt.'
'Dus?'
Bruna keek me even zuchtend aan.
'Niet door mij gemaakt...'
'Oké, daarna. Wat was zijn hoofdgerecht?'
'Gestoofd buikspek.'
'Jezus. Was het een Belg?'
Bruna knikte. Ik knikte ook. Natuurlijk was het een Belg. En we dachten waarschijnlijk hetzelfde: een Belg, verdomme, en Belgen houden niet van Nederlanders. Belgen houden niet van Nederlanders die kunnen koken. België heeft de meeste klasserestaurants per hoofd van de bevolking, gastronomisch België heeft de bovenwindse toendra Nederland niet nodig.
'Hoe was het spek?'

'Ik vond hem geweldig. Heb ik later nog gecheckt. Maar wie ben ik?'

'En toen. Na?'

'Asperge-ijs met wortel-chocoladeravioli...'

'...in rode-bietensaus. Goed. Heel goed. En daarna?'

'Rekende hij af zonder koffie.'

'Zonder koffie?'

'Hij vertrok, en kwam vervolgens binnen tien minuten weer terug om zijn kaartje af te geven.'

'Ja, zo werken ze. Dit klinkt als een echte. Godsamme, dit klinkt echt als echt.'

'En toen vroeg hij aan Henry of hij de chef mocht spreken.'

'Aha, de chef mocht spreken.'

'En ik kon moeilijk zeggen dat u in Antwerpen in een hotel lag te...'

'Te wat?'

'Te naaien met uw ex.'

Ik denk dat dit het grofste is dat Bruna ooit tegen me heeft gezegd (ik bedoel zonder een soufflé met pentotal achter haar kiezen).

'Nee.'

'Nou ja, en dus ben ik maar naar hém toegegaan.'

'Prima toch? En?'

Bruna zweeg.

'Ja, en? Kom, Bruna. Wat heeft hij tegen je gezegd?'

'Ik weet niet of ik een goede beurt heb gemaakt, chef.'

Een brief uit Brussel.

Ik wandel door het nachtelijke bos, dat heb ik nodig om de dingen op een rij te zetten. De koele feiten: wie op het hoogste niveau wil koken kan door *Le Guide Rouge* worden gemaakt en gebroken. Vrijwel alle andere gidsen zijn onbeduidende advertentiefolders of hobbyblaadjes van goedwillende amateurs. *GaultMillau* en *Proef!* hebben wat invloed, maar niet te vergelijken met de sterren die Michelin uitdeelt. Er zijn koks die publiekelijk beweren dat ze een Michelin-ster niet belangrijk vinden, maar die koks – hoe zeg ik dat vriendelijk? – liegen. Of ze zijn uitgerangeerd dan wel talentloos. Michelin is wat de lat is voor een hoogspringer. Ander feit: het is een fabeltje dat *Le Guide Rouge* honderden duurbetaalde inspecteurs in dienst heeft. De reputatie van Michelin heeft een paar jaar geleden een enorm lek opgelopen, dankzij een voormalige inspecteur die een boekje opentrok over de handelswijze van het respectabele instituut. De gastronomische wereld is nog niet van de klap bekomen. In Frankrijk rijden er slechts vijf inspecteurs rond en hoeveel het er in de Benelux zijn weet niemand, waarschijnlijk een of twee. Per jaar wordt hooguit tien procent van de restaurants bezocht, en dat betekent dat je als chef één keer in de drieenhalfjaar wordt beoordeeld voor je sterrenrapportcijfer. Dat ene bezoek in drieënhalfjaar zou dan alles moeten bepalen, maar iedereen weet dat dit onzin is.

Een ander feit is dat de topkok Bernard Loiseau vlak voor zijn zelfgekozen dood door Michelin werd benaderd. Omdat men hem niet wilde beledigen, had Michelin hem willen waarschuwen dat men zich, net als *GaultMillau*, zorgen maakte over zijn kookkunst. Of dat was omdat een van hun inspecteurs persoonlijk iets over zijn restaurant had geconstateerd of omdat men zich liet leiden door lezers of recensies in de media en op internet, is niet meer te achterhalen. Feit is dat Loiseau twee degradaties na elkaar niet aankon.

Normaal wordt in de eerste week van februari bekendgemaakt waar de Michelin-sterren zijn gevallen. Soms krijgen koks die van nul naar één of van één naar twee gaan, dat een paar weken voor de bekendmaking in een afgemeten briefje te horen, maar vaker niet. Hier stond ik, in augustus, vijf maanden voor de sterrenregen, met een uitgebreide brief van *Le Guide Rouge* in mijn handen. Zou ik van twee naar drie gaan? Was er iets mis met de rekening van de inspecteur?

Bedachtzaam opende ik de envelop en staarde naar de inhoud. Ik ging schotsje springend over de regels:

> *'Zoals veel respect U innovatief kok niveau verrijking voor maar zorgwekkende ook weifelende reacties van vaak niet in de keuken Naar verluidt veel op tv in de media bezoek op zaterdag 12 want inspecteur rapport muffig serranohamschuim U zelf niet aanwezig geen handdoekjes op toilet bevestigt berichten vaker niet Italiaanse grof aanhoudende kritiek genoodzaakt'*

Bij het woord 'genoodzaakt' pakte ik mijn mobiele toestel en drukte het nummer in van het brievenhoofd. Ik moet erg dreigend hebben geklonken, want ik kreeg meteen de dienstdoende leidinggevende aan de lijn, met wie ik in het Frans een uiterst moeizaam, ronduit vijandig gesprek begon. Hij kon er ook niets aan doen. Er waren rapporten, er waren brieven van gastronomen, er was informatie van collega's, er was getelefoneerd met een paar topchefs, er was een bezoek gebracht, én er was de oekaze van het hoofdkantoor in Parijs. Het ging om symboolpolitiek: de experimentelen gingen zich steeds experimenteler gedragen en stonden hiermee veelvuldig in de schijnwerpers, ten koste van die arme traditionelen die steeds vaker als aftandse conservatieven werden afgeschilderd. Er moest een kentering plaatsvinden. Hij vreesde dat ik hier als eerste het slachtoffer van ging worden, zei de Brusselse leidinggevende. Ik was te vaak op tv en te weinig in mijn zaak. Ik had een commercieel kruidenmengsel genaamd Troosts Quatre Épices op de markt gebracht. Mijn Italiaanse souschef was beledigend tegen de gasten. Dat had de man persoonlijk ondervonden. Sterker nog: hij was geschoffeerd.

En hoewel ik dit alles vurig bestreed en pontificaal achter mijn keuken, mijn koks, mijn souschef, mijn brigade en mijn toilet ging staan, was het vonnis al geveld. Om me de mogelijkheid te bieden me voor te bereiden op de consequenties, vonden ze het beleefd me nu al op de hoogte te stellen: ik zou in januari van twee naar nul sterren gaan.

De Italiaanse anarchist Lucheni pakt een mes en kijkt keizerin Elisabeth van Oostenrijk in de ogen. De zeedijk van Goeree en Overflakkee is verzadigd van water. In Elm Street, Dallas, klinken schoten als er een limousine passeert. In de reactor van Tsjernobyl ontstaat een brandje. Er cirkelt een Boeing boven de Bijlmer. Arabische toeristen doen een vliegcursus in Florida. Diep in de oceaan vinden tektonische bevingen plaats. Mijn restaurant in Overdam aan de Schoo raakt twee sterren kwijt.

Van twee naar nul. Ik stond na te stuiteren in de lobby, en nu kan ik het eigenlijk nog steeds niet bevatten. Van twee naar nul is ongekend in de Michelin-geschiedenis. Het bericht maalt voortdurend door mijn hoofd en almaar voer ik slecht-nieuwsdialogen met mezelf en voorwerpen in mijn kamer. Talloze repeteergedachten. Zin om terug te vechten. Michelin aanklagen. Alles is verloren. In de media vernietigend uithalen. Nu al verklaren dat ik zelf afstand van mijn sterren doe. Mijn zaak verkopen. Naar Brussel rijden en met de knokkels van mijn knuisten orde op zaken stellen. Alles is verloren. Een willekeurige gast kelen. Vragen wat Bruna heeft gezegd tegen die inspecteur. Me als assistent aanbieden bij LaRue. Zo erg is het niet. Het is een zure *perte*, niet meer. Denk aan vloedgolven, concentratiekampen, kinder-intensive cares. Er zijn ergere dingen. De dodelijke Japanse kogelvis fugu op mijn menukaart zetten en zien wat er gebeurt. Het is een fase in mijn ontwikkeling. De wereld bestaat voor het overgrote deel uit slechte mensen. Zin om terug te vechten. Later lachen we erom. Andrea ten huwelijk vragen. Alleen nog maar kookboeken schrijven. Houd je groot. Sta erboven. Ze zijn onwetend. Alles is verloren.

'Art! Verdomme!'

Plotseling stond Just woedend achter me met de mededeling dat het werkelijk belabberd ging met de aflevering van *Sterallure* deze week. De gasten sliepen veel te lang uit, er was geen eten, we mochten de keuken niet meer in, er waren cruciale programmaonderdelen nog niet gefilmd en tot overmaat van ramp was ik de halve ochtend en middag onvindbaar omdat ik aan de boemel was met de vukking dochter van de vukking regisseur. Just leek geen oog te hebben voor mijn bleke gezicht en verslagen uitdrukking.

'Kom op vent, opstaan uit die stoel, ga je buis aantrekken, we moeten aan het werk. Ik heb het er met Louis over gehad: we gaan gewoon open kaart spelen. Opnames op het terras hier, met onze gasten, jij vertelt van de situatie met de boeren en de consequenties voor ons programma. Oké?'

Ik keek hem zwijgend aan.

'Oké?'

Ongeduldig wachtte hij op mijn reactie.

'Zeg, is er iets?'

Ik kon moeilijk mijn hart uitstorten bij LaRue en Bruna moest voorlopig beter onwetend blijven, want hoe trouw ze me ook is, het is voor haar carrière niet goed om in een gedegradeerde zaak zonder sterren te koken. Met de wetenschap van nu weet ik dat ik Just niet had moeten inlichten, maar ik wilde het aan iemand kwijt. Langzaam gaf ik hem de brief van *Le Guide Rouge*.

'Hier, maar houd het voor je, alsjeblieft. Ik weet nog niet hoe ik hierop ga reageren.'

Just begon te lezen, zijn ogen werden groter en bij de laatste alinea sloeg zijn hoofd naar achteren alsof iemand hem met een vlakke hand een tik gaf. Hij vloekte luidruchtig en liet zich naast me op de poepbruinleren bank zakken.

'Dit is een ramp.'

Ik kon alleen maar zwijgen.

'Dit heb je niet verdiend. Dit hebben we niet verdiend.'

Doen alsof er niets aan de hand is. Jezelf oppeppen. Sterk blijven. Doorgaan. *Must go on.* Je niet laten kennen. Just gaf me stompen op mijn zij, keek me strijdlustig aan en nam me vervolgens mee naar het bordes van het Château.

Op het terras zaten Helmke Draaibaar en Hansen Fennema Klein uit te kijken over de kasteeltuin. De Tonnen waren al aan het draaien – prachtig namiddaglicht – en Louis stond breed glimlachend buiten het shot te genieten van het gesprek tussen Hansen en Helmke.

'Er is een natuurkundige met een ambitieus streven: een Theorie Over Alles, een theorie die alles verklaart en alle wetten in zich vangt,' hoorde ik Hansen zeggen. 'Als filosoof heb ik een even ambitieus streven: een Theorie Over Niets, een theorie die sluitend en ingenieus is, en toch niets verklaart, niets toevoegt. Ik heb haar nog niet gevonden: alles wat ik zeg heeft zin, hoe vervelend dat ook is.'

'Wat rot voor je,' zei Helmke. 'Ik houd juist van volstrekt zinloze redenaties en wetenschap. Gisteren zat ik hier op het terras in de zon op een viltje wat volstrekt nutteloze berekeningen te maken. Er zijn, ik geef een voorbeeld, er zijn zes miljard mensen op aarde. Dat wil zeggen dat er drie miljard mannen rondlopen, toch leuk om te weten. Luister nou, een miljard valt af omdat ze te jong, te kreupel of te oud zijn, houden we twee miljard volwassen mannen over. Gemiddeld is een erectie vijftien centimeter, hoewel me dat behoorlijk klein voorkomt, maar goed. Iedere man heeft tijdens zijn remslaap gemiddeld een stuk of vijf erecties, maar laten we dat voor de zuiverheid op één houden, zitten we dus gegarandeerd met twee miljard maal vijftien centimeter, is driehonderdduizend kilometer erectie per dag. Zevenenhalf keer de omtrek van de aarde.'

Hansen klapte schaterend in zijn handen.

'Zoiets weet jij dan weer, Helmke. Dit gaat toch echt ergens over iets, hoor.'

'Driehonderdduizend kilometer erectie, in een jaar is dat honderdtien miljoen kilometer. In minder dan anderhalf jaar halen mannen dus met hun piemels de afstand van hier naar de zon. Hé, daar is Troost! Kom erbij, we hebben het over de afstand naar de zon.'

'In relatie tot erecties!' zei Hansen enthousiast.

Doen alsof er niets aan de hand is. Me oppeppen. Sterk blijven. Must go on. Doorgaan. Zet een nummer van Queen op in je hoofd.

'Eh, dat is een erg mooi onderwerp,' begon ik, me richtend op Tons camera. 'En normaal gesproken zou ik zeggen, goh, Helmke, daar kan ik wel wat mee, met dat gegeven. Ik denk aan... koken met "de garde des levens", en dan bedoel ik, laten we Spaanse carajosoep bereiden, of Thaise geitenpenisloempia's met gember, ware het niet – kijkers – dat we te kampen hebben met een groot probleem. Als u deze aflevering ziet zijn alle perikelen waarschijnlijk al voorbij, maar op dit moment hebben de Franse boeren wegversperringen opgeworpen, en dat betekent dat we zo langzamerhand zonder voedsel zitten. Althans, er zijn nog wel producten, maar de plaatselijke chef-kok alhier, geen kwaad woord over hem, heeft besloten dat wij voorlopig geen gebruik meer mogen maken van zijn keuken, zoals de plaatselijke middenstanders alleen nog leveren aan de lokale bevolking. En dat betekent...'

'Honger lijden!' riep Helmke.

'...dat we moeten afwachten wat monsieur LaRue, de chef van dit Château, ons voor zal schotelen. Horen jullie met hoeveel respect ik over die man praat?'

'Dat zeg ik: honger lijden!'
Hansen zuchtte.

'Hè ja, laten we het over honger hebben,' zei hij, en hij boog zich over tafel naar de wijnkoeler om me een glas pouilly in te schenken.

'Nou ja, dit ís een kookprogramma,' zei Helmke. 'Art is een kok, dus, meneer Fennema Klein, waarom zouden we eigenlijk niet over honger praten?'

'Omdat businessprogramma's op televisie ook geen aandacht aan sloppenwijken besteden,' zei Hansen. 'Bij de berichten over Wall Street en de AEX-index vermelden ze meestal niet de recente armoedecijfers. Koken en honger verdragen elkaar niet. Dit is amusement, het zou nogal cynisch overkomen als we nu gratuit over zo'n wreed wereldprobleem als stervende kinderen gingen babbelen. Daar krijgen de kijkers vast geen lekkere trek van. Laat *Sterallure* voor wat het is: een beetje kouten over gekke gerechtjes, de interesse in bekende mensen een beetje voeden, *and that's it.*'

'Jezus, jíj bent juist degene die cynisch is,' zei Helmke, in haar handen klappend. 'Alles wat jij zegt is doorspekt met een sarcastische vrolijkheid over de slechtheid in de wereld. *Cheer up*, Hansen, het leven is best aangenaam, en met dat besef kun je ook over zwaardere thema's praten. Cynisme is geen oplossing.'

Ton maakte een snelle *pan* naar Hansen.

'Oké, in jouw oren klink ik af en toe wellicht hardvochtig, maar ik ben heus geëngageerd met de wereld. Ik ben een cynische wereldverbeteraar, mijn engagement is doorspekt met het besef van de toevalligheid van mijn engagement. Ik zit bijvoorbeeld in een clubje waarin ik met anderen probeer na te denken over, inderdaad, honger. Maar ik ben de eerste om toe te geven dat ik me voor hetzelfde geld ook op aids had kunnen storten. Of op oorlogsgeweld. Of op democratische betrokkenheid van de bevolking van een wijk in een stad als Leiden.'

'Wat is dat dan voor clubje?' vroeg ik.

Hansen haalde zijn schouders op.

'Gewoon een clubje. Niets bijzonders...'

'Gewoon...' mompelde Helmke. 'Niets bijzonders...'

'Een clubje dat tijdens mijn studietijd ontstond, het bestaat uit allemaal lieden die het aangenaam vinden om af en toe eens een beetje over dingen na te denken. We hebben een paar medici, een reclamemaker, een importeur/exporteur, een historica, twee journalisten, alles bij elkaar een man of vijftien, zelfs een collega van jou, ik zeg niet wie, maar hij gaat binnenkort de Nobelprijs voor Literatuur winnen.'

'Ondervoede types, zeg maar,' zei Helmke.

'Nou, dat is het dus. Al vijfentwintig jaar komen we maandelijks bijeen om over een bepaald onderwerp te delibereren, en een jaar of tien geleden zei iemand: waarom maken we ons niet nuttig? Het moet toch mogelijk zijn, bedachten we, om met vijftien weldenkende, welbespraakte mensen serieus na te denken over het helpen oplossen van een wereldprobleem. Het hongervraagstuk bijvoorbeeld.'

Helmke kon haar lachen niet inhouden.

'En dat doen jullie in een restaurant met een degelijke keuken, neem ik aan?'

Hansen zuchtte en schudde zijn hoofd.

'Ja, uiteraard, waar zouden we dat anders moeten doen? Moet je een rammelende maag hebben om over rammelende magen te praten? Mag er in een restaurant niet over honger worden gediscussieerd?'

'Mag er in een kookprogramma niet over honger worden gepraat? Dat zei je net zelf.'

'Punt voor jou. Antwoord: dit samenzijn is aangename verstrooiing, en wij met onze club hebben het idee dat er belang aan onze discussie mag worden gehecht. Kijk, iedere dag sterven er twintigduizend mensen aan voedseltekort. Dat zijn tienduizend mannen, dat is anderhalve kilometer erectie, Helmke. Dostojevski zei: schoonheid zal de wereld redden. Wij zeggen: voedsel zal de wereld redden.'

'Wat nobel van jullie,' zei Helmke. 'En doen jullie dat bij het voorgerecht, de hoofdschotel of als de kaastrolley langs komt rijden?'

'Nu ben jij cynisch. *Cheer up!* Er bestaat zoiets als chronische ondervoeding in de wereld. Ongeveer één miljard mensen krijgt dagelijks niet genoeg eten binnen. En raad eens? We weten er allemaal van. Robert Musil schreef ooit: weten is de zwakste vorm van deelneming. *Wir haben es nicht gewußt*. Wij, bewoners van Nederland...' Hansen keek hierbij even in Tons camera '...*wir wissen es*. De honger in de wereld is het concentratiekamp van toen. De totale morele ontaarding van de holocaust, is de totale morele ontaarding van de honger. We weten het, en we doen niets. Lach me gerust uit en bespot me tot je een ons weegt, maar ik wil iets doen. Ik wil erover nadenken.'

'Ik lach je helemaal niet uit,' zei Helmke glimlachend. 'Ik vind je juist erg mooi als je boos bent.'

Hansen deed opnieuw een greep naar de fles wijn.

'Boos? Ik ben niet boos, ik heb honger.'

En op dat moment werd ik gebeld. Door Andrea. Of nee: ik kreeg eerst een sms en toen werd ik gebeld. Ton Geluid riep hard dat hij elektronische interferentie had, waarna Louis de opname stopte.

'Godsamme, wie heeft zijn mobieltje nog aan? Tien eurine in de pot!'

Ik keek naar mijn toestel. Andrea's sms had als tekst 'vuile rotzak' en met diezelfde woorden beantwoordde ze het liefdevolle 'hé meikers' waarmee ik haar telefoontje aannam. Ik was eigenlijk blij dat ze belde, want ik voelde een grote behoefte om haar over Michelin te vertellen.

'Andrea?'

'Vuile, vuile hufter!'

Geschrokken vroeg ik wat er was, maar dat hoorde ze niet omdat ze aan een scheldkanonnade was begonnen. Het waarom ontging mij volledig.

'Wat ís er nou?' probeerde ik haar te onderbreken, en ik stond op om me van de provisorische set en het gezelschap te verwijderen. Iedereen keek me na. Zelfs Tons camera volgde me, terwijl de opname volgens mij toch werkelijk was gestopt.

'Heb je *NRC* al gelezen?' hoorde ik haar krijsen vanuit Nederland.

'Wat? Wat zeg je?'

'Of je *NRC Handelsblad* van vandaag al hebt gezien, hufter. Wat lees ik nou toch weer, hè, wat lees ik godverdomme nou toch weer?'

'Wat lees je dan?'

'Klootzak.'

'Wat? Wat dan?'

'Heb je lekker staan bekken met die snol van een Draaibaar?'

'Andrea, godsamme, wat bedoel je?'

Ik moest mijn mobieltje een paar centimeter van mijn oor houden, omdat Andrea nu werkelijk begon te schreeuwen.

'Hufter. Ik heb net de column gelezen van die gast van jou, die overschatte filosofendrol.'

'Ik begrijp niet wat je bedoelt. Wat schrijft hij dan?'

'Een zelfingenomen boutstuk.'

'Waarover dan? Wat is er nou?'

'Over die verlepte portiekhoer Helmke Draaideur.'

'Wat?'

'Staat je netjes, Troost, dat je de hele nacht lekker met haar hebt staan muilen in die snertkeuken van je.'

'Hè?'

'En ik hoop voor jou dat het alleen bij muilen is gebleven, anders gaan jouw spullen vanavond nog door het raam en mag je ze zelf van de straat komen rapen. Of misschien kan

je die kousenbandkut vragen je te helpen, perfide rotzak.'
Hierna verbrak ze de verbinding.

Stilte na de storm. Voor de tweede keer die middag stond ik volstrekt wezenloos woordenloos voor me uit te staren. Mijn vingers probeerden Andrea terug te bellen, maar zonder dat haar toestel was overgegaan kreeg mijn oor haar voicemail. Getergd sprak mijn stem de boodschap in of Andrea me snel kon terugbellen, waarna mijn lichaam zich naar mijn gezelschap draaide.

'We hebben het niet meer over honger, Art!' riep Hansen vanaf het terras. 'We praten weer over leuke dingen.'

Leuke dingen. Die woorden enterden mijn hersenpan voor een vijandige overname. God ja, daar had ik echt behoefte aan, om met goede gasten van ons programma over leuke dingen te praten. Ik zag dat Ton weer stond te filmen en dat Louis zijn duim opstak ten teken dat de opname was begonnen. Leuke dingen! Het telefoongesprek met Andrea echode multisonofoon na in mijn hoofd en ik voelde voor het eerst een korte ademstoot misselijkheid achter mijn ogen. *Bedorven langoustines. Andouillette van rottende darmen. Piccalilly met neushaar. Gekarameliseerde stukjes walvisschaamlip in een vaginale afscheiding. Zalvige mousse van snot, pus en boterzuur.*

'Kan die camera uit?' vroeg ik, terwijl ik naar Helmke en Hansen liep.

'Waarom?' vroeg Louis, een normale vraag, maar ik blafte: 'Prima, laten we de camera aan. Heel goed. Hansen, cynische wereldverbeteraar, laten we het over leuke dingen hebben. Kun je misschien mij en wellicht ook Helmke en de kijkers thuis eens vertellen over welke leuke dingen jouw column vandaag in *NRC Handelsblad* gaat? Daar ben ik namelijk erg benieuwd naar.'

Ik geloof dat ik in de vijf jaar dat we hier op het Château dit programma opnemen mijn stem niet heb verheven. Helmke keek verschrikt in mijn richting en Hansen fronste alle spieren in zijn gezicht.

'Heb je mijn column al gelezen dan?' vroeg hij, bijna enthousiast.

'Ik ben net gebeld,' zei ik langzaam, 'door iemand die niet bepaald blij was met de onthulling dat Helmke Draaibaar en ik vannacht in de keuken hebben staan zoenen.'

Toen ik dit had gezegd, zag ik drie Tonnen en één Louis me met acht grote ogen aanstaren. Alleen Just leek uiterlijk onaangedaan.

'Heb je dat gedaan? Heb je geschreven dat je ons zag vrijen?' vroeg Helmke, met een zweem van geamuseerde verwondering in haar stem. Welja, vrijen, gooi het eruit, de hele wereld mag het weten. Iedereen draaide zich nu naar Hansen, die keek alsof er een aanslag op zijn onschuld was gepleegd.

'Had ik dat niet mogen doen?' zei hij met een hogere stem dan normaal. 'Ik was bezig een column te schrijven over Helmke, dat was de specifieke opdracht die jullie mij gisteravond hebben gegeven, en toen ik jullie vannacht in de keuken zag staan in een innige omstrengeling, kon ik dat natuurlijk voor de compositie van mijn verhaal wel gebruiken, ja.'

'Gebruiken?' hoorde ik Just zeggen. Geheel tegen zijn professionele gewoonte in, draaide Ton de camera naar Just. Een producent in beeld maakt een shot meteen onbruikbaar.

'Gebruiken?' zei Just nog een keer. Er begonnen hem blijkbaar dingen te dagen. Nu is Just uitermate principieel ingesteld. Veel mensen beweren dat ze niet tegen onrecht kunnen, maar Just is iemand die écht snel reageert als zaken hem niet zinnen. Hij begon letterlijk te stampvoeten, het begin van zijn woedeuitbarstingen. Had ik al gezegd dat hij pyrotechnisch gezien een nogal heftige deflagratie heeft?

'Dus je maakt je er een peperdure halve opnamedag vukking druk om dat wij eventuéél uitzenden dat jij 's ochtends piknaakt uit de hotelkamer van Helmke Draaibaar komt stappen omdat je echtgenote daar boos om zou kunnen worden, maar je onthult met evenveel gemak wel dat Troost zoent met een vreemde vrouw en god mag weten wat ze nog meer hebben uitgespookt?'

Louis gaf Ton Camera een gebaar toch maar beter even te stoppen met draaien.

Hansen haalde verontschuldigend zijn schouders op en hief zijn armen.

'Jongens, maak er nou geen probleem van,' zei hij verbaasd. 'Ik heb alleen geschreven dat Helmke klaarblijkelijk met haar eigen tong wilde voelen hoe of het nou zat met dat roemruchte "jonge gebit" van Art Troost. Zoenen met een veertienjarige mond, dat willen we toch allemaal? Welnu, dat geluk kon Helmke zich natuurlijk niet laten ontzeggen.'

'Probeer je er een grapje van te maken?' riep Just, inmiddels werkelijk op het punt van detonatie. Ik zag Helmke lachen, dus er zal wel iets grappig zijn geweest. Op dat moment begon mijn gsm weer te piepen.

'Vuile hufter!' hoorde ik, nadat ik het groene knopje had ingedrukt. Een stem, die heel erg boos klonk. Hoe ik had kunnen doen wat ik had gedaan. Wat of ik allemaal op het spel zette. Waar ik mee bezig was. Wat me had bezield. Ik liet de stem uitrazen tot ik kon inbreken in een auditief-strategische adempauze.

'Pappa, bemoei jíj je er vooral even mee.'

✂

Sommige natuurkundigen geloven dat er niet één oerknal is geweest, maar dat er vele waren, misschien wel biljarden, in een onbegrijpelijke biljardvoudige eeuwigheid van tijd. Uit al die ontelbare oerknallen zouden volgens hen ontelbare verschillende heelallen zijn ontstaan, met ontelbare individuele kenmerken en natuurwetten die het voorstellingsvermogen van ons voorstellingsvermogen ver te buiten gaan.

Dit is een typische overpeinzing die hoort bij de plek waar

ik naartoe ben geklommen. Ik sta op een Normandische krijtrots uit te kijken over de nachtelijke zee. Mijn ene been fier voor het andere, mijn handen in mijn zij, de wind door mijn haar: mijn houding lijkt op die van jonge kunstenaars op schilderijen uit de Romantiek. Staand op de top van een berg raken de sensitieve geesten op die doeken overmand door de breuk tussen ons bewustzijn en de natuur, onze wil en onze drift.

De sterren van het heelal waarin ik mij toevallig blijk te bevinden, geven de kruinen van de golven een donker metalig schijnsel. Honderdvijftig meter beneden mij ligt het keistrand van het gehucht Les Petites Dalles, beroemd in de omgeving omdat anderhalve eeuw geleden Sissy er nog heeft gebaad. De Fransen die heden ten dage zo dwepen met de keizerin weten blijkbaar niet dat zij in haar tijd niets met de plaatselijke bevolking te maken wilde hebben en daarom een deel van het strand had laten omheinen met tentzeil. Sissy had het niet op boeren.

Ik raap een steen op en gooi die in de diepte. Omdat de krijtrots een grillige rand heeft, wil ik in dit schaarse licht niet te dicht bij de afgrond staan, en daarom kan ik niet volgen waar mijn kei terechtkomt. Maar ik hoor hem met een ver, dof geluid neerkomen op het strand. Er is vast een heelal te bedenken waar de steen mij naar beneden had gegooid, in plaats van andersom.

Een paar weken voor mijn vertrek naar Sassetot werden mijn ex-ex en ik door mijn vader uitgenodigd om bij hem in zijn restaurant te komen eten. Een beladen uitnodiging, want een week na het begin van mijn opnamen zou mijn vader zijn zaak definitief aan Hollander overdoen. Mijn vader wilde een groot afscheidsdiner geven voor vrienden, vaste gasten en collega's, een feestje dat ik helaas niet kon bijwonen. Dit bezoek met Andrea werd daarom mijn laatste maaltijd in mijn vaders restaurant. Een vreemde gewaarwording. Mijn vader zonder keuken. Het is bijna niet voor te stellen hoe belangrijk een restaurant is voor een kok. Een chef zonder eigen universum is geen chef – en daarom praat mijn vader spottend over de vele televisieprutsers die niet regelmatig de druk van een volle eetzaal meemaken, want hoe zou je iets over gastronomie kunnen beweren als je niet dagelijks de hitte van je keuken voelt? Ik ben door mijn vader opgevoed, ik heb bij hem gewerkt en honderden keren bij hem gegeten, maar al die jaren bleef het moeilijk om in zijn restaurant te zitten wachten op wat hij klaarmaakte. Mijn vader is de enige bij wie ik me nog een kleine jongen voel. Daar kwam nog bij dat ik als kok bekender werd dan hij. Eerst was ik 'zoon van', later werd hij 'vader van'. Mijn vader de vader vond het geweldig wanneer in zíjn zaak zíjn gasten zijn vergeelde kookboek uit 1989 aanschaften, zodat ík daar een handtekening in kon zetten, maar mijn vader de chef leek dan toch te lijden.

Hij ontving Andrea en mij die laatste keer persoonlijk en begeleidde ons naar de keukentafel. Veel topkeukens hebben in een hoek een aparte tafel voor speciale gasten, mijn vader was een van de eersten die daarmee begonnen. Zijn keukentafel werd een van de populairste van Nederland, in zijn hoogtijdecennium was die twee jaar van tevoren al volgeboekt. Nog steeds is er een wachtlijst voor die plek en daarom verbaasde het me dat wij er mochten plaatsnemen. Mijn vader had zijn buis niet aan, verderop in de keuken stond de toekomstige eigenaar Hollander, die van mijn vader permissie had gekregen proef te draaien als souschef van dienst. Zijn trots dat hij binnenkort patron de cuisine van deze sterrenzaak zou zijn, was met een geigerteller te meten. Terwijl ik Hollander begroette, zei mijn vader tegen Andrea dat hij zich als een goede ouder op geen enkele wijze wilde bemoeien met de relatieperikelen tussen Andrea en mij, maar dat hij dolblij was dat wij weer bij elkaar waren. Het hoe en waarom van onze tijdelijke separatie interesseerde hem helegaar niets, feit was dat we samen aan zijn tafel zaten en dat het dus weer goed was.

Andrea was zichtbaar verrast door zijn vriendelijkheid en vroeg op haar beurt aan mijn vader of hij moeite had met zijn naderende afscheid. Mijn vader deed hier erg luchtig over. Er viel een last van hem af. Na veertig jaar kreeg hij eindelijk rust. Hij (o ja, en mamma) wilde eindelijk weer eens voor langere tijd naar Frankrijk, misschien om er een zomerhuis te kopen en in de tuin verse pronkbonen, doperwten, tomaten en Parijse broei te kweken. Dat zijn de dingen die koks zeggen als ze stoppen.

'En misschien ga ik daar wel wat nieuwe kookboeken schrijven,' zei hij, 'maar niet zulke wilde als die van je man, met recepten voor een eetbare menukaart of in lapsang souchong gekookte niertjes, of schaaldieren als dessert. Ik heb bij hem altijd het idee dat ik niet over gerechten lees, maar een psychologische test aan het doen ben.'

Nu is het zo dat Lodewijk de Achttiende als nagerecht soms honderd oesters verorberde, maar dat onderwerp liet ik wijselijk liggen.

'Wat ga je verpesten vanavond?' vroeg ik zeurderig, om mijn vaders riedel te onderbreken. Mijn vader hoopte mij altijd te verbluffen met zijn kookkunst, zoals ik hem op mijn beurt voortdurend onder tafel probeer te koken. Dat maakte de etentjes in onze wederzijdse restaurants tot culinaire evenementen waar we beiden erg naar uitzagen, al organiseerden we ze maar een paar keer per jaar. Om elkaar te plagen vroegen we bij die gelegenheden steeds zo zeikerig mogelijk wat de ander nu weer ging verpesten die avond.

Mijn vader stak zijn arm op en liet me zijn vlakke hand zien.

'Hier,' zei hij, en gedrieën keken we toe. Een mooie, oudemannenhand met vlekken en rimpels. De hand van mijn vader trilde, dit was de eerste keer dat ik dat zag.

'Heb je dat al langer?' vroeg Andrea.

Hij knikte en liet zijn hand weer zakken.

'Een paar maanden. Ik noemde het tegenover mamma bibberziekte, mijn specialist had het vorige maand over parkinson. Het is een milde vorm, een ouderdomskwaaltje, feitelijk is er niets aan de hand. Alleen bij het koken is het soms lastig. Secuur met een cornetje wat saus decoreren gaat eigenlijk niet meer. Ik ben dus de laatste maanden steeds rauwer gaan koken. Dat was een van de redenen om de zaak te verkopen.'

Andrea en ik knikten, ik wilde iets bemoedigends zeggen, maar mijn vader ging opgewekt verder: 'En daarom had ik voor vanavond verzonnen dat we het eens helemaal anders gingen doen. Ik dacht dat jij bij wijze van uitzondering maar eens achter mijn kachel moest, Art.'

'Wat bedoel je?' vroeg ik, want zoon of niet, een topchef zal niet zomaar zijn stek afstaan aan een collega. Hooguit laat hij de indringer in een apart hoekje wat onbeduidende dingen doen – zoals LaRue een deel van zijn bijkeuken aan *Sterallure* verhuurt – maar van gezag overdragen kan geen sprake zijn.

'Ik weet wat je denkt,' zei mijn vader, 'maar vanavond is de uitzondering. Doe mij een plezier en gun mij de eer dat jij hier in mijn keuken een gerecht voor mij bereidt. We vragen Hollander om een entrée voor ons te maken, dan kook jij de hoofdschotel. Daar hangt een schone buis en...'

'Dus ik begrijp dat je daadwerkelijk wilt dat ik vanavond kook? En mag ik zelf iets bedenken, of...'

'Nee, ik heb een verzoeknummer.'

'En wat mag ik verpesten?'

Handenwrijvend antwoordde hij: 'Nou, het lijkt mij geweldig als jij je speciaal voor je ouweheer stort op een van de roemruchte hoogtepunten van de gastronomie: homard cardinal. En dan op geheel klassieke wijze bereid, dus geen gedoe met koffie, bananenschillen of maffe mousselines, maar gewoon zoals het hoort: traditioneel.'

Andrea vond het geweldig, mijn vader keek bemoedigend zoals ik hem eigenlijk nooit eerder had zien kijken, en zo stond ik een halfuur later in een van zijn buizen achter zijn fornuis. Om me te helpen had hij zelf mise-en-place gemaakt: visvelouté, visfumet, kleurboter, room, champignons, truffels, truffelessence, geraspte kaas, cayennepeper, bechamelsaus – en hij had al een kreeftenboter fijngestampt en door een zeef gewreven.

Zeekreeft is al meer dan driehonderd jaar het kroonjuweel van de hogere kookkunst, al hebben door de eeuwen heen proleten en filisters het beest geprobeerd te claimen met hun geld. In de Gouden Eeuw van de Franse *Grande Cuisine* was homard hét majestueuze visitekaartje van vele wereldberoemde topchefs, die tientallen roemruchte bereidingswijzen ontwikkelden: naast cardinal (mijn vaders favoriet) ook à l'américaine (mijn favoriet), à la bordelaise (mijn favoriet), à la Newburg avec le homard cru (met rauwe kreeft), grillé (mijn favoriet), clarence (mijn favoriet), thermidor (mijn favoriet) en mijn favoriet: carnot.

Uit mijn vaders grote homarium – het grote lichtspetterende aquarium waar ik als kind urenlang naar kreeften, krabben, oesters, bélons, langoustines, marennes en de rest van het zeebanket had gekeken – had ik drie prachtige kreeften gevist en deze levend gekookt in een grote pan met een met wijn en kruiden verrijkte bouillon. De trilling van een kreeft vijf seconden nadat hij in kokend water is gelegd...

Ik kan niet anders dan stap voor stap toelichten hoe ik de homard cardinal bereidde, want in tegenstelling tot het door tv-schoonheden als Oliver James of Lawina Nigel voortdurend gepropageerde 'doe maar makkelijk want alles is lekker'-adagium, zijn er wel degelijk waarlijke smaaksensaties waarvoor met mathematische precisie ingewikkelde arbeid moet worden verricht.

Mijn vader en Andrea keken geamuseerd en gretig toe hoe ik geconcentreerd een sauce cardinale monteerde van bechamel, room en ingekookte visfumet met truffelessence. Zo'n kardinaalsaus met wat brood is al genoeg om je de hele avond te laten stuiteren van mondgeluk, en daarom zette ik tot genoegen van mijn vader een extra schaal op de keukentafel. Hierna hakte ik de tot lauw afgekoelde kreeften in de lengte open, ik sneed het vlees van de staartstukken in dikke plakken, en hield die lauwwarm in een bodempje kardinaalsaus. Voorzichtig brak ik de scharen, en het vlees dat ik hieruit verzamelde hakte ik fijn, om het te overgieten met de rest van de saus.

'De moderne keuken is een soort scheikunde,' schreef de ultieme topkok François Marin in 1739, de gloriedagen van het Tijdperk der Sauzen. Een goed gerecht heeft aan één saus niet genoeg, vond men, en daarom maakte ik tweeënhalve eeuw later naast de kardinaalsaus ook een aparte sauce homarde van visvelouté, room, kleurboter en kreeftenboter, oftewel boter vermengd met de fijngestampte zachte bestanddelen en het koraal van een gekookte kreeft. Vervolgens fruitte ik dungesneden champignons en hakte wat truffels. De kardinaalsaus met het versnipperde kreeftenvlees en de champignons bond ik met een paar forse lepels kreeftensaus. Met deze salpicon vulde ik de scharen en de lege halve pantsers. De warmgehouden plakken van de staartstukken legde ik hier voorzichtig op, afgewisseld door dikke plakken truffel. Ik maakte drie schotels met ieder twee gevulde pantsers, en tot besluit lepelde ik over alle drie nog wat kardinaalsaus, geraspte kaas en gesmolten boter, om de kreeften in een hete oven te gratineren.

Wat de weelderige zee ons geeft om ons te verruïneren, want wat heeft er verder nog nut in het leven en wat zouden we in godsnaam nog willen eten na dit gerecht? Homard cardinal is de ultieme maar kortstondige vertroosting voor het ons immer plagende leed. Dat klinkt ronkerig, maar ik kan niet anders dan ronken als het om kreeft gaat. Bij zijn eerste hap sloot mijn vader zijn ogen en zei dat ik het niet verpest had, die avond. En de reactie van Andrea ging nog verder. Ze kreunde en zei al dan niet gekscherend dat wij, als ik terug zou komen uit Sassetot le Mauconduit, misschien wellicht eventueel maar eens aan kinderen moesten denken.

'O, daar ben ik heel blij mee,' zei mijn vader. 'Want iemand moet voor je koken als jij ooit stopt.'

Nadat ik mijn vader had weggedrukt probeerde ik Andrea weer te bellen, maar ze was deze keer in gesprek. Inmiddels had Just het terras extatisch van woede verlaten, waarmee de opnames voor die middag leken beëindigd. Irma kondigde aan dat wie dat wilde een karige maaltijd kon gebruiken in het restaurant, maar dat we daar van madame Groseillier niet mochten filmen. Louis zuchtte en schudde zijn hoofd: 'Dan stoppen we ermee voor vandaag. Dit wordt toch een onmogelijke aflevering. *It's a wrap*, jongens en meisjes.'

Mij kon het allemaal niets schelen. Mijn gedachten gingen van Andrea via Michelin naar de honger in de wereld naar de mond van Helmke naar Andrea's filmster naar de misdragende Saks naar mijn vader naar de column van Hansen naar mijn verloren sterren naar Bruna en haar gesprek met de rapporteur. *Sterallure* was op dat moment niet de belangrijkste van mijn zorgen.

'Mooi,' zei Helmke, en ze keek glimlachend naar Hansen. 'We hebben dus vrij de rest van de dag. Komt goed uit, want ik moet voor negen uur vanavond nog een column inleveren.'

Bevallig groette ze het overgebleven gezelschap, waarna ze het bordes van het hotel op liep om te verdwijnen naar haar kamer. Toen ze weg was, begonnen de Tonnen hun spullen in te pakken. Bruna vroeg of ik haar nog nodig had en ik gaf haar permissie te doen waar ze zin in had, met welke Ton dan ook.

Terwijl ik voor de zoveelste keer de herhaaltoets van mijn mobieltje indrukte, stapte Hansen Fennema Klein op me af, met zijn gezicht in een verontschuldigende sympathieke jongens-onder-mekaarstand.

'Het spijt me echt heel erg, maar het is volslagen onschuldig wat ik heb geschreven,' zei hij. 'Ik weet niet precies in wat voor problemen ik je heb gebracht, maar...'

Op dat moment nam Andrea de telefoon aan.

'Met mij.'

'Met mij' klonk een stuk aangenamer dan 'perfide klootzak'.

Zonder nog naar Hansen te kijken draaide ik me om.

'Meikers,' zei ik.

Laten we vaststellen dat Andrea een halfjaar geleden niet helemaal nauwkeurig is geweest over met wie ze achter mijn rug om haar lakens heeft geplooid. Dat is allemaal uitgesproken en verwerkt, maar haar klaarblijkelijke woede over wat Hansen de avond daarvoor zou hebben gezien, was in dat licht op zijn minst aanmatigend. Voordat ik dit in milde bewoordingen ter sprake kon brengen, zei Andrea twee keer achter elkaar: 'Ik kan het niet meer, Art.'

Ze klonk verslagen, niet meer woedend.

'Wat kun je niet meer?'

'Ik kan het niet meer. Alles. Het is allemaal één grote leugen.'

'Je moet niet alles geloven wat Fennema Klein heeft opgeschreven. Ik weet niet precies wat er in die column staat, maar uit je reactie begrijp ik dat...'

'Het gaat niet om die column,' zei ze. 'Dat was een aanleiding om iets te forceren. Het gaat om mij. Ik ben niet helemaal eerlijk tegen je geweest. Of eigenlijk ben ik helemaal niet eerlijk geweest.'

'Hoe bedoel je?' vroeg ik, en ik merkte dat de smaak van adem begon te wennen.

BLOED

Heel Frankrijk? Nee, één kleine nederige ziel blijft moedig weerstand bieden aan de overweldigers en maakt het leven van de Fransozen in de omringende legerplaatsen bepaald niet gemakkelijk. Ik heb vanaf de krijtrots gekeken naar het licht van de opkomende zon op de golven, en inmiddels ben ik afgedaald naar het bijna verlaten keistrand van Les Petites Dalles. Zittend op een bank volg ik twee eenzame fruitvissers die verderop in het lage water met platte netten zoeken naar garnalen, krabben en zeeschelpen. Hoewel mijn buik tot rust is gekomen, schieten mij geen bereidingswijzen of gerechten te binnen.

Het gekrijs van een meeuw vlak boven mij. De vogel vliegt tegen de wind in en blijft zo een tijdje op één plek hangen, tot hij langzaam achterwaarts wordt gedrukt. Dan veert hij op, de achteruitvlieger, maakt een boog en keert terug om op dezelfde hoogte het kunstje nogmaals te verrichten en daarna nog een keer. Zijn gekrijs is hierbij zo uitgelaten dat het lijkt of hij er plezier in heeft, en waarom zou dit niet zo zijn?

Na mijn telefoongesprek met Andrea ben ik naar mijn kamer gestrompeld om de rest van de avond op mijn bed te liggen, verward, vernederd, verlaten, misselijk. Voortdurend herlas ik de brief die ik uit Brussel had gekregen, ineenkrimpend bij de gedachte dat alles voor niets is geweest, en keer op keer weerklonken Andrea's woorden van die middag. Andrea had met alles erg geworsteld, hoorde ik haar almaar zeggen, met zichzelf, met mij, met onze opgewarmde relatie, met haar vijfentwintigjarige filmster. Vooral met hem had ze geworsteld, in meerdere betekenissen. De man, een jongen nog, had haar toch niet uit zijn gedachten kunnen zetten. Op een avond had hij met zijn verliefde ziel bij haar aangebeld, terwijl ik een halve kilometer verderop achter mijn kachel stond, omdat ik altijd achter mijn kachel sta, want dat is het achteruitvliegende leven dat ik heb gekozen. De jonge filmster had geen script, geen door een scenarist geschreven claus, er stonden geen lampen, er was geen mistmachine, er klonk geen ondersteunend deuntje uit een romantische *score*, de jongen was niet gegrimeerd, niet gestileerd en kreeg geen aanwijzingen van een regisseur, en toch sprak hij, met een roos in zijn hand, de even eenvoudige als eerlijke als walmend voorspelbare cinema-zin: 'Ik ben eruit wat ik wil in het leven... Ik wil jou.'

En zij, de tweeëndertigjarige vrouw op het hoogtepunt van haar fysieke, emotionele, geestelijke en wellustige schoonheid, wist onmiddellijk dat zij hem ook wilde, dat ze voorbestemd was voor een man als hij. Het was haar gelukt. Uit alle strakke fitte jonge vrouwen die hij had kunnen kiezen omdat zij zich dagelijks aan hem opdrongen, koos hij haar, zijn wereldwijze vrouwelijke meerdere. Ze had de kracht opgebracht om te antwoorden dat ze wilde nadenken over zijn verlangen, en stond het hem toe de volgende dag met haar te lunchen, waarna ze hem terug de nacht in stuurde. Die nacht (niet eens zo heel lang na de oesters, stoemp en waterzooi in Antwerpen) had ze het met mij willen uitpraten, eerlijk, openhartig, als volwassen mensen. Maar ik belde dat ik later thuis zou zijn omdat de vetput in mijn keuken was overstroomd. 'Later' werd 'veel later', en toen lag ze al in bed, na zich in slaap te hebben gehuild. Inderdaad lunchte ze de volgende middag met haar filmster, in het geheim, achter mijn rug om, zoals het ooit tussen hen was begonnen – op toiletten en in achterafsteegjes, met hun broeken op hun enkels. En nadat ze elkaar een aantal weken achtereen op deze manier zagen, had de jongen gezegd, wederom zonder tekstschrijver: 'En nu heeft het lang genoeg geduurd. Ik wil dat het echt wordt, dat jij ook voor mij kiest.' Dit was een dag voor mijn vertrek naar het Château. Op dat moment wist Andrea dat ze de façade die ze al die tijd met mij had opgehouden echt moest afbreken. Ze had haar keuze gemaakt. Maar ze wilde respectvol zijn, ze had gevoel. Ze vond het niet eerlijk ten opzichte van mij en wat er tussen ons was geweest, om mij over de telefoon te verlaten. Dat had ik, dat hadden wij samen, niet verdiend. Tot ze in de column van Hansen Fennema Klein had gelezen van mijn amuse de gueule met Helmke Draaibaar, en dat een perfecte aanleiding vond om me de waarheid toch door te bellen en me te dumpen. Maar waarom, had ik in verslagenheid geroepen, waarom had ze dan gezegd dat ze bij mijn terugkomst uit Sassetot misschien wellicht eventueel een kind van me wilde? Ze schrok van mijn vraag. Dat was *motive and opportunity* geweest, antwoordde ze, het was de situatie met mijn vader, het afscheid van zijn restaurant, en het was vooral de kreeft die ik had bereid. Dat was misschien wellicht eventueel het beste dat ik ooit voor haar had gekookt, zei ze, en daarom had ze zich laten verleiden tot een uitspraak waarvan ze later besefte dat het een kardinale leugen was. Wil ik echt een kind van hem, had ze zichzelf afgevraagd toen ze zichzelf hoorde praten, en ze wist intuïtief dat ze liever haar passievolle filmster als vader in haar leven wilde. Het is te laat om die kreeft alsnog te verpesten.

Hoewel ik het gevoel had dat ik die nacht geen seconde had geslapen, moet ik diep weg zijn geweest, want Just had moeite om me te wekken. De hotelreceptie was mijn *wake up call* vergeten en daarom stond hij op mijn deur te bonken. Zuchtend ontgrendelde ik het slot van mijn suite, waarop Just vrolijk kwam binnengestormd. Hij is een man van grote stemmingswisselingen, want had hij de middag ervoor nog ziedend vanwege Hansens column het terras verlaten, nu was hij de vriendelijkheid zelve. Opgewekt en vaderlijk probeerde hij me op te monteren, zei dat de brief uit Brussel en de consequenties voor mijn restaurant volgens hem ook goed konden uitpakken. Maar hij maakte zich wel zorgen over de opnamen voor *Sterallure*, die volgens hem in de cruciale fase van mislukking zaten, wat we met een beetje goede wil toch nog konden voorkomen.

'Als we vandaag geen goede beelden schieten, hebben we niet genoeg materiaal voor een fatsoenlijke uitzending, en dat mogen we niet laten gebeuren,' zei hij, terwijl ik met mijn ene hand mijn tandenborstel vasthield en met mijn andere een zakje poederkoffie probeerde te openen. Ik hoorde wat Just zei, maar dacht ondertussen aan Andrea en mijn twee andere sterren.

'En dus...' ging Just verder, 'zul jij jouw grieven tegenover Hansen Fennema Klein opzij moeten zetten, anders gaat het helemaal mis vandaag.'

Ik haalde mijn borstel uit mijn mond en zei: 'Bie zewt dat ik brieven tewen Hansen heb?'

Die ochtend hadden de Tonnen hun spullen klaarstaan in de verwachting dat onze gasten het weer zouden laten afweten, maar zowaar: ze verschenen beiden aan het ontbijt. Helmke was uitgelaten en zag eruit alsof ze later die ochtend in een zomermodeshow moest meelopen. Hansen was gereserveerder, hij peilde voorzichtig of ik nog kwaad op hem was, maar mijn verbazing over zijn schaamteloze onthulling was verdwenen, Andrea had me toch verlaten.

Het lukte mij een enigszins bruikbaar gesprek met onze gasten te voeren, al zou ik nu niet meer weten wat we precies hebben besproken. Ik geloof dat ik aan Helmke vroeg of ze er niet moe van werd om voortdurend te moeten antwoorden op de vraag waarom er zoveel seksualiteit in haar boeken voorkomt, wat zij een lepe manier vond om te vragen waarom er zoveel seksualiteit in haar boeken voorkomt.

'Is het niet een beetje vroeg om hierover te praten?' zei Hansen, die 's ochtends verbaal duidelijk niet op zijn sterkst was.

Na het ontbijt kreeg ik een schouderklop van Louis, we hadden eindelijk weer eens twee volgeschoten bandjes, al zou er in de eindmontage maar een paar minuten van overblijven.

'En nu het moeilijke gedeelte,' zei Just, tijdens een kort werkoverleg met Irma en Louis, terwijl Hansen en Helmke samen door de tuin van het Château wandelden, van een afstand gefilmd door Ton.

Just keek op een verheugde manier bezorgd.

'Madame Groseillier wil niet meer met mij praten over de boerenoorlog, en terecht denk ik, want nog één woord uit de stinkende mond van die zelfingenomen arrogante *vache qui rit* en ik sleep haar aan haar uiers de kamer door.'

'En dus kunnen we vanavond niet koken...' zei Louis. 'En dus kunnen we maar beter de hele aflevering laten vervallen.'

'Nee, en dus...' zei Just en hij keek mij met zijn vriendelijk-gluiperige producentenhoofd glimlachend aan, '...zal jij nederig aan LaRue moeten vragen of we niet toch van zijn keuken en spullen gebruik mogen maken. Het laatste woord hierover ligt bij LaRue, niet bij madame.'

Ik zuchtte. Het kon altijd nog erger.

Als dieren een prooi hebben gevangen of een voedingsbron hebben ontdekt, vormt zich om het dode lichaam of de bloeiende fruitboom een uitgelaten troep etende dieren. Biologen noemen dat een *feeding cluster*, en dit is meer dan een zooitje beesten dat een ander beest opvreet, want zo'n cluster is ook een sociale en politieke arena. Een strategisch toegeworpen kippenboutje of banaan door een hoger geplaatste chimpansee naar een lagere op de ladder, kan een bescheiden investering zijn voor als in latere tijden de machtsverhoudingen omkeren. Voor ons homo's sapiens is de feeding cluster bij uitstek: het restaurant. In onze eethuizen komen we bij elkaar om ons te bevoordelen en gunsten toe te staan.

Volgens antropologen zijn in de evolutie van onze soort met name feestmaaltijden voor onze voorouders een belangrijk middel geweest om status te verwerven. Grootse eetgelagen waren de stuwende kracht voor samenlevingen om op te stomen in de vaart der stammen. Hoe royaler gastheren uitpakten bij hun maaltijd, hoe geïmponeerder hun gasten en hoe hoger de sociale status. Niet de landbouw heeft ervoor gezorgd dat onze maaltijden rijker en gevarieerder werden, het ging precies andersom: omdat we elkaar probeerden af te troeven met copieuze maaltijden, is de landbouw uitgevonden.

En om gehoor te geven aan deze genetisch bepaalde drift tot feestelijk uitpakken, willen we iedere aflevering van *Sterallure* besluiten met een groots banket. Dat noemen we Het Laatste Bonte Avondmaal, bijgenaamd La Grande Bouffe. Geholpen door Bruna bereid ik met de gasten een feestdis, waarna we de maaltijd gezamenlijk gebruiken en ik het programma vrolijk afsluit. (De echte liederlijkheden barsten meestal pas daarna los, als de Tonnen hun spullen hebben ingepakt en iedereen het eindelijk op een ongegeneerd zuipen zet.) Deze week zaten we met het probleem dat er geen ingrediënten waren om ook maar een klein buffet aan te laten rukken, laat staan een groot. Just had gelijk, de enige oplossing was dat ik mij zou verlagen door bij LaRue te bedelen om een kippenboutje of een banaan.

'Chef.'

LaRue stond met een notitieblok in zijn hand zijn voorraad op te tekenen. Om hem heen stonden een paar koks groenten te snijden en voor te bakken. Er waren nauwelijks nog gastronomische topproducten verkrijgbaar, maar LaRue wilde desondanks zijn restaurant zo lang mogelijk openhouden.

Verbaasd en minzaam keek hij in mijn richting. Hij liet zijn blocnote zakken.

'Ah, chef Troest,' zei hij, en voor het eerst in vijf jaar noemde hij me chef. Hoewel hij en madame Groseillier ons op alle mogelijke manieren tegenwerkten, keek hij me niet onvriendelijk aan, wat me onmiddellijk deed denken aan de fraaie driegangenlunch die hij eerder die week met eenzelfde verdachte vriendelijkheid naar onze tafel had gebracht.

'*Quelle histoire avec les paysans*,' zei ik, op mijn beurt zo vriendelijk mogelijk, en ik herinnerde me een onbegrijpelijke uitdrukking uit mijn stageperiode in Étretat: '*C'est une vraie salade*...' Het is een hele toestand...

'*Oui*,' zei LaRue lachend, en hij keek zuchtend naar boven, naar een hemel die ons topkoks niet welgevallig was. Wij begrepen elkaar. Hij wees me op zijn keukentafel.

LaRue en ik hebben de afgelopen jaren niet veel tijd met elkaar doorgebracht. 's Middags lunchten wij met onze gasten vaak bij hem, waarbij hij af en toe aan ons tafeltje applaus kwam halen, maar dat deed hij de laatste tijd ook steeds minder vaak. Ik ben in mijn opleiding te veel dictatoriale klootzakken als hij tegengekomen om een collegiale vriendschap met hem te willen sluiten. Het sleutelwoord in onze omgang was 'gedogen'. Een beroemde tv-bioloog die vorig seizoen bij *Sterallure* te gast was, maakte zich erg vrolijk om de situatie in deze keuken en vergeleek de manier waarop LaRue en ik elkaar bejegenen met twee hooggeplaatste gorilla's wier territoria elkaar overlappen. We glimlachen naar elkaar, we maken aardige en aftastende geluiden, maar ondertussen houden we elkaar altijd in de gaten en blijkt uit onze lichaamstaal dat we te allen tijde bereid zijn de strijd om ons bezit aan te gaan.

Wijzend op een stoel zei LaRue dat ik vooral moest gaan zitten, waarna hij een kokkie opdracht gaf koffie te halen – wat ik mijn personeel nooit zou aandoen. Hij vroeg me hoe hij me kon helpen. Natuurlijk wist hij hoe hij me kon helpen, maar hij hield zich van de domme. En toen begon ik, geen idee waarom, zonder aanleiding over mijn vader te vertellen. Dat hij zijn leven lang een toprestaurant had gehad met één Michelin-ster (net als LaRue, maar dat zei ik er niet bij), dat hij onlangs zijn zaak had moeten verkopen vanwege *maladie de parkinson*, en dat ik in zijn laatste week speciaal voor hem en op zijn verzoek een op geheel traditionele wijze bereidde homard cardinal had klaargemaakt.

'*Ah oui, homard cardinal*,' verzuchtte LaRue.

Hierna stopte ik mijn verhaal, omdat het kokkie terugkwam met twee kopjes koffie, die hij zenuwachtig op tafel zette. LaRue vroeg nogmaals waarmee hij me kon helpen.

'*Mais chef*,' zei ik, '*avec de nourriture, avec des aliments*.' Met etenswaar, met ingrediënten, met spullen waarmee ik vanavond voor mijn gasten kon koken.

LaRue zei hoofdschuddend dat hij vanwege de wegversperringen zelf óók bijna niets meer had. En toen kreeg hij een ingeving, misschien door het verhaal over mijn vader. Als ik op traditionele wijze oude gerechten kon bereiden, had LaRue misschien nog wel een bruikbaar restproduct. Hij stond op en liep naar een van zijn koelcellen. Binnen vijf seconden kwam hij terug met een metalen bak in folie. Hij had de zending net binnengekregen van zijn lokale leverancier, en zat nog te bedenken wat hij ermee moest.

'*Voilà*,' zei hij, me het product overhandigend. Ik schoof de folie opzij en onderzocht de bloederige inhoud. LaRue knikte me glimlachend toe. Wauw, in de bak lagen zeker twee kilo animelles. Om precies te zijn animelles de taureau.

Bruna zou zeggen: testicolo! Ik gaf LaRue een hand. Waarschijnlijk dacht hij dat hij me een goede streek had geleverd, maar mijn innerlijke receptenboek begon op volle toeren te draaien. *Animelles à la crème. Animelles frites. Animelles grillés. Gemarineerd. Ragoût d'animellest. Animelles avec vinaigrette.* Ondanks al mijn sores kreeg ik stante pede veel zin om dit vlees te bereiden. LaRue nam mijn hand overvriendelijk aan.

Toen ik de bak met animelles naar de koeling had teruggebracht, liep ik langs LaRue naar de eetzaal, waar Just en Louis in bange angst op me zaten te wachten. Maar toen ik bij de deuropening was, riep LaRue me na: *'Eh, chef Troest?'*

'Oui?' zei ik, toch opgemonterd.

Hij zei dat hij van de receptie had gehoord dat ik per koerier een brief had ontvangen van *Le Guide Rouge.* Of hij me mocht feliciteren met een naderende derde ster, vroeg hij glimlachend.

Even staarde ik hem zwijgend aan.

Een naderende derde ster.

Die lach van hem, die glimlach. Dat was er een uit de *è nikè*-categorie. Ik wist meteen waarom hij zich bij die lunch eerder die week zo had uitgesloofd. Ik wist meteen door welk Brussels hoofdkantoor hij was gebeld voor informatie.

'Peut-être!' antwoordde ik zo fris mogelijk, waarna ik me wilde omdraaien om even beheerst in het Nederlands te kunnen vloeken.

'Et chef Troest?' riep LaRue me nogmaals na. Ik probeerde niet te zuchten (niet te spugen, niet uit te halen, niet te grijpen naar het dichtstbijzijnde hakmes) en keek hem weer aan. Mijn vader, wilde LaRue weten, had mijn vader zijn restaurant aan mij verkocht, of aan iemand anders?

Animelles betekent, zonder een woord Frans: kloten. In de *ancienne cuisine* namen testikels – net als tétines (uiers) – een belangrijke plaats in en was de bereiding ervan een ware gastronomische kunst. In de moderne Franse keuken echter wil – op een verdwaalde regionale mafketel na – niemand er meer mee werken. Just was zeer blij dat het me was gelukt iets bij LaRue af te troggelen. Dat het om testikels ging interesseerde hem niet, sterker nog, hij noemde het een typisch Troostiaans product, als hij het zelf maar niet hoefde te eten. LaRue's gift betekende dat La Petite Grande Bouffe nu gewoon door kon gaan; een opluchting voor met name Louis. Terwijl Just werd gebeld door iemand uit Nederland, kwam Bruna de lobby binnenstrompelen. Ze had een kamer in het hotel, maar de afgelopen nachten bracht ze geloof ik allemaal op de camping door. Een goede chef zou hier onder normale omstandigheden een mentaal dossier van hebben aangelegd, maar ik had andere zorgen.

Ik wenkte Bruna en vertelde van de bak met bloederige ballen die ik van LaRue had gekregen. Bruna schudde haar hoofd.

'*Capello di culo*, chef! Dit meent u niet. O god, ik weet wat u nu gaat zeggen. U gaat roepen dat ik voor alles open moet staan en dat een goede kok in principe geen enkel product bij voorbaat uitsluit, en ik heb werkelijk niets tegen orgaanvlees, maar hier ligt mijn grens. Ik ontmoet al genoeg klootzakken in mijn eigen leven, dus nee, chef, ik hoef ze niet ook nog eens te eten.'

'Mooi,' zei ik, 'dan mag jij ze zo voorbereiden.'

Want al is de *préparation* van stierenkloten niet echt bewerkelijk, het duurt wel een uur of vijf. Eerst moeten ze twee uur in koud water worden gespoeld om alle bloederige klontjes te verwijderen, en daarna worden ze een minuut in kokend water geblancheerd om er de vliesjes en de huid gemakkelijker te kunnen aftrekken. Met een doek moeten de naakte ballen worden drooggedept, om vervolgens onder een gewicht minimaal drie uur in de koeling te rusten. Dan pas zijn ze klaar om te worden verwerkt.

Mopperend verdween Bruna naar LaRue's keuken.

Later die ochtend zat ik in de lobby met Just te schrijven aan inleidende presentatieteksten voor die avond, toen hij voor de zoveelste keer werd gebeld op zijn gsm. Eerst bleef hij zitten, maar toen stond hij – geheel tegen zijn gewoonte in – op, en liep door de grote openstaande deuren naar het terras voor een beetje privacy. Mede hierdoor werd mijn aandacht gewekt. Normaliter probeer ik krampachtig niet te luisteren naar Justs schreeuwerige televisiekretologie, maar nu stemde ik af op zijn gesprek. Ik hoorde hem luisteren en korte geluidjes maken, maar zelf zei hij – wederom tegen zijn gewoonte in – bijna niets. Na een paar minuten zag ik hem zijn toestel dichtklappen en hij kwam weer naar me toe.

'Niet zo goed nieuws,' zei hij opgewekt. Een van zijn medewerkers in Nederland had die ochtend in het *Algemeen Dagblad* de wekelijkse bijdrage gelezen van Helmke Draaibaar, klaarblijkelijk de column die ze de avond daarvoor had geschreven, en sindsdien was er in de rapen gescheten.

'Ik heb het godverdomme voorspeld,' zei Just, en hoewel hij gretig vloekte, maakte hij niet de indruk dat er een woededepressie naderde; hij leek eerder geanimeerd. 'Heb ik het jou gezegd, ja toch? Ik zei: deze week hebben we met twee ego's te maken, met twee selfkickers. En raad eens? Gisteren was het Hansen die in *NRC* lekker uit de school klapte, vandaag doet Helmke in het *AD* een boekje open over de vermeende liederlijkheden op dit Château. Ze heeft een stuk gepubliceerd over, houd je vast, de erectie van Hansen Fennema Klein in relatie tot de erecties van drie miljard andere mannen op aarde.'

'Interessant.'

'Het kantoor in Hilversum wordt inmiddels gek gebeld door journalisten met de vraag wat hier allemaal aan de hand is in Sassetot. Tot nu toe hebben ze alles af weten te houden.'

Op dat moment ging zijn telefoon weer. Just keek op zijn scherm.

'Nou, het is begonnen. *Netwerk* aan de lijn,' zei hij, maar hij nam het gesprek niet aan. 'Er zou, maar dat wist mijn medewerker niet zeker, een cameraploeg van *TV Revue* onderweg zijn voor een sfeerreportage, en *Nova* wil weten of Hansen niet even één avondje kan overvliegen om in de studio live te reageren. Godsamme, bij de televisie denken ze toch ook dat ze alles kunnen maken.'

'Ongelooflijk,' zei ik. 'Wat schrijft ze dan eigenlijk?'

'Haar column schijnt te heten: "Hansens hongerige penis" en Draaibaar schrijft over een of ander filosofisch lulclubje waarin Hansen nadenkt over de honger in de wereld, en brengt dit in verband met de blijkbaar niet te stelpen sekshonger van onze Groningse geilaard. Geen van haar jongere minnaars schijnt zo'n uithoudingsvermogen te hebben als hij.'

'Nou, dat wordt een gezellig feestje vanavond. Met recht *une vraie salade...*'

Just vroeg niet wat dat betekende, want hij dacht na.

'Ik geloof niet dat Hansen een mobiele telefoon bij zich heeft, dus met een beetje geluk hoort hij pas in Nederland van Helmkes column. Dat zou een hoop gezeur schelen, want als hij erachter komt is het natuurlijk bonje en wil hij meteen vertrekken. Zijn vrouw zal niet blij zijn met zijn publieke escapades. Ik bedoel: als hij zich al zo druk maakt over wat wij eventueel zouden uitzenden, hoe woedend zal hij dan zijn na het lezen van dat stuk?'

Ik knikte, en eerlijk gezegd moet ik toegeven dat het me op een onbepaalde manier toch goed deed dat er ook nog andere mensen waren met problemen.

Voor de derde keer ging Justs toestel. Zonder te kijken, drukte hij het gesprek weg.

Hij zuchtte.

'Maar Art,' zei hij, en plotseling keek hij een stuk minder opgewekt, 'dat was niet het slechte nieuws.'

Het vroege ochtendlicht stroomt enthousiast in brede stralen schuin langs de takken van de bomen. Ik hoor vogels, ik ruik de bladeren, ik zie de dauw die op sommige plekken boven de grond blijft hangen. De centrale gedachte van een tragedie, schreef Aristoteles in zijn *Poetica*, is dat de verandering in het lot van een hoofdpersoon in een korte tijdspanne verschuift van geluk naar ellende. De held zou deze lotsverandering moeten ondergaan als gevolg van wat Aristoteles een *hamartia* noemde, een fout, een vergissing, een verkeerde inschatting. Deze blunder moest op spectaculaire wijze zorgen voor een complete afgang van de hoofdpersoon, die alles zou kwijtraken wat hij liefhad. Dát was een tragedie. Waarom doet het me nauwelijks goed dat Aristoteles driehonderdvijftig jaar voor Christus al wist te benoemen hoe ik me nu voel?

Geen benul hoe laat het zou kunnen zijn. Meestal is mijn maag een perfecte klok, maar ik word al uren niet geplaagd door honger en zou het dus werkelijk niet kunnen zeggen. Wellicht mis ik het ontbijt en de ochtendvergadering over de komende opnameweek. Volgende week staat de laatste *Sterallure* gepland, en dan ook echt de laatste.

Het slechte nieuws van Just. Tussen alle perikelen over Helmke Draaibaars column belde hij met de netmanager van NED3, niet alleen over de pijnlijke affaire aangaande Hansens penis en de publiciteit hieromtrent, maar bovenal over de wegversperring van de Franse boeren, die zo langzamerhand ook in Nederland voor problemen zorgde. Netmanagers zijn zo mogelijk nog dictatorialer kleinzeriger machtswellustiger rotzakken dan chefs de cuisine, zij het dat je om netmanager te worden werkelijk niets hoeft te kunnen, behalve de verzamelde strategische werken van Machiavelli, Guicciardini en Carl von Clausewitz uit je hoofd leren, en jarenlang op omroeprecepties de juiste sluitspieren masseren. Just had de manager voorzichtig aangekondigd dat de laatste aflevering van onze zomerreis wel eens niet door zou kunnen gaan. Zouden de gasten namelijk op tijd vanuit Nederland door de barrières komen? Zou er überhaupt genoeg voedsel zijn? Een voorstel was uit te wijken naar bijvoorbeeld een luxe kasteel in Limburg om daar bij wijze van uitzondering die laatste aflevering op te nemen. Al babbelend kregen Just en de manager het ook geheel vrijblijvend over de komende seizoenen. In televisieland gaat alles moedeloostergend langzaam, tot er beslissingen worden geforceerd en alles overhaast moet worden afgemaakt, met alle kans op mislukking van dien. Vandaag kan besloten worden dat een programma overmorgen op de buis moet, en een programma dat al maanden staat gepland, kan een week voor uitzending plotseling worden afgeblazen. De netmanager opperde het idee om voor het volgende seizoen van *Sterallure* uit te wijken naar een *piazzo* in het echte culinaire luilekkerland van Europa: Italië. Ook om wat meer aïrplay te genereren voor mijn mooie Italiaanse souschef. Toscane, olijfbomen, hamrokerijen, tomaatvelden, een gondelregatta met calamari-vissers: visueel was Italië natuurlijk een stuk aantrekkelijker dan het bedompte Normandië met zijn vergane grandeur. Wat een geweldig idee, riep Just, die ditzelfde idee overigens al een keer had geopperd, om vervolgens door de netmanager hartelijk te zijn uitgelachen om zoveel zwakgeestigheid. Italië, dat moest het komende seizoen het kookthema van de zender worden, besloot de manager. Hij zag het al helemaal voor zich: NED3 gaat Italië.

'Ja,' had Just lachend gezegd, 'en maar goed dat ze daar de *Michelingids Benelux* niet lezen...'

Even was het stil in Hilversum. Wat een rare opmerking...

'Hoe bedoel je?' had de netmanager gevraagd.

Just bezwoer me dat het zinnetje ongemerkt uit zijn mond was geflapt, want hoewel ik hem uitdrukkelijk had gevraagd het bericht uit Brussel met niemand te delen, kon hij het blijkbaar toch niet laten om het nieuws van mijn verloren sterren aan de netmanager door te vertellen.

Die aarzelde niet en zei meteen daadkrachtig: 'Dan is het exit *Sterallure*.'

Just was ontzet geweest, beweerde hij.

'Dat meen je niet!' had hij geroepen. Over een afstand van zevenhonderd kilometer hoorde hij hoe de netmanager de verse informatie woog en interpreteerde. Art Troost twee sterren kwijt: hij rook bloed.

'Een kok zonder sterren die een programma met de titel *Sterallure* presenteert, het spijt me, dat kan niet. Sorry Just, daarmee staan we echt voor gek. Het klinkt misschien hard, maar we hoeven geen programma van een vallende sterrenkok. Dat is een uitstraling die we als NED3 niet moeten willen.'

Hij probeerde nog tegen te sputteren (Oliver James had geen sterren, zal die zelfs nooit krijgen), maar Just zag ook in dat de netmanager geen ongelijk had – het credo van de homo strategicus: als iemand op de grond ligt, moet je trappen.

Plotseling bleek de manager een vergadering te hebben, hij kapte het gesprek af en zei dat ze er later nog over zouden praten. Ik weet niet of het gesprek letterlijk zo is verlopen, maar ik weet wel dat de komende aflevering van *Sterallure* letterlijk de allerlaatste is. Althans, de allerlaatste die ik zal presenteren.

'Chef?'

Ik zat op het terras, en in iedere vezel van mijn lichaam voelde ik verslagenheid. *Een rund, net na een tussenoogs schot met het verdoofkanon.* Just had na zijn slechte nieuws een paar goedbedoelde maar belabberd geformuleerde opkontende woorden gesproken en me toen alleen gelaten om de stroom telefoontjes uit Nederland te beantwoorden.

'Bruna.'

Ik overwoog of ik haar zou vertellen van het verlies van mijn sterren en de stopzetting van *Sterallure*, maar ik kreeg de spieren rond mijn mond niet in beweging. Dat hoefde ook niet, want Bruna begon te ratelen, zonder acht te slaan op de vormeloze zak mens in mijn stoel. Ze had een geweldig plan, zei ze. La Grande Bouffe is bij normale afleveringen een grootse culinaire uitspatting met vele happen en smaken, en daarom had ze, na de preparatie van de animelles, met Marcel geflirt voor enkele schaarse ingrediënten voor het garnituur. Verder dan wat haricots, een paar aardappelen en een afspraak voor volgende week was ze niet gekomen. Bepaald geen uitzinnig festijn. Nu had ze iets uit Nederland meegenomen dat ze eigenlijk voor na de laatste aflevering wilde bewaren, zei ze samenzweerderig, maar: 'We zouden het ook vanavond kunnen gebruiken...'

Met een mooie boog haalde ze van achter haar rug een etiketloze fles drank tevoorschijn.

Zelfgebottelde absint. Een paar jaar geleden hebben Bruna en ik onze eigen toverdrank getrokken voor de bereiding van mijn inmiddels bekroonde 'paling in de groene fee'. Voor de alcohol gebruikten we een liter Poolse wodka en een maand lang trokken, filtreerden en decanteerden we die met alsemblaadjes, hysop, kalmoes, citroenmelisse, anijs, venkelzaad, steranijs, koriander, pepermunt en zoethout. Dit recept had Bruna in haar vrije tijd vervolmaakt, legde ze uit. 'Althans, ik heb geprobeerd de hoeveelheid werkzame stof op te voeren.'

Dat werkzame middel *thujone* doet in de verte denken aan het stofje dat marihuana tot zo'n geweldig exportproduct heeft gemaakt. Ik heb een tijd gedweept met absint, toen ik in Frankrijk stage liep en ik – nadat ik twaalf uur lang was afgebeuld door koks als LaRue – me 's nachts vereenzelvigde met kunstenaars als Rimbaud, Verlaine, Oscar Wilde of Vincent van Gogh. De *Weltschmertz* die zij probeerden weg te drinken met het kattenooggroene kruidenlikeurtje, was mijn Weltschmertz. Absint had een aura van gevaar en geheimzinnigheid, en volgens de mythe bevorderde het drankje de creativiteit van alle artistieke bohémiens van de negentiende en begin twintigste eeuw. In Parijs vierde men twee decennia lang aan het eind van de middag het zogenaamde 'groene uur', als alle absintisten bij elkaar kwamen om met speciale glaasjes, geperforeerde lepeltjes en geflambeerde suiker het psychedelische goedje ritueel te nuttigen. Verlaine zou zonder absint nooit hebben geprobeerd zijn seksspeeltje Rimbaud dood te schieten, Van Gogh zou niet hebben kunnen schilderen zonder de koortsige visioenen die absint hem bezorgde en hij zou zeker niet zijn oor hebben afgesneden. Het kon niet anders dan dat absint in vrijwel heel Europa werd verboden, wat voor de mythe geweldig was. In Nederland werd de drank vanaf 1907 illegaal, en toen Bruna en ik onze eigen variant brouwden, wees een officier van justitie ons erop dat hij me eigenlijk zou moeten vervolgen, wat hem door zijn tong werd verboden.

Absint drinken is geloven. Ik heb mij tijdens mijn stageperiode door enkele illegaal uit Tsjechië geïmporteerde flessen laten meevoeren naar troostende parallelle universa met eigen natuurwetten. Als je na een paar glazen absint in de richting van het toilet waggelt, heb je het gevoel dat je linkerbeen je rechter is, en omgekeerd zijwaarts op z'n kop achterstevoren. Absint heeft mij erdoor gesleept, zij het wankel en met onvaste tred.

En toen gebeurde het onvermijdelijke: in navolging van de Europese wetgeving staat de Nederlandse overheid de verkoop van absint weer toe. De herintroductie was het gevolg van wetenschappelijke studies, want wat was gebleken? De concentratie van het stofje thujone was volgens onderzoekers aantoonbaar zo laag, dat absint nooit hallucinerend kon zijn geweest. De roes van absint leek verdacht veel op de roes van alcohol. Van Gogh was volgens deze onderzoekers geen psychedelische drugsverslaafde, maar gewoon een zatlap. Het gif in absint was indertijd niet te danken aan de alsem, maar aan malafide absintbrouwers die kopersulfaat aan hun drankjes toevoegden voor een mooie groene kleur, of spiritus voor goedkope alcohol. Industriële absint is tegenwoordig zo ongevaarlijk dat het binnenkort voor dertienjarige meisjes als *breezer* in de schappen ligt. *Yeah, sure*. Hoe dom kun je zijn? De overheid heeft de legende van absint doelbewust kapotgemaakt. Straks zal uit onderzoek blijken dat heroïne en cocaïne ook nooit effect hebben gehad.

En toch blijf ik geloven. Zoals christenen diep in hun hart weten dat God in al zijn sikkeneurige gedaanten niet meer is dan een begrijpelijk hersenspinsel dat houvast moet bieden in de ongrijpbare onbegrijpelijkheid van het leven, zo blijf ik van mening dat absint hét medicijn is tegen spleen. Absint is zalf voor de ziel. Absint bestáát.

'Hier die drank!' riep ik tegen Bruna, en ik deed een greep naar haar fles, maar ze trok haar arm meteen terug.

'Vanavond, chef,' zei ze. 'Bij de stierenballen.'

'Goedenavond, chef.'

'Goedenavond, chef.'

'Goedenavond, chef.'

De Tonnen waren klaar voor het grootse sluitstuk van de aflevering. Louis stond over Hansen gebogen uitbundig te schateren, Irma zat driftig te schrijven (omdat Irma om wat voor reden dan ook altijd driftig zit te schrijven), en Sanne – gekleed in *tenue légère* – wilde wel eens meemaken hoe het er bij een opname aan toeging. Ik had Sanne niet meer gezien sinds onze lunch in Étretat, en eerlijk gezegd door alle beslommeringen ook niet vaak meer aan haar gedacht. Nu ik haar zo zag staan in haar bijna afwezige zomeravondjurk, begreep ik niet waarom ik niet op haar aanbod was ingegaan om op de camping met de Tonnen mee te doen aan het gelag dat daar blijkbaar iedere nacht spontaan ontstond. Verderop in de keuken stond LaRue bevelen te blaffen naar zijn koks en een onmeetbaar aantal kilometers verder zakte de zon in de zee. Van het front niets nieuws. In de blik waarmee Just mij begroette las ik dat Hansen nog niets van Helmkes column wist. Het zou me allemaal een zorg zijn. Plotseling was er consternatie: de Tonnen kwamen gehaast in actie om de entree te filmen van Helmke, die zich had uitgedost als een van de lokale heldinnen, de keizerin van Oostenrijk, met zo'n halve hoepelrok, pofmouwen en een waaier. Het gezelschap reageerde verrukt op de binnenkomst van Surinaamse Sissy.

'Het is toch een Bonte Avond?' hoorde ik Helmke roepen. Ik deed wat er van me werd verlangd. Louis, Irma en Sanne stapten naar een plek buiten beeld, waarop Louis aftelde voor opname. Ik hield een zogenaamd *stand-upje*. Kijkend in de camera zei ik: 'In de film *La Grande Bouffe* besluiten vier mannen om zich in een weekend dood te eten, en dat is met de huidige Franse boeren natuurlijk niet mogelijk. Vandaar dat ons Laatste Bonte Avondmaal, deze week met Helmke Draaibaar, verkleed als Sissy, en Hansen Fennema Klein, verkleed als zichzelf, niet meer zal zijn dan een aandoenlijke *Petite Bouffe*.'

Ik richtte me tot de gasten en zei dat ik nog niet zou onthullen wat we precies gingen eten, dat zou ik pas doen als de magen waren gevuld.

'Nu is het een oude Normandische gewoonte,' ging ik verder in de camera, 'om een uitgebreide maaltijd te onderbreken met een glas sterke drank. Dat noemen ze hier *le trou Normande*, oftewel het Normandische Gat, en het zou de spijsvertering op gang helpen. Welnu, in deze situatie met weinig te verteren spijs, hebben we wel sterke drank.'

Ik vertelde dat de mysterieuze likeur sinds kort weer legaal is in Europa, en onze gasten raakten uitermate opgewonden van het idee dat Bruna een fles groene fee had gebrouwen. Helmke kreeg meteen een associatie met een opiumkit, en Hansen vertelde dat hij in zijn studententijd als experiment een keer drie glazen illegale Spaanse absint had gedronken en daarna een gesprek had gevoerd met zijn schemerlamp, die godbetere meer van filosofie bleek te weten dan hij.

'Hoe zei Oscar Wilde dat ook alweer?' zei Hansen verheugd. 'Na het eerste glas zie je de dingen zoals je wenst dat ze zijn, na het tweede de dingen zoals ze niet zijn, en na je derde zoals ze werkelijk zijn, *and that is the most horrible thing in the world...'*

Vol bewondering keken beide gasten naar Bruna's fles, die een centimeter leger was dan 's middags, want Bruna had een absintgelei gemaakt voor bij ons 's middags bereide trio van terrine d'animelles, animelles à la crème en animelles frites, om zo een soort culinaire aanleiding te bieden voor een slemppartij. Ik schonk voor ons alle vier een glas in, en liet zien hoe de in absint gedrenkte suiker op een theelepel kon worden geflambeerd, waarna met een scheut ijskoud water de gekarameliseerde massa in de drank kon worden gedruppeld (dit ritueel heeft iets weg van de gebruiken die dagelijks te zien zijn op het Centraal Station). Helmke nipte voorzichtig van de drank en Hansen nam een stevige slok. Beiden reageerden hetzelfde: hun gezichten trokken krampachtig samen vanwege de overweldigende bittere sensatie. Het was Bruna blijkbaar gelukt om de hoeveelheid thujone dusdanig op te voeren dat het brouwsel puur zo goed als ondrinkbaar was geworden. Pas nadat we er acht extra scheppen geflambeerde suiker in hadden opgelost, was het mengsel enigszins uitstaanbaar.

'Bijna net zo lekker als jouw koffie-champagne-mosterdmengsel,' zei Helmke. Ton Camera registreerde onze kleine nipjes. Mijn smaakpapillen waren toen al dusdanig verdoofd dat culinairtechnisch gezien een verdere maaltijd rustig kon bestaan uit ruimtepillen. Dit was ons eerste glas, volgens Oscar Wilde zouden de dingen nu worden zoals we ze ons wensten.

'Het mooie is dat ik na dit glas de komende weken mijn tanden niet meer hoef te poetsen,' zei Hansen, waarop Helmke het uitgilde van de lach: 'Ik hallucineer,' zei ze, 'Hansen zegt iets grappigs.'

Ik ben niet verdwaald, al weet ik toevallig even niet waar ik ben. Diep in het glooiende woud dat zich rondom het Château uitstrekt, zit ik op een omgevallen boom om me heen te kijken naar aanwijzingen. Waar ben ik verkeerd gelopen? Ik neem aan dat mijn gsm afgaat, maar die ligt nog op mijn hotelkamer. Just is ongetwijfeld naar me op zoek en Bruna wacht op marsorders voor de allerlaatste aflevering. Toch heb ik geen behoefte terug naar Sassetot te wandelen. De misselijkheid in mijn hoofd is verdwenen, ik voel geen enkele spier, mijn maag geeft geen teken van leven.

Ik ben omringd door struiken met iele bloemetjes en rijpe bosvruchten. In een rubriek in een tv-blad moest ik eens onthullen wat mijn heimelijke genoegens waren, een vraag die door veel van mijn voorgangers in de serie werd beantwoord met iets schunnigs als 'in bad blijven zitten terwijl het badwater wegstroomt'. Mijn heimelijke genoegen is niet zo heimelijk: ik houd ervan om in een verlaten bos te wandelen, zo langzaam mogelijk, en te luisteren naar mijn voetstappen. Het gekraak van dode takjes en droge bladeren onder mijn voeten geeft mij een diep gevoel van bevestiging in mijn bestaan. Misschien is het een rudimentair jagersinstinct, of de angst zelf ieder moment door een wild dier te kunnen worden verslonden.

Met de wetenschap van nu weet ik dat absint, wat vooringenomen wetenschappers ook mogen beweren, wel degelijk effecten heeft waarvan gewone stooksels niet eens mogen dromen. Mijn nippen van Bruna's troebelgroene fee werden groter, en na een paar minuten zag ik de bodem van het glas. Ik had die dag nog nauwelijks iets gegeten, waardoor de thujone gretig door mijn bloed werd opgenomen. In antwoord op een vraag van mij die ik me niet meer kan herinneren, vertelde Hansen over de filosoof Nietzsche, die op een middag een afgeranseld paard probeerde te omhelzen, waarna iedereen ervan uitging dat hij waanzinnig was geworden. Zijn eigen zus maakte goede sier met de krankzinnige Nietzsche door hem op feestjes en soirees tentoon te stellen als een kermisattractie. De grote filosoof, gekooid en ongevaarlijk, een lachwekkende gek.

'Pas maar op dat ze jou niet nog eens tentoonstellen,' zei Helmke tegen Hansen, die zich niet liet afleiden en stug doorpraatte. Ik zat erbij te glimlachen als de eerste de beste stompzinnige paardenknuffelaar. Tons camera snorde, Louis maakte in gedachten decoupages en bruggetjes, Just was weggelopen om te bellen, Bruna deed alsof ze iets te doen had achter een kachel, Sanne was onder de indruk van alles wat er gebeurde en Irma zat driftig te schrijven in een aantekenblok. Ik hoorde Louis gniffelen; er moest iets leuks zijn gezegd door een van onze gasten. Misschien kwam het door de absint, maar ik stelde vast dat ik niet meer constant zat te denken aan misère en de doortrapte beproevingen van het leven. Ik hoorde een echo van een uitspraak eerder die week: balans is het sleutelwoord in de gastronomie – het was wellicht voor een evenwichtige, verantwoorde voeding niet in alle opzichten het meest weloverwogen idee om aan een nieuw glas absint te beginnen. Ik bleek de enige die een tweede glas inschonk, keizerin Sissy was nog halverwege, de held Hansen hoefde even niet meer en Bruna riep ook dat ze liever wachtte.

'Bitter in de mond maakt het hart gezond!' zei ik, me een volslagen onzinnige culinaire wijsheid van een leermeester herinnerend, waarna ik vlam zette in een theelepel suiker. Bruna's brouwsel begon me steeds gemakkelijker te smaken. Nu kent iedere echte absintist de volgende sensatie. Ik nam een kleine teug van mijn tweede glas en er trok een korte rilling door mijn lichaam. De wereld draaide door, maar mijn tijdservaring kwam in een fuik. Wij noemen dat een trechtermoment. Alle gebeurtenissen van die afgelopen week begonnen de buis naar mijn bewustzijn te verstoppen.

'S'il vous plaît le premier cours: terrine d'animelles...' hoorde ik mezelf tegen Bruna roepen, waarop zij vier karig opgemaakte borden uitserveerde. Een terrine is voor koks épater le bourgeois, je verbluft er je gasten mee, maar de bereiding hoeft in wezen niet zoveel voor te stellen. Wat vlees-, vis- of groentemengsel in een ovenschaal, kruiden erbij, spek, gelei of reuzel erover, even laten garen en hup, yeah old mate, fantastic old mate. Vraag in een test van een jonge-vrouwenblad: wie mag je lippen verwennen: Oliver of Art? Antwoord B: nul punten, Art is een sacherijnige ouwe zeikerd. Andrea, mijn appendice d'amour, las me dit lachend voor. Je ligt eruit, zei ze, bijna met plezier.

Het gesprek ging door, ik probeerde me te concentreren. Hansen had een theorie over bekendheid. We hebben een paar honderdduizend jaar in kleine stammen over de steppen gezworven, pas de laatste tienduizend jaar wonen we in grotere gemeenschappen. Toch is de hoeveelheid mensen die we kennen nog steeds vergelijkbaar met de hoeveelheid mensen die we kenden in een stam. Hoewel we in onze huidige steden en zelfs dorpen omringd zijn door honderdduizenden mensen, begeven we ons nog steeds in groepen van vijfenzeventig tot honderdvijftig individuen. Vroeger was iemand bekend bij zijn eigen mensen en, als hij een leider was, ook bij de leden van de omringende stammen. De enigen die algemene bekendheid genoten waren de goden en de mythische helden uit het verleden. Tegenwoordig hebben de media daar, volgens Hansen, verandering in gebracht. Er is één groep die een bijna onmenselijke bekendheid geniet: de televisiestam, en de leden van deze stam krijgen alras de status van godheid of mythische held toebedeeld, een status die zij in negenennegentig procent van de gevallen niet verdienen en waar ze in ieder geval niet mee om kunnen gaan. Beroemdheid is eigenlijk een onmenselijk verschijnsel, zei hij.

'Waarom ben jij dan hier?' vroeg Helmke, wijzend op Ton Camera.

'Ik ben die ene procent uitzondering,' zei Hansen.

'Wil er dan echt helemaal niemand nog een glas?' vroeg ik, want ook mijn tweede shot absint had ik verbazingwekkend snel weggewerkt. Er stond inmiddels een grote file op de rondweg van mijn bewustzijn. De onderhuidse angst om niet te kunnen overtuigen. Andrea, ik au van jou. Wie kent niet de boosaardige verleiding bij het bekijken van een mooi geglazuurde, weelderige vaas: de gedachte dat je het ding met een stokslag aan gruzelementen kunt slaan? Mijn vader zegt dat wij koks gebenedijden zijn, en zo voel ik het ook, maar waarom zou een gebenedijde bekend moeten zijn? Als zijn restaurant in zijn straat in zijn wijk iedere avond vol zit, waarom zou iemand uit een andere stad in een andere provincie dan moeten weten wie hij is? Ben ik niet bekender geworden dan ik als kok verdiende? Ik wilde dit aan Hansen vragen, maar het gesprek was klaarblijkelijk alweer een boksronde verder, want ik hoorde Hansen roepen: 'Nee, kunst is juist de pus voor de wonden die we proberen te dichten.'

'Gelul,' riep Helmke. 'Kunst is een manier om te showoffen. Sommige mensen hebben een mooi uiterlijk, sommige mensen kopen een grote boot, sommigen willen een beetje intellectueel rondsnuiven en houden van kunst. Kunst heeft niets te maken met troost voor pijn, maar alles met onderscheidingsdrang. Met kunst kun je anderen pijn doen. Net als het restaurant van Art, daar ga je niet heen voor troost, daar eet je voor Troost. Om aan de voortploeterende hongerlijers te laten zien dat jij je zijn maaltijd wel kunt veroorloven.'

'Daar drink ik op!' riep ik, waarna ik opnieuw vlam zette in een theelepel in absint gedrenkte suiker. Ik was nog steeds de enige die moedig doordronk van Bruna's vloeibaar geworden bewustzijnsverruiming, al had ik steeds minder suiker nodig om het waanzinnige bitter te kunnen trotseren. Vanille kun je alleen ruiken, niet proeven, want als je proeft ervaar je de smaak van suiker, vermengd met een klein bittertje, al weten niet veel mensen dat, weet iemand dat? Niemand weet ooit wat, als het om gastronomie gaat. Ik dacht aan het 'dipje' van een van mijn serveersters, die mooie, die artistieke, die lekkere met die grote tieten, die zich voor de trein had geworpen zonder zich af te melden voor haar dienst. Het aandoenlijke van een knap knap meisje. Ik had me zo vaak afgevraagd of ik iets had kunnen doen om haar sprong te kunnen voorkomen. Later begreep ik van een vriend van haar, dat haar familie in haar dagboek had gelezen dat ze 'teleurgesteld was geweest in haar kunst'. Ach god toch, meisje. Niemand op haar kunstacademie begreep iets van kunst, vond ze, en zijzelf al helemaal niet. Haar leraren gaven haar steeds lagere cijfers, ze kwam steeds minder opdagen voor colleges, alles in haar leven was nutteloos. Ze had geschreven dat ze inzag dat ze niet goed genoeg was om kunst te maken, en zonder kunst wilde ze niet leven.

'Ach god toch, meisje,' zei ik.

'Nee, ga jij me ook even afvallen,' riep Helmke. 'Wat ik bedoel is: het feit dat Hansen als enige filosoof op televisie een klein beetje begrijpelijk over filosofie kan praten, wil nog niet zeggen dat hij gelijk heeft. Hansen heeft zich...'

'Bruna!' riep ik en ik stak mijn hand op. '*Le deuxième cours, s'il vous plaît: animelles à la crème!*'

Ik hoorde niet wat Helmke verder nog zei, omdat ik krampachtig niet meer probeerde te denken aan het dipje van mijn serveerster. Andermans hoofd is een te ellendige plek om als zetel voor waar geluk te dienen, schreef Schopenhauer, stond er in het boek van Hansen, las ik in het mapje dat Irma voor me samenstelde. Kloten smaken in de verte naar zwezerik, en kloten à la crème zijn dus sowieso erg aangenaam, want à la crème is álles genietbaar. Schotel een Fransman een versteende keutel voor en hij begrijpt niet wat je bedoelt. Giet er een crèmesaus over en hij noemt het *gastronomique*. Mensen hebben het vermogen om binnen een zesde van een seconde vast te stellen of ze iemand aantrekkelijk vinden, en ik weet zeker dat ze in eenzelfde tijdspanne ook bepalen of iets goed smaakt. Ik bedoel: of de combinatie van gelokaliseerde basissmaken op de tong een aangename sensatie geeft. *Romige parelgortmousse. Jong komkommerkruid. Gesmoorde fluweelpootjes. Judasoren. Zuurzakken. Cayennekersen. Bitterkoekjescrêpes met oranjebloesemwater. Carambola. Tamarinde. Papasan. Klaaskoeken.*

En toen gebeurde het ondenkbare. In vijf jaar hadden we dit niet meegemaakt. LaRue onderbrak verderop in de keuken zijn drukke werkzaamheden om even stil te staan bij onze opname en toe te kijken... En vervolgens kwam hij... erbij zitten. Welja man, kom er gerust bij. Schuif aan! Nooit zat hij bij ons, nooit, maar nu ik mijn sterren kwijtraak, natuurlijk, iedereen is welkom, maken we er een feestje van. Fransen zijn een leuk volk, jammer dat ze in Frankrijk moeten leven. Ton Camera sloofde zich uit om de topkokconferentie zo goed mogelijk in beeld te brengen. LaRue en Troost samen aan één keukentafel! Glaasje groene fee, meneer LaRue? Ik ben namelijk inmiddels in de fase dat ik volgens Oscar Wilde de dingen zie zoals ze zijn, *and that is the most horrible thing in the world...* En zoals het ís, zit u hier nu bij mij aan tafel om met mijn kloten te spelen. Ik zit in een *stream of unconsciousness*, er schiet mij van alles te binnen. De publieke opinie, wist u dat, is de slechtst denkbare opinie van alle opinies. Dat schreef Hansen Fennema Klein, onze fast thinker deze week. Of leest u nooit boeken? LaRue keek mij na deze vraag bevreemd aan, maar dat was geloof ik omdat ik haar in het Nederlands stelde.

'*C'est un philosophe très important, très grand,*' hoorde ik Helmke aan LaRue uitleggen, wijzend op Hansen. '*Tout à lui est grand.*'

En terwijl ik mijn best deed om hun gesprek te volgen – want ondanks drie, vier, vijf glazen vloeibare openbaring probeerde ik vooral professioneel te blijven – kwam Andrea mijn kop binnen. Andrea! *Meikersen, evenveeltjes, een parmentier van Ratte-aardappelen, gesmoorde kalfstong en zwarte truffels*. De ideale toestand van het kuddedier. Altijd weg. Alleen maar aan het restaurant. Iedere avond laat thuis. Omgeven door mooie jonge meisjes uit de bediening. We hebben de dingen niet goed gedaan. We hebben de dingen niet goed gedaan in onze levens. Ik heb de dingen niet goed gedaan. Quite a mess... En toch begon er naast thujone ook langzaamaan een ander giftig sap door mijn aderen te stromen: kwaadaardigheid. Die nalekkende uitgespoelde dunnedarmwand van die acteur van haar. Hoe kon het, godsjozef, dat ze hem verkoos boven mij? Sanne! Plotseling zag ik Sanne staan, buitenbeelds, buitengewoon buitencategoriaal. *Saffraanijs met een rozensabayon in een zomerjurk. Goudrenet in aspic. Gegrilde cherrytomaatjes. Jonge doperwten, geoogst in mei, vers van het land, knapperig nog: ja!* Waarom. Dit bedacht ik me. Waarom ben ik zo dom? Waarom en voor wie heb ik me niet gestort op dit meisje met haar bevallige langelijzenlichaam, haar schorre stem, haar uitdagende geflirt. Een veertienjarige mond als de mijne die zich vergrijpt aan een zeventienjarige. Ze zei dat ik altijd sigaren met haar mocht roken, ze vroeg of ik met haar wilde pronken, in Étretat wreef ze bijna onmerkbaar onder tafel met haar voet over mijn onderbeen. Vergeet Andrea met de vader voor haar kinderen, ik ging me storten op dit meisje. Ik ging haar mijn liefde verklaren. Ik ging die nacht met haar mee naar haar camping, om speciaal voor haar op haar tweepitsgasstelletje een overweldigend souper te bereiden, waarna zij mij, oprecht geraakt door mijn kookliefde, haar verdere leven zou volgen als gastvrouw in mijn sterloze maar daarom niet minder schitterende restaurant, haar spontane inborst ten volle benuttend. Zo had het kunnen gaan. Ik zag dat ze haar mond opende om me toe te spreken.

'Kan het nu eindelijk eens ophouden?'

Geschrokken keek de hele set in Sannes richting. Ook de

Tonnen draaiden hun camera en geluidshengel naar haar toe. Een dochter van de regisseur in beeld maakt een shot meteen onbruikbaar. 'Je zit hem de hele tijd af te zeiken. Houd daar nou eens mee op, het is zo kinderachtig!' ging ze verder. Ondanks de absint had ik door dat ze zich kwaad maakte om Helmke. Die op haar beurt haar hand voor haar mond sloeg om haar lachen in te houden. Sanne riep: 'Hansen, ze zit je de hele tijd te pesten, zeg er eens wat van!'

Hansen zat er hoofdschuddend bij. Louis keek boos naar zijn dochter, die zich echter niet liet stoppen: 'Maar Hansen, weet je dan niet dat dat mens vandaag een onthullende column over jou heeft geschreven in het *Algemeen Dagblad*? Die heb ik net op internet gelezen. Het is schandalig wat ze allemaal over jou schrijft.'

'Sanne!' riep Louis. 'Zo is het wel genoeg, prinsesje, we zijn hier een tv-programma aan het opnemen. Art, neem jij de presentatie weer over?'

Voor ik ook maar beginnen kon om na te denken hoe ik dat eventueel zou moeten doen, vroeg Hansen aan Helmke of het waar was wat Sanne over die column vertelde. Helmke lachte opnieuw hartelijk en bevestigde het meteen: 'Jij hebt gisteren in *NRC* toch ook een stukje over mij en Art geschreven? Ik dacht: laat ik eens uitpakken over jou en dat clubje verzadigde hongerbestrijders van je, afgezet tegen jouw onverzadigbare drang naar... eh fysieke affectie.'

'Wát heb je geschreven?' vroeg Hansen verbijsterd.

'Over jouw honger naar vrouwenlichamen. Want ik geloof dat ik niet de enige ben aan wie je je deze week hebt vergrepen, toch?'

'Filosofie voor de praktijk!' riep ik.

Helmke keek glimlachend naar Hansen op, geregistreerd door Tons camera. Een van de effecten van absint is dat het zelfs een comapatiënt vrijpostig maakt. Ik begon te roepen 'aan wie nog meer dan?' waarop Hansen onbedaarlijk zuchtte en zijn hoofd schudde. 'Aan wie nog meer dan?'

riep ik nogmaals, terwijl mijn geheime dienst naging wie hier bedoeld zou kunnen zijn. Irma? Die bleef onverstoorbaar doorschrijven in haar aantekenblok. Bruna? Die stond stoïcijns de vier borden voor de volgende gang op te maken. Hansen richtte zich half op en maakte aanstalten om de set te verlaten.

'Ik val nu eenmaal op oudere mannen,' riep Sanne.

'WAT?' hoorde ik Louis roepen.

'WAT?' riep ik zelf.

'Kan dit gesprek ophouden?' vroeg Hansen geërgerd.

'Ja, pappa, ik was het, ja. Ik ben geen klein meisje meer, wanneer dringt dat eens tot je door? Hansen kwam gisteravond met de Tonnen mee voor de naborrel op onze camping, en nou, hij is bij mij in de tent blijven slapen. Die dingen gebeuren.'

'Vuile schoft! Hufter!' riep Louis tegen Hansen, erg onprofessioneel voor een regisseur om dit tegen een gast te zeggen. 'Heb jij je aan mijn dochter vergrepen? En de nachten daarvoor ben je met Bruna geweest, hoorde ik, en daarvóór al een keer met Helmke. Wat is dat met jou, hufter!'

De verdere ontwikkelingen zorgden voor slapstick in mijn hoofd, een powerdepressie met perfide proporties. Ik hoorde Sanne verontwaardigd vragen of het waar was dat hij de nacht voor haar met Bruna was geweest en de nacht daarvoor met Helmke, terwijl mijn eigen mond aan Bruna vroeg of ze het professioneel vond om met een gast te slapen waarop Hansen boos werd op Helmke en Louis van de oude stempel van de oude jenever op Hansen en Sanne op Bruna en Helmke en Hansen en haar vader en de Tonnen op elkaar omdat alles zo chaotisch verliep en Just op Louis en Hansen en Bruna en iedereen op mij omdat ik op een gegeven moment tegen de camera zei: 'De regisseur, de filosoof en de kok zijn drie mannen die vechten om dezelfde vrouw!' wat nergens op sloeg, maar waardoor Louis op tilt sloeg en mij ook voor hufter en schoft begon uit te maken.

Madame Groseillier kwam langs om te vragen of het in godsnaam wat rustiger kon, want ons samenzijn was overal in het Château te horen. Omdat niemand aandacht aan haar besteedde, probeerde ik enige orde in de opname te brengen.

'*Bruna, le troisième cours s'il vous plaît!*' riep ik, maar Bruna mompelde dat ik die animelles frites gevoeglijk aan mijn zak kon hangen, waarop Ton Camera zich naar haar draaide en Bruna in een oorlogshouding voor mij kwam staan. Dat ze eindelijk eens opheldering van mij verwachtte over het bericht dat ik daags ervoor uit Brussel had gekregen. Brussel? Ik denk dat op dat moment mijn sluis in het stuwmeer van misselijkheid voor het eerst langzaam werd geopend. Ik begon te kreunen, de soundtrack van de evolutie.

'Hoe weet jij dat?' stamelde ik, want ik had echt mijn best gedaan die brief voor haar te verzwijgen, om een paar dagen te kunnen nadenken over een goede strategie voor de toekomst. Dat godverdomde internet. Geluidsman Ton had die middag op de persoonlijke weblog van die machiavellistische klootzak van een netmanager van NED3 gelezen dat ik in januari mijn beide Michelin-sterren zou kwijtraken, een bericht dat door grote nieuwslogs als Geenstijl en Fok direct en zonder wederhoor was overgenomen. Het verlies van mijn sterren was inmiddels naar alle uithoeken van het digitale landschap gewaaid.

'En mij, uw souschef, hebt u niets verteld, capello di culo!' zei ze, eerst boos, maar toen ze me bleef aankijken veranderde haar gezichtsuitdrukking naar meewarig. Om ons heen werd er in zeker drie hoeken onbedaarlijk ruziegemaakt. Alleen LaRue zat rustig achter een glaasje sancerre geamuseerd om zich heen te kijken naar die rare jongens, die Nederlanders.

'Ik was bang dat je meteen bij me weg zou gaan als je het nieuws zou horen,' hoorde ik mijn stem tegen Bruna zeggen.

'Waarom zou ik bij u weggaan? U bent mijn grote kookliefde...'

Ik registreerde wat ze zei, maar eigenlijk ging het langs me heen. De groene fee had nu volledige controle over mijn bewustzijn.

'Hoort u wat ik zeg?' riep Bruna, en met gevoel voor Italiaans drama voegde ze eraan toe: 'U bent de kok in mijn leven. Hoort u wat ik zeg?'

'Jij bent een te goede kok voor een zaak zonder sterren. Als ik een goede chef ben, moet ik je laten gaan. En daar komt nog bij dat *Sterallure* ook gaat stoppen, dit is het laatste seizoen en de een na laatste aflevering.'

Bruna keek nog meewariger. Ze deed een stap naar me toe en pakte mijn onderarmen.

'Dat weet ik, chef. Ze hebben mij gevraagd als uw opvolger.'

'Ja! Ze wordt de Italiaanse versie van Oliver James *meets* Lawina Nigel,' hoorde ik Just zeggen. De sluis in mijn stuwmeer ging een fors aantal centimeters verder open. Lul met de korte voornaam, dat was ik. Die godvergeten boosaardige verleiding om een geglazuurde drol genaamd Just met één stokslag aan gruzelementen te raggen. Voedsel is pus voor de wonden, zei ik, of ik weet niet of ik het zei, ik dacht het. Madame Groseillier kwam wéér langs, geloof ik, en wéér besteedde niemand van onze feeding cluster aandacht aan haar, omdat er nog steeds in meerdere hoeken verbeten werd gediscussieerd. Ik schrijf maar door. Ik vervolmaak mijn kokboek. De letter heeft alles gegeten, niets is verteerd.

'Chef, ik moet het wel doen, u bent toch uw sterren kwijt? Ik moet ook aan mijn carrière denken...' zei Bruna, wat mijn hersenen pas later ontcijferden omdat haar boodschap vast kwam te zitten in de trechter van mijn bewustzijn. Kotsen zal de wereld redden, dacht ik, eten wat iedereen heeft gegeten, kotsen zoals nooit iemand eerder heeft gekotst.

'Honger! Vukking honger!' riep iemand, ik weet niet wie. Waarom zit Irma toch de hele tijd te schrijven? vroeg ik aan een van de Tonnen, maar zijn geluidshengel gaf geen antwoord. Waarom zegt Bruna altijd u tegen mij, terwijl we wel degelijk een keer met elkaar zijn geweest? Ik heb mijn opkomst gezien, wil ik ook mijn ondergang meemaken? Waarom kan het niet wat rustiger, zoals madame Groseillier vraagt? Weet iemand nog wat een trou Normande is? Waarom wil iedereen mijn jonge tanden voelen? Waarom staken die Franse boeren? Is dat een cameraploeg van *TV Revue* die buiten staat te filmen? Waarom veranderen we? Waarom doe ik wat ik doe? Weet iemand hoe je evenveeltjes bereidt? Waarom denk ik zo vaak aan mijn vader? Wat heb ik verkeerd gegeten? Welke keuze heb ik? Vinden jullie het geen *vraie salade*? Is dat een bandwissel?

Een verlaten boom midden op een laar. In dit stuk bos ben ik de afgelopen vijf jaar tijdens mijn ochtendwandeling nog niet eerder terechtgekomen, en dat besef zou mij tot voor kort beangstigd hebben. De gebieden die ik niet ken en die ik nooit zal kennen zijn onmetelijk veel uitgestrekter dan de minimale ruimte die ik inneem en met de jaren heb ingenomen. Ik sta bij de verlaten boom en zie om me heen een paar struiken met wilde vruchten (*bosbessen, frambozen, bramen*), die ik nooit zou kunnen eten als ik niet toevallig op dit tijdstip op dit fraaie laar was beland. Een week vroeger of later, en een ander beest zou mij voor zijn geweest bij het smullen van dit fruit. De tijden die ik nooit heb meegemaakt of zal meemaken duren onvoorstelbaar langer dan het kleine aantal seconden dat ik op dit moment op deze plaats ben. Maar ook dat beangstigt me niet meer.

Ik loop om de verlaten boom. Zonder al te veel theater laat ik me zakken in het gras. Geen bloed, geen gemodder met messen of jachtgeweren, niets hondonterends. Het is niet zo dat ik me voor een trein gooi. Ik ga hier alleen liggen, vredig, tussen bramen en bosbessen, in een lichtval die door de bladeren kabbelt. Niets beangstigt mij meer. Ik zal denken aan saffraan, en als ik honger krijg sta ik op om terug naar het Château te wandelen. Zolang mijn maag zich niet meldt blijf ik hier vreedzaam liggen. Ik merk wel wat er gebeurt. Op deze plaats op dit moment is alles goed.

Plotseling hoor ik geritsel aan de rand van de open plek. Is het de hel, zijn het de anderen? Is het een prooi of een roofdier dat mij besluipt? Langzaam sta ik op om in de richting van het geluid te speuren.

Ik zie een oude onbekende.

Haar poten bewegen bedachtzaam over het bladertapijt, haar kop is een en al kracht. De mooie forse hinde die gisteravond aan de rand van de Châteautuin verscheen, staat in het volle ochtendlicht. In mijn herinnering zag ze er in het licht van de ondergaande zon herfstvlekkerig oranje uit, nu straalt ze als een mythische godin. Haar ogen, die enorme buitenaardse diepzwarte bollen, staren me onafgebroken aan. Ze ziet dat ik zie dat zij me aanberst, waarna ze haar besluiping stopt. En zo staan we voor de tweede keer in een half etmaal in een kijkgevecht. Weer die wedstrijd tussen verliefde pubers: wie er het eerste schatert of zijn hoofd afwendt. Wat wil ze van me, mijn hinde? Ze lijkt niet bang, terwijl ze toch bang zou moeten zijn. Haar ademhaling is op deze afstand hoorbaar, zo stil is het op deze achterafplek in deze achterafprovincie op deze vergeten planeet. Gisteren veerde ze met een enorme vaart het bos in toen ik mijn hand opstak. Ik probeer haar maar niet nog een keer op die manier te begroeten. Wel doe ik heel voorzichtig een stap in haar richting. Ik hoor het kraken van de dode takken onder mijn voet, en zij moet dit ook horen. Toch blijft ze staan. Ik doe een tweede stap, nog behoedzamer. Het lijkt of ze ook een pas in mijn richting zet, maar ik weet het niet zeker. Bij mijn derde stap breek ik onbedoeld een steviger tak en dit veroorzaakt een knapgeluid dat over het hele laar te horen moet zijn. Ze zal nu zien dat ik in haar richting kom, maar nog steeds schiet ze er niet vandoor. Mijn ademhaling gaat zwaarder, mijn hart begint te pompen. Ik doe een vierde stap, weloverwogen, een boss in control. Misschien verbeeld ik het me: volgens mij gaat haar ademhaling ook zwaarder. Haar natte zwarte neusgaten verwijden en vernauwen zich in een steeds sneller tempo. Zo geleidelijk mogelijk probeer ik op haar af te lopen, en zowaar, ze staat het toe. Na een paar minuten ben ik haar op anderhalve meter genaderd. Ik houd stil. Het begint nu echt op een buitennatuurlijke ontmoeting te lijken, een begroeting tussen vertegenwoordigers van twee wedijverende diersoorten.

Ik bedenk dat ik met een snelle uitval naar haar kop mijn arm om haar hals kan zwaaien om met mijn gewicht haar nek te breken. Met een krachtige manoeuvre zou ik haar vlug en pijnloos kunnen doden, waarna ik haar lichaam op mijn rug zou tillen en mee naar het Château zou nemen. Daar aangekomen zouden Bruna en ik voor de gasten van de laatste aflevering een groots gelag kunnen bereiden met hertenpepers, hertenbouten en hertenrug. Ik schaam mij diep en verdring deze gedachte onmiddellijk, al moet er ergens een universum zijn waarin de hinde hetzelfde over mij heeft gedacht.

Ik geloof niet dat ze heeft gemerkt dat ik haar zag liggen in een saus van gestampte jeneverbessen, begeleid door kersencompote. Nog steeds kijkt ze me wezenloos strak aan. Plotseling wordt me duidelijk wat ik wil doen. Ik zie het helder voor me. Nog kalmer dan alle bewegingen die ik tot nu heb uitgevoerd, spreid ik mijn armen in de predikerstand, terwijl ik zo vriendelijk en bemoedigend mogelijk probeer te kijken. De hinde geeft geen kik en laat me dit doen. Ze staat me zelfs toe dat ik nog een stap in haar richting kom. Het lijkt me een mooie ochtend om een hert te omhelzen.

VERANTWOORDING EN DANK

Mijn dank gaat uit naar velen die mij al dan niet onbewust hebben geholpen of geïnspireerd. Pierre Wind heeft me enthousiast ingewijd in de fascinerende wereld van het hogere koken, zonder hem was dit boek er niet geweest. Co Mol van restaurant Ilha in De Bilt maakte me bijna twintig jaar geleden wegwijs in de horeca en in het leven. Mascha Lammes, mijn liefde, heeft research gedaan, recepten uitgeprobeerd, ingrediënten gecombineerd en me gevoed. Bert Natter, Daniëlle Serdijn, Jean-Marc van Tol en Jeroen van Baaren lazen mee en gaven ongezouten kritiek. De laatste bood me een openhartige kijk in de televisiewereld.

Schrijvers stelen van dieven, stal Gerrit Komrij. Ik heb mij voor dit boek laten inspireren door *Larousse Gastronomique*, (de) *Escoffier*, *Eten en koken* van Harold McGee, *The Penguin Companion to Food*, het *Handboek Gastronomie*, *Het Smaakboek* van Peter Klosse, verschillende *Culinaria*, het overzichtsboek *Topchefs* van Sandi Butchkiss en Melisa Teo, verschillende gespecialiseerde internetsites, en (kook-) boeken van onder anderen Gordon Ramsay, Jamie Oliver, Alain Ducasse, Antonio Carluccio, Gerrit Kouwenaar, M.F.K. Fisher, Onno Kleyn, Wina Born en – uiteraard – Johannes van Dam, van wie ik onder andere de wetenswaardigheden over de meikers heb geleend, al zal hij die zelf ook ergens vandaan hebben. Dank ook aan de Dames Reiziger, meesteressen van culinair Nederland, streng doch warmhartig.

Het gegeven van de oerdeegbal bedacht ik naar aanleiding

van een anekdote uit de autobiografie *Keukenconfessies* van de Amerikaanse meesterkok Anthony Bourdain. André Klukhuhns magnum opus *Sterf oude wereld* was een heerlijke inspiratiebron (voor bijvoorbeeld de passage over het moederkoornroggebrood), net als *De derde chimpansee* van Jared Diamond en *Beestachtig rijk* van Richard Connif. Ook refereer ik op twee plaatsen zonder bronvermelding aan de lezing *Over televisie* van de Franse socioloog Pierre Bourdieu.

Het recept van absint komt van schrijver Jack Nouws, die zijn zelfgebrouwen drank serveerde op Absinterklaasavond 2004 in theatercafé de Bastaard in Utrecht. Meer informatie op www.absinterklaas.com.

Dit boek is een roman, het gaat om fictie. Hoewel ik heb getracht de gastronomische waarheid zo min mogelijk geweld aan te doen, zal ik volgens de dienstdoende ambachtelijke scherprechters de culinaire plank op enkele plaatsen volledig misslaan. Het zij zo.

Er bestaat daadwerkelijk een Normandisch plaatsje genaamd Sassetot le Mauconduit en dat plaatsje heeft een gelijknamig château met een aan te raden hotel/restaurant, maar dorp noch hotel noch restaurant hebben iets te maken met mijn roman. Ook de firma Michelin is in mijn boek louter fictioneel. Iedere overeenkomst van personages met bestaande personen berust op een te gretige realiteitszucht van de lezer. Enkele fragmenten uit *Troost* stonden in een andere versie in het maandblad *Rails* en op een internetsite.

Tot slot gaat mijn dank uit naar fotograaf Eric van den Elsen en schilder Ruud de Wild, die beiden enthousiast aanboden het omslag van mijn roman respectievelijk te fotograferen en te schilderen, wat ik in beide gevallen meer dan gretig aannam.

Geen enkele eend of gans heeft geleden onder de totstandkoming van dit boek.